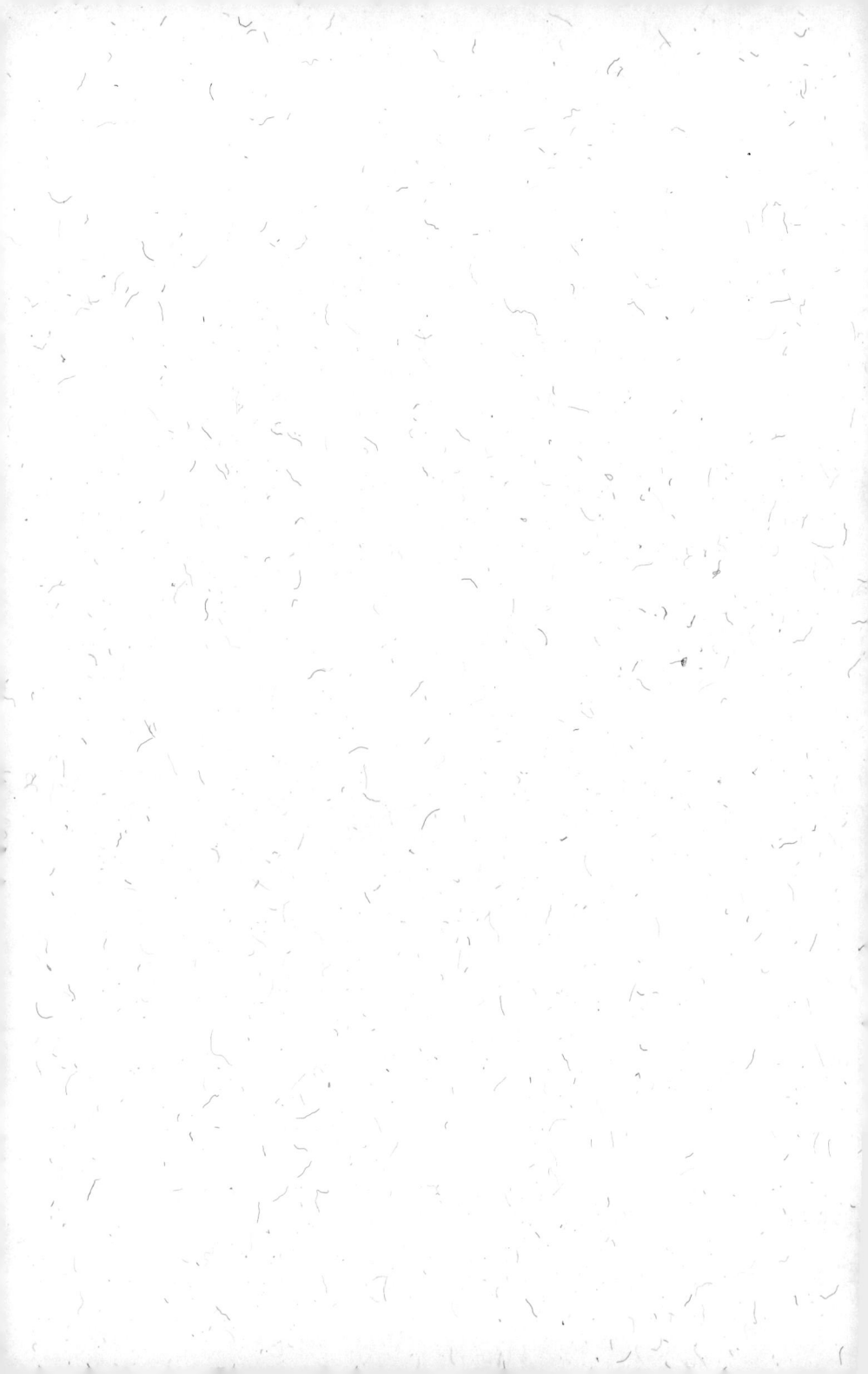

生死浮休

刘酿苦 著

北京联合出版公司
Beijing United Publishing Co.,Ltd.

图书在版编目（CIP）数据

生死浮休 / 刘酿苦著 . -- 北京：北京联合出版
公司，2022.7
　ISBN 978-7-5596-6167-8

　Ⅰ.①生… 　Ⅱ.①刘… 　Ⅲ.①中篇小说—小说
集—中国—当代 ②短篇小说—小说集—中国—当代
Ⅳ.① I247.7

中国版本图书馆 CIP 数据核字 (2022) 第 068122 号

生死浮休

作　　者：刘酿苦
出 品 人：赵红仕
责任编辑：刘　恒
封面设计：吴黛君

北京联合出版公司出版
（北京市西城区德外大街83号楼9层 100088）
北京新华先锋出版科技有限公司发行
大厂回族自治县德诚印务有限公司印刷　新华书店经销
字数217千字　620毫米×889毫米　1/16　16印张
2022年7月第1版　2022年7月第1次印刷
ISBN　978-7-5596-6167-8

定价：49.00元

目录 [mù lù]

生 / 死 / 浮 / 休

[写 诗 的 男 人]

"水骨县教育局。"

"那个……你好，我想问个事啊。"

"说吧。"

"我家孩子在向阳小学上五年级，这不放暑假了嘛，老师让买六本课外书，还指定地方去买，一套一百四。我就想问问这个符不符合规定啊？"

"都有什么书啊？"

"《海底两万里》《曹文轩教你写作文》什么的。"

"是强制让买的吗？"

"倒没说强制，就是布置的作业都是跟这些书相关的，开学还检查。"

"哦，那你可以换个地方买嘛。"

"不是这个意思，我也不是怕花钱给孩子买书，我是觉得吧，这里面存不存在软性引导？这老师是不是跟书店商量好了，从孩子身上吃回扣？我想问的是这个。"

"那你问我，我也不知道啊。"

"你……"对方连稀泥都懒得和的态度，让夏方哑口无言，他朝车外看一眼，校门已经开了，他叹着气把电话挂了。

期末的最后一天，学生们脸上都洋溢着急切的欣喜。夏方站在人群中等了会儿，看见夏芽和几个同学一起走了出来，旁边还跟着他们的班主任，一个矮个头的尖脸女人。

夏方忙迎上去牵着夏芽的手，笑着跟班主任打招呼："老师，这就是放暑假了啊。"

班主任看看夏方，亲切地点点头，脚步没有停："夏芽家长啊，你每天也够辛苦的，接得这么准时。"

"哎呀，我就是来回跑个腿儿，哪儿有老师们辛苦啊。"

"夏芽这回考得不错，等开学升了六年级，努努力，有机会升重点的。"

"你看看你看看，我就经常在家长群里见人说，把孩子交到您手里啊，家长就只管放心，是吧？就没遇见过这么好的老师。"

班主任听了在校门口一侧站住了脚，哈哈笑起来，右眼角的痣就被褶子包住，只露出一个黑黑的肉尖。

夏方接着说："您推荐那个书单啊，我下午在家长群里看见消息立马就去买了。好家伙，都是经典书目！买的时候我就想，我小时候要有您这样的指导，考上郑大不是问题。"

"大学还太远，放在面前的是小升初。我呢……"有人经过，班主任又往旁边走了半步，夏方紧跟上去，微微弓着腰，像在听领导训话，班主任压低声音说，"我想着小升初也挺关键的，暑假里啊，就租了个地方，开了个班，每天上半天课，主要是给他们提前打打六年级的基础。但夏芽这孩子的成绩一直就挺好的，愿不愿意来，你还是看她的意愿。"

"太好了！真的，我家孩子能遇上您这样的老师，真是命好。"夏方竖了个大拇指，"您放心，什么时候开班，微信联系我。还是那句话，我把孩子交给您，放心！"

班主任又哈哈笑起来，夏方也跟着笑。夏芽听着他们的对话，一脸不开心。

夏方的铃木奥拓开了九年，车一打着，发动机就像卡了一口老痰，咳咳不出来，咽咽不下去。他把空调开到最大，温吞吞的风呼出来，怎么都不解热。

夏芽在后座拆开了书，闻了闻，抱怨说："有股霉味。"

"都是些卖不出去的书，不知道压了多长时间。"

"爸，我不想上辅导班，我学习可以的。"

"就喜欢我闺女的天真。"夏方抽出两张纸巾擦汗，"上班主任的辅导班，那是为了好好学习吗？那是为了能好好上学！今天咱们去吃牛排。"

"为什么？"

"就想带你出去吃呗，能有为什么。"

"我妈来了吧？"

"你怎么知道？"

"她上次打电话说的，再回来就带我去吃牛排。"

夏方又叹了口气。他活到三十多岁才明白，孩子的想法和大人没什么本质区别，都渴望新鲜的东西，都期许在别处的事物，给她做一百顿西红柿炒鸡蛋，也不如一顿半生不熟的牛排。离婚的时候，许箬芸给他的理由是淡了。在婚姻中，矛盾和隔阂都不是问题，有问题就吵呗，夏方他爸妈就是这样，从早吵到晚，吵得少了还不尽兴，怕的是吵都吵不起来。夏方也觉得这样过下去没意思，想了两夜，就去领了证，钢印盖在离婚证上，"咔噔"一声，特别有重量。离婚后，两人心里都隐隐有种期待，好像离了婚，生活就会因此变得不一样，未知性更强，更值得期待。后来的生活也确实不一样了，夏方当爹又当妈，可没半年工夫，生活又陷入了俗不可耐的深渊里，这种无力感像长在骨子里一样挣不脱。

许箬芸去了郑州做起了生意，夏方看她发的朋友圈，过得倒是挺滋润，餐厅、酒吧、独立书店，不同角度的磨皮美白。城市的确代表着更多的选择和变动性，不像留在忆往镇，可着圈转也没几个地方值得一去。许箬芸就是这么一个向往变动的人。两人刚谈恋爱时互送礼物，夏方送给她一件白衬衫，她送给夏方一个本子，扉页写着一句话：不停留在原点。夏方问她什么意思，许箬芸说，不想在家里住了，咱俩结婚吧。

许广胤早先在税务局当副局长，受贿遭人举报，一番调解后调到了林业局当正局长，而夏方他爸就逊色多了，在自来水厂当了半辈子小科长。夏方跟夏卿毕业后，老头儿倾尽人脉找了两份工作，百货公司和新华书店。夏卿是姐姐，把油水更足的工作让给了夏方，自己进了新华书店。可没两年，百货公司就倒闭了，新华书店却一直安安稳稳地开到现在，工作还很清闲。夏方借着姐姐的路子，开了家小书店，许箬芸总去买书，两人就这么认识了。那会儿的夏方，消瘦内敛，夏天把白衬衫袖子卷起来，秋天在白麻衬衫里套一件打底长袖，行事说话都比常人沉郁，认真审视的话也挺平凡，但在许箬芸眼里，就显得跟其他男孩不一样。

林业局虽说是个没什么油头的单位，许广胤也要退休了，但派头依然很足，弄得夏方像只受惊的兔子，问一句说一句。许广胤在官场混迹多年，眼光毒，一眼就能看出什么人能混到什么位置。他很确信夏方这辈子都不会有多大的出息，然后欣然地接纳了。他自己知道，有出息的男人很容易对不起自己的女人。

夏家买房，许家掏了一半的钱，不但负责装修，还陪送了一辆车，宝马七系。所以许箬芸和夏方的婚姻，从一开始就是不公平的。在婚宴上，大家看夏方的眼神有点怪，钦羡和不屑混织在一起，像软绵绵的刺。夏方端着红瓷酒盅，从头敬到尾，来者不拒，喝得晕头转向。许箬芸始终牵着他的手，感受着他手心潮湿的平凡。

许箬芸去了郑州后，一年回来两次，暑假一次，过年一次，一回来就挑地方请客吃饭。人看起来也光鲜，各种款式的套装小西裙，腰身还是年轻时那样，可脸蛋有了变化，像短了一截的被子，横竖盖不全的年岁。相比之下，夏方显得有些自暴自弃，比年轻时肿了半圈，以前宽松的白衬衫，现在能足足地撑起来，变化最大的还是性格，文弱的拘谨被生活磨成了满不在乎的油滑。两人一见面，瞟一眼就大概知道对方过得怎么样，无论对方过得好不好，心里都莫名泛酸水。

许箬芸给夏芽买了不少衣服，纸袋子堆了一排，她在夏芽面前摊开菜单，眼里的宠溺几乎要溢出来，好像夏芽要星星，她都能造艘火箭蹿到天上去摘一颗下来。

一顿饭下来，夏方没说一个字。母女俩一问一答得非常快乐。许箬芸问平时早餐吃什么，夏芽说煎鸡蛋和豆浆。许箬芸问周末干什么，夏芽说去奶奶家。这样弄得夏方有些不舒服，早餐是他做的，去奶奶家也是他送的，但她们俩言语之间似乎有种意外的默契——都不提到近在眼前的自己。

仨人吃了四百五十块，比夏方想象的便宜，夏芽吃得也很满足，乐呵呵的。等许箬芸买单后，他才后觉不如自己把钱掏了。

"你先拿着衣服上车，我跟你爸说两句话。"在西餐店门口，许箬芸对夏芽说。

夏方终于得到了一丝存在感，他看着夏芽蹦蹦跶跶地把衣服放进车里，皱着眉头点上一根烟，没看许箬芸，也没先开口的意思。

"你现在还写诗吗？"

夏方心里"咯噔"一下，咽了口唾沫，摇摇头："写那玩意儿干什么。"

"那时候你不是挺能写的嘛。"

受过教育的年轻人，总期望献身于某种艺术，当碍于门槛无法献身时，就会转而献身于某个艺术家。许箬芸当年之所以能看上夏方，之所以送给他本子，就是因为他能写两笔酸话，写在考究的硬纸卡上，一手扎实爽利的行楷，看着喜人。最令许箬芸满意的几句，是夏方在恋爱初期写的。

> 我经历过许多个孤寂时刻，
> 于是我看书，看云。
> 此时是傍晚，书倦，云暗，
> 我想看看你，用比平时更安静的目光。

一个饱嗝从夏方嘴里窜出来，他瞥了许箬芸一眼，心想这娘们儿不会是想复婚吧？

"等夏芽再长大点，我一定得好好给她上一课。凡是用写诗追女孩的，都不是什么好东西，一个个装得特有感情，特艺术，其实都是生殖冲动。"

"你那时候也是冲动？"

"是啊。"

"没一点是真的？"

"说一点没有那也不可能，不到一成吧。"

"哟，你看看，幸亏离得早吧！"

"不是，你有话没话啊？赶紧说，我还有事呢。"

许箬芸用一声不屑的笑戳穿了夏方的伪装，他要真忙，就不会陪着吃饭了。

"我本来打算让夏芽升初中的时候再去郑州，可现在那边收得紧，最好先把学籍转到当地的小学，所以我想着，也不差这一年，让她先过去熟悉熟悉环境也好。你说呢？"

夏方心里一凉，有些羞赧，合着还是为了孩子的事情，跟旧情没啥关系。如果许箬芸把夏芽接走，两人就显得更没什么交集了。到时候自己去郑州看夏芽，会是一个怎样的身份呢？会显得更土吗？两人会显得生疏吗？

"你让我想想。"

"咱们这儿的条件你也知道，能教出个什么？人这一辈子说长了一百年，说短了就眼前的事，不能老待在一个地方。你也是，别每天都把心思放在闺女身上，也想想自己，整天窝在这地方，书店、学校、家里三边倒，有意思吗？我是真怕你把孩子窝手里了。我都计划好了，中学先让她在郑州上，大学去北京，研究生去美国，弄得好了，就让她留在那儿，到时候我也过去。"

许箬芸说得干脆利落，像是在决定下周去哪儿吃饭似的。夏方对她有点刮目相看。

"虽然在这小地方生活，但我给她充分的精神自由啊。你再听听你这话，她才多大啊，就想把她整个人生都钉死了。"

"这就是最好的规划！你回去就跟学校的老师谈谈，抽空把学籍调出来，我这边就开始运作了。"

夏方似乎没有拒绝的理由，更好的教育条件，更光明的前程。再说了，夏芽是个女孩，等过几年长大了，发育了，懂事了，他一个单亲父亲又该怎么跟她相处呢？可就这么答应了，夏方又觉得心里空落落的。要是夏芽不在了，他的生活会发生什么变化，会不一样吗？又会不一样多久呢？

"我再想想，过两天给你信。"

夏芽一回到家，就钻进卧室试新衣服，换一件就让夏方看一件，看了就得夸，夸完还得拍照，拍完照，就给自己美颜。夏方看着女儿，一根接一根地抽烟，不可否认，夏芽出落得很漂亮，一颦一笑都有她妈年轻时的神气。许广胤看见夏芽就喜爱得不行，隔三岔五就把她从学校接走，接走还不打招呼，头几回吓得夏方几乎崩溃。当他跑到前岳父家，看见夏芽窝在沙发里惬意地吸着养乐多时，气得肺都要炸了。可许广胤不急不慢的，丝毫不觉得自己做得不妥，手里搅拌着滑嫩嫩的蒸鸡蛋，一边吹凉了送进夏芽嘴里，一边斜着眼看向夏方，嘴角一张一合，来了啊。那神态多年来从未变过，从鄙夷里生出来的压制性傲慢，像是在说你最好接受，如果不接受的话，那你就咬着牙接受。

"你觉得我好，还是你妈好？"夏方冷不丁问了一句。

"你觉得呢？"

"我问你呢，你选一个。"

"只要你俩不在一起，我觉得都挺好！"

"为什么啊？"夏方有些诧异。

夏芽把目光从手机上移开，说道："你俩我都喜欢，谁不喜欢自己的爸爸妈妈啊？但是你不觉得咱仨在一起很别扭吗？反正我觉得很别扭。"

夏方没想到，自己和许箬芸这种潜在的敌对关系，竟被夏芽全盘吸收了，而且看起来还消化得挺好，人家都有自己的处理方法了，谁都爱，但不能搁一块爱。直到天快亮了，夏方也没睡着，爬起来翻箱倒柜，找出了当年那个白色的笔记本，边角泛黄，内页用了三分之二，笔迹看起来已然有些陌生。最后一页写于二〇〇八年七月，那年夏芽四岁，他离婚一年整。

> 去年七月，你走了，
> 我醒着静默，醉了就疼。
> 在想念溢出时，
> 只好虚拟出与你的距离，
> 顺风势蔓延，
> 虚妄地无力击锤。
> 你呀，你的笑容和愁眉，
> 沿着记忆纹路爬成一朵花，
> 我听见花朵枯萎的糜香，
> 在喊疼。

其实跟许箬芸离婚半年后，夏方就开始后悔，试着张嘴求和，都被巧妙地化解掉了。他写这首诗的时候，就已经彻底打消了复婚的念头。也就在那时候，夏方他爸去世了。老头儿当了一辈子小科长，庸碌又安稳，临老了非要跟一个自由团走川藏线，可车刚开到汉中人就不行了。自由团买了高原险，可老头儿没死在高原上，赔不了。出殡那几天，夏老太太反复嘟囔着，哪怕晚死个几天呢，那五十万不就到手了吗？夏方哭得稀里哗啦的，一听这话，心里更堵得慌。夏老太太又说："你们别怨我心狠，都是前后脚的事。等我死了你们也别哭，我也保证比你爸死得有价值。"

老伴儿死后，夏老太太果真没有丝毫悲伤，反而活得更自在了。这两年，她加了很多健身养生群，天一亮就穿上太极服跟人到水库遛弯儿，回来时去市场买菜，照着公众号文章上的菜谱做养生餐，下午就去家附近的牌场打麻将，晚饭后再看两集国产家庭剧，过得特充实。邻里都夸夏老太太会生活，把她视为老年人的典范。

　　夏方来到老宅，想跟老太太商量夏芽的事情，可没想到夏卿也在。一个女人的压力他尚能承受，俩人就够呛了。夏卿说来得正好，等开饭吧。酸菜炖清江鱼就着高桩馍，仨人吃得满头大汗，吃完又切了个西瓜。夏方好几次想张嘴，都没说出口，就憋着，等她们问夏芽去哪儿了，再顺带着把话茬带出来。按说老太太没看到夏芽，应该立刻开口问的，可奇怪的是她似乎忘了有夏芽这个孙女。

　　"夏芽去箬芸那儿了吧？"到底还是夏卿先开口了。

　　"你怎么知道她回来了？"夏方问。

　　"阵仗太大了，不想知道都不行。还带回来一男的，开的那个路虎得一百来万。"

　　"还带回来一男的？"

　　"你不知道？你俩没见面啊？"

　　"我不知道还带回来一男的啊！"

　　"等你知道，人家二胎都生完了。"老太太把一块西瓜皮扔到垃圾桶里，"没事就去把孩子接回来。老大你也是，别光自己来，下回来带着孩子，都放暑假了也见不上一面。"

　　"上辅导班呢，语文一个，数学一个。"夏卿含糊不清地说。

　　夏方顿时没了胃口，把半块西瓜搁到茶几上，看见桌兜里放了一个墨绿色的塑料药瓶。他拿起来端详着，瓶身混浊，看起来很劣质，标签上写着"复草堂亿清源"，里面是珊瑚色的小药片，翻过来再看，生产日期、批号、条码都没有。他用手机搜索了一下关键字，蹦出来一大串曝光新闻，还有吃死人的报道。

　　"妈，这是你买的？"

"别人推荐的。"

"多少钱？"

"两百八。"

"骗死你了！你看看，这都是假药！"

老太太没有丝毫诧异，继续啃着西瓜。

"你看这新闻上都报道了，你再看这标签上连个生产批号都没有，你吃这个干吗呀？"

"行了你，懂什么呀，给我放回去。我治病呢。"

"你除了血压高点，还有什么病啊？"

"我身子虚。"

"身子虚我带你去医院，吃这个也不管用啊，你少去听那种课，都是骗人的。"

夏方走到厨房，把一瓶药哗啦啦倒进了垃圾桶里，老太太像只兔子似的跳起来，连推带搡地夺药瓶子。

"扔什么呀？这是别人送给我试用的，我给人家还回去就行了呗！"

"哟，妈，这都是你买的啊？"

夏卿从桌兜里掏出一个铁盒子，松花粉、枸杞片、螺旋藻花花绿绿的，装了满满一盒子。老太太又把盒子抢到怀里，宝贝似的搁到了冰箱上面。

"你那点退休金迟早被人骗光。"夏方说。

"你们懂什么呀，这真管用，有人得了癌，就吃这个吃好了。"

老太太说着就掏出手机翻出群里的聊天记录给他们俩看，还点开了一个小视频，一个五十岁左右的臃肿妇女，用同样臃肿的普通话赞扬产品的好处，说自己吃了以后重新来了月经，感觉身体的毒都排出去了。

"你看不出来这都是托儿啊？"

"人家的店就在街里开着呢，买的人可多，大公司，明年就要上市了！要是假的能有这么多人买？"

夏方气得脑袋咚咚跳动，坐到沙发上揉着太阳穴。

夏卿赶紧过来劝架说："行了行了，买都买了。妈，你要是想吃什么保健品跟我说，我给你买大品牌的，咱不图治病，就图个安全。你买的这东西啊，就别吃了啊！老二你也是，妈自己住着，又没人看着她，可不就容易被人骗吗？前段时间我也买了一套化妆品，用完脸上都是痘痘，怪就怪这世道不和谐。"

"你们俩吃完了就走吧，不用操心我。我吃死了，我认！保险都买好了，受益人是你俩，四百万，也够你俩生活了。"

"那你多吃点！"

夏方气冲冲地走出老宅，在胡同口打开车门散热。他越想越失望，先是对老太太失望，接着是对人类失望。人都自私，都渴求外界关注，所以当受到他人批评时，就算明知自己是错的，也会百般辩解，甚至愤恨对方。这就是人性，不会因为她是你妈而改变一丝一毫。

夏卿走过来，面带愁容，开口却是熟悉的柔和："有事你就让我跟咱妈说，你说话不知道拐弯儿，她又犟，能解决问题吗？"

"本来想跟她说事的，也说不成了。"

"谁的事？"

"许箬芸想把夏芽接走，去郑州上学，还说以后要出国。"

"你怎么想？"

"不管怎么说，这对孩子都是件好事，我能拦着？但咱妈就不一样了，她能让别人把夏芽接走？本来还想借着她的嘴跟许箬芸斗争一下……"

"要我说，接走也挺好的，咱妈也不一定会拦着。你看啊，箬芸毕竟是她亲妈，能对她不好？夏芽又是个女孩，跟她妈在一块始终方便点。再说了，你也单了这些年了，还想拖到什么时候？依我看，就把夏芽给她妈，你自己也成个家得了。我这儿有个人，挺合适的，是个过日子的人。"

"但现在不是这么回事了，姐，许箬芸可比我先找了人啊！"

夏方跟许箬芸离婚的时候，两家都想要孩子，但许箬芸是主动提出离婚的那一方，就没要到。自此，许广胤就放出话来，只要夏方找了新人，他就把夏芽接过去，理由简单得无法反驳：后妈靠不住。许家这种做法，本想让夏方自动放手，可没想到夏方一个人带着孩子倒也过得自在，这么多年了，一直没个信。可现在夏方感到了深深的不公平，凭什么许箬芸先找了人，还想把孩子接走？

夏方回到书店，给许箬芸发了短信：把夏芽送回来，她不能跟你走。许箬芸立马打来电话，两人吵了一个小时，没有结果。随后许箬芸发来短信说：你别把自己想得多么委屈，也别把我想得多坏。我这些年没少受苦，钱是我自己挣的，他是大学老师，没我挣得多，也能接受夏芽。你自己好好想想。

夏方的这个小书店，最开始进的全是正版书，还只挑自己爱看的，可忆往镇像许箬芸这样看张爱玲的太少，不挣钱。于是他开始卖过期杂志和盗版书，杂志一块钱一本，盗版书论斤卖。网络小说卖得最好，16开本，封面艳俗花俏，学生们看得入迷，但总有家长过来闹。后来也不用闹了，开始流行电子书了。时至今日，夏方的这个小书店里有塑封的新书，也有卷边的旧书，有盗版书，也有正版书，跟路边的杂书摊没什么区别。他看完许箬芸的短信，又把这个不伦不类的小店打量了一遍，心里很难受。

暑假一过，夏芽终究是跟许箬芸走了。夏方送她上车时，见到了那个大学老师，挺儒雅，也面善，心里稍稍踏实了点。夏芽挺不高兴的，不说话，也不笑，就眼巴巴地盯着夏方看，夏方问她怎么了，她又把脸别过去。

许箬芸把夏芽安排进了郑州最好的私立小学，学费一年五万八，有成套的冬夏校服，牛津领，格子裙，小皮鞋。小孩始终是小孩，很快就被新环境吸引了进去。夏芽拿到新手机就给夏方打了视频电话，她说同学们很友善，老师也温柔，自己很开心。跟女儿视频通话时，夏方总是显得很局促。吃了吗？吃的什么？学习累不累？这三个问题问完，他就不知道该怎么聊了，顶多跟着夏芽的话再说两句，父女俩就会陷入沉默。当夏芽第一次说出"爸，我写作业去了"时，夏方觉得某些东西在溃败。夏芽才多大啊，都被这种亲密而尴尬的沉默逼得找借口了。

夏方也开始相亲了，他相亲并非自愿的。夏芽走后，他打给县食药监局举报卖给老太太保健品的养生馆，食药监局的接线员比教育局的还浑蛋，反问他有没有证据能证明老人吃坏了身体。

"等能证明了那不就晚了吗？他们卖的东西都是假货！假货！这还不够吗？"

"你吵什么啊？卖假货不归我们管，你给工商局打电话吧。"

"你什么态度啊？卖假药你不管，那你管什么？"

"我管中南海，你信吗？"

挂了电话，夏方憋着气直接去了养生馆，门面不大，挺干净。一个女人正在给一个老人检查身体，指着电脑上的指标说老人的身体如何差，多么危险，最好来几个疗程续命。夏方劈头盖脸跟那个女人吵起来，两人吵得什么词儿都用上了，女人的老公过来跟夏方动了手，夏方上了头，一串王八拳抡过去，把对方抡出了两管鼻血。

夏方生平第一次进了局子，但他不觉得丢人，让一个嘴唇还长着青毛的小民警当面训斥时，他也接受了，让他难受的是，夏卿给他找了熟人。一个黑脸的民警跟小民警耳语了几句，小民警的口风急变，指着那女人和她老公的鼻子骂了个狗血淋头，然后对夏方一仰头说："你先回去吧，赔偿的事回头再商量。"

黑脸民警叫穆胜。在警局门口，夏卿介绍两人认识，穆胜对夏方很客气，一口一个哥，分别后夏方才知道，夏卿要给他介绍的对象，就是穆胜的姐姐，叫穆云。夏方恨不得跳进无水河里淹死自己，八字还没一撇呢，就先被人家兄弟从局子里捞出来了，这要是成了家，那他的地位跟许家也没什么区别。过了两天，穆胜托夏卿捎过来两千块钱，说是养生馆的赔偿。夏方看着那沓钱，对忆往镇这地方彻底失望了。同时，他也不得不去跟穆云见一面。

两人约在桥南的川菜馆见面。穆云的个子不高，圆脸，微胖，头发绾了个髻，笑起来有酒窝，见了夏方就笑，叫他夏老师，弄得夏方不知所措。点菜的时候，穆云轻轻翻开菜单，眼神止不住往价格上瞟，翻了几页，点了鱼香茄子和素拼。夏方拿过菜单加了几个硬菜，穆云小声劝，够了够了。这让夏方感到一阵暖意，他心想要是自己请许箬芸在这儿吃饭，那她只会做一件事，就是用湿巾反复擦拭桌椅。

穆云说自己比夏方大两岁，儿子上初中，丈夫死了有些年了，车祸，保险赔了七十万，那时候房价还便宜，她买了两套房，一套住宅，一套商铺。丈夫行七，父母死得早，她一个人边卖毛线边拉扯孩子，卖毛线不赚钱，但又不会别的。夏方就说自己有个女儿，被她妈接走了，有个两居室，店面是租的，挣的钱只够维持粗茶淡饭的基本生活。他想了想又说："其实你能找个更好的。"

穆云的脸上露出了少女般的羞容："我觉得你挺好的，挺踏实。"

菜剩了很多，穆云要了几个塑料袋全打包了，她让夏方带回去，夏方说女儿走后自己就没开过火，穆云也不客气，把剩菜搭在电动车把上就走。这个细节又让夏方觉得很温暖，他开着自己的破车，跟在穆云后面，给她照着路，穆云挥挥手示意他先走。夏方就把车停下，点了根烟，看着穆云的电动车走到转弯处，又掉头驶过来。

"夏老师，下次要有空，来家里吃饭吧？"穆云隔着车窗对夏方说。

"行。"

在穆云家的饭局上，一共有五个人，穆云、穆胜、夏方、夏卿，还有穆云的儿子陆霄。陆霄长得虎头虎脑的，见了夏方就喊叔，显然被大人指导过。饭桌上，主要是穆胜跟夏方说话，谈历史，谈政治，两人都不太懂，说得错上加错，但因此更能说到一起。以前夏方跟许箬芸回娘家，都是坐在末席，是上菜时需要侧身躲让的角色，那晚他头一回尝到了姑爷的身份带来的尊重感，喝得有点多。经过这一顿饭，两人的关系算是确定了下来，但彼此都还谨慎，夏卿也说，都不是小年轻了，别急着滚到一块去，多接触，多聊，穆云家的孩子还小，以后的负担大着呢。

吃完那顿饭，一到中午，穆云就骑着电动车给夏方送饭，看他吃完了再提着饭盒走，走之前问他明天想吃什么。夏方对穆云没什么爱意，但也绝不讨厌，更多的是一种心疼，他觉得穆云是个苦命人，不容易，再往深了想，他俩的命运有点大同小异的意思。每当想到这里，他就想写点什么，可摊开本子，拧开钢笔，又下不去笔。

秋去冬至，元旦的时候，一场薄雪覆盖了忆往镇，街边的槐树都挂上了小彩灯和红灯笼，夏方请穆云和陆霄来家里吃火锅。他和穆云决定结婚了，要问问陆霄的意见，夏方还准备了一支钢笔，作为见面礼。尽管陆霄是个马大哈性格，又是个孩子，不会插手大人的事，但过程还是要走的。

夏方和穆云在厨房里洗菜、调料，陆霄坐在沙发上玩手机，倒真有一家人的意思。敲门声传来，夏方以为是夏卿来了，就对陆霄说："爷们儿，去开下门。"

陆霄把门打开，看见了夏芽，就问："你找我夏叔啊？"

"你是谁啊？"

夏芽推开陆霄，正看见穆云和夏方从厨房走出来，眼眶登时就红了，把手里提的年货往地上一摔，扭身跑了出去。夏方愣了愣，扯下围裙就撵，留下穆云和陆霄面面相觑。

雪下得大了些，在路灯的光束里纷乱斜落。夏芽一边走一边哭着给她姥爷打电话，夏方就跟在她身后哄，一直哄到路口，夏方伸手拦住夏芽，蹲下来对她说："你怎么不给我打个电话？我去接你呀。手冷不冷？"

"回你家去吧，别跟着我！"夏芽哭着伸手一推，夏方一屁股坐到了地上，夏芽哭得更大声了。

"对不起，对不起……"夏方拥住夏芽，拍着她的脑袋，"让我闺女受委屈了，我的错，别哭了好不好？你说吧，我该怎么给你赔罪？"

"他们是谁？你们干什么呢？"

"爸的一个朋友，你姑介绍的，今天就是请他们来家里吃顿饭，要早知道你来，我就等你了。"

"你是个骗子，你都要结婚了。"

"姑娘，每个人都得有自己的生活，我也是，你妈不也结婚吗？"

"那能一样吗？我跟她几年，跟你几年，你们要都结婚，我就没家啦！"

像一根坚硬的冰锥缓缓穿透胸膛。夏方垂下头，两行热泪溢出眼角。许广胤的车拐了回来，按了两下喇叭。

夏方抹掉眼泪，郑重地说："夏芽你记住，不管你以后走到哪儿，不管我成了什么样，哪怕天塌了，你爸就是你爸，谁也改变不了……我不结婚了。"

夏芽上了车，许广胤下来问了因由后，反常地给夏方递了一根烟："孩子还小，不懂事，有些话说了就忘的，你别太在意。"

"是我考虑得不周到，忽略了。"

"那我就先把她领走了，这孩子，非要弄什么惊喜。"

"那个……许局长……"一开始，夏方管许广胤叫叔，又改口叫爸，后来两样都叫不出口，只有"许局长"这个称呼显得不别扭，"我明天去家里看她。"

"行，来吧。"

夏方回到家，穆云和陆霄拘束地坐着，两双眼直勾勾地看着他，让他很难受，一顿饭吃得没滋没味的。夜里，夏芽发来一条短信：对不起。

夏芽考进重点初中的时候，夏方还是跟穆云结婚了。他俩都是二婚，小办了一场，八桌宴席，来的都是说得着的亲戚朋友。家里只有两间房，夏方保留了夏芽的卧室，请装修队把客厅一分为二，带着半拉阳台，给陆霄弄了间隔断住，敞亮通风，陆霄倒也喜欢。

夏方很满意婚后的生活，回家有热饭吃，脏衣服有人洗，最重要的是这么些年了，家里终于有了人气儿。可有一件事让夏方很头痛。他养夏芽时没感觉带孩子有多难，因为夏芽很自觉，该干什么不该干什么心里很清楚，比夏方还自律。可陆霄恰恰相反，每天玩游戏玩到半夜，穆云每天都要催好几遍让他睡觉。陆霄在学校也淘气，三天两头逃课，初三的紧要关头休了两回学，一次半个月，一次一个月。他一休学，夏方和穆云就得去老师家送礼，好话说一箩筐，还不招人待见。

穆云脾性柔和，总是好言劝慰，有时候陆霄还回顶两句。一开始，夏方就两边来回劝，后来也觉得陆霄有些不懂事，可毕竟不是自己亲生的，所以穆云一训陆霄，他就回卧室。夏老太太倒喜欢虎头虎脑的陆霄，变着法儿做菜给他吃，偷着给零花钱。在老太太眼里，孩子只要不乱跑，不犯法，乖乖地在家玩，那就是好孩子。因此学校一放假，陆霄就背着笔记本电脑去夏家老宅，老太太还专门给他接了网线。中考之后，陆霄的成绩下来了，上不了普高，就去职高随便选了一门专业，也是整天混日子。夏方劝穆云放弃对陆霄学业上的期望，穆云也察觉出夏方不待见陆霄，偷偷抹眼泪，也不当着夏方的面说陆霄的不好了。

夏方跟陆霄真正的隔阂产生在烟上面。陆霄高一暑假时，穆胜给夏方送了几条玉溪，按照夏方的量，一般都是三天一盒。可慢慢地，他觉得不对劲，先是烟盒里面的烟变少了，再是整盒烟的数目也不对。他一开始没多想，直到有天早上出门忘拿手机了，回家一推卧室门，看见陆霄穿着个裤衩坐在床上抽烟，姿势很娴熟。两人都是一惊，对视了几秒，夏方进也不是，退也不是，拿上手机就走了，晚上回来，穆云说陆霄去夏老太太那儿住了。

夏方再回想那天，觉得懊恼，自己要么训他两句，要么亲切点，说句爷们儿，少抽几根，但就这么直愣愣地一句话没说就走了，确实让人有些难受。他再想想，又觉得陆霄那小子不上进，小小年纪就学会抽烟了，还光着身子坐在自己的床上抽，跟个大爷似的。之前两人还有话说，那件事之后，两人的话就少了。慢慢地，夏方怕单独面对陆霄，陆霄也有这种感觉，只要穆云一出家门，两人就回自己的卧室。

陆霄总去夏家老宅避难，老太太很欢喜，连保健品都不吃了。老宅院子里有一棵樱桃树，长了几辈人，枝繁叶茂。夏方小时候总等不及樱桃成熟，结的果子有指头肚大小，还黄澄澄的时候就摘着吃，酸甜可口。每年五月份，夏老太太都会架梯子摘樱桃，给老大、老二家送一些，给邻里街坊一些，剩下的就做成樱桃酱泡水喝。当樱桃又成熟时，老太太提前跟陆霄说好了，让他过来吃樱桃。可意外的是，硬气了一辈子的老太太，没栽在疾病上，反倒是栽到了一棵树上。摘樱桃用的梯子几乎糟透了，踩上去咯吱咯吱的，但夏老太太不害怕，愣着往上站，一个没站稳，踩空摔了下来，胳膊上擦破了一块皮。她抹了点芦荟胶接着站上去摘，樱桃结得多，几个上下来回，梯子一晃，她倒仰着摔到了地面上，"咯噔"一声。

等夏方他们赶到医院，老太太已经重度昏迷了，大家轮流陪护了两天，医生说醒来的概率太渺茫，不如拔了管子，让老人少受点罪。夏方跟夏卿商量了下，签了字，一家人哭得死去活来。夏方想起夏老太太曾说要死得有价值，结果她留下来的，就是在老宅地上放着的几袋子樱桃，他心里淹塞得厉害。令夏方没想到的是，哭得最凶的是陆霄，张着个大嘴，鼻涕眼泪一团团地往下掉，哭得都背过气了，让护士打了补氧针才缓过来。

出殡当天，夏方捧着遗像走在丧队前面，一路走到了南山，把母亲葬在了父亲身边。深秋时节，凛风四起，墓园里鞭炮声来回震荡，火焰爬过黄纸，枯缩焦黑，烟灰随风飘散。一粒灰迷住了夏芽的眼睛，陆霄撕下一截孝衣围住她的脸，然后趴跪在地上继续抽泣，肩膀上下耸动，泪水把黝黑的脸庞蜇得红通通的。夏方忽然觉得陆霄是个特别好的孩子，不就是贪玩嘛，贪玩的孩子多了，这不是罪啊，不就是偷烟抽嘛，自己小时候也干过，老头儿也没因此不喜欢自己啊，归根结底，还是自己有分别心。在丧宴上，夏芽头一次跟夏方的新家庭坐到了一起，她仍然是个众星捧月的小公主，来宾们都对她嘘寒问暖的，穆云一直默默地给她夹菜。陆霄的眼睛肿得像个桃子，他加了夏芽的 QQ，说以后再回来可以一起玩。夏方看着陆霄，越看越顺眼。

当夏芽考上了重点高中，距离许箬芸的伟大目标又近了一步时，陆霄也职高毕业了，他没参加高考，而是去当了兵，他想摸枪。穆云跟夏方在镇政府门口送他上车，一些家长搂着新兵蛋子哭个不停，穆云也哭了，陆霄一直没说话，临上车前他扭头对夏方说："爸，等我有空了给你们写信。"

夏方"哦"了一声，怔怔地看着汽车开远。

陆霄一走，夏方就把小书店的房子退了，把穆云的毛线店重新装修了一遍，安了纯木书架，进了一大批正版书。店里还放了吧台和座椅，有鲜榨果汁和珍珠奶茶，每周五晚上会在门口用投影仪放电影。生意和以前一样，饿不死，撑不着。

夏芽趁着暑假跟同学一起报了旅行团去云南玩，她在洱海边给夏方打了一个电话，说有个男同学跟她告白，不知道该不该接受，她问过许箬芸，得到的答案是让夏方定夺。

夏方想了半天，迟缓地说："只要不伤害你自己和别人，你可以想做什么就做什么。"

夏芽挂了电话，过了会儿，给夏方发了条短信：爸，我恋爱了。

店里的书整齐地码放着，穆云坐在吧台玩消消乐，脸上带着笑意。夏方看向落地窗外，夕阳斜照街面，行人悠闲地走过，他拿出记账本，低头写了一首诗：

> 草地上游走的阴影，
> 转瞬消失在日落的嗟叹里。
>
> 这一年，他四十一岁。

[三 个 啤 酒 瓶]

何南在夜里醒来好几次，听着外面的动静，心提起又放下。天亮时候起了风，吹得大门来回晃动，沙石翻走的声音像有人在踱步。何南叫醒奶奶，说有人在敲门，奶奶说那是风，何南仍穿衣下床，出来堂屋，顶着风推开院门，狭长的胡同里空无一人，冷冷的日辉洒在石板路上，倍觉寥阒。

"你爸说了，午饭时候才能到。"奶奶也跟着出来望了望，把何南拽回去，踮起脚又望了望。

饺子在盖帘上冻了一夜，白生生的，结着冰晶，丢进滚滚汤锅里，一个个翻着白肚。何南吃了半碗，没滋没味。奶奶开始忙活了，在灶上烧了一大锅水，蒸上馒头和方肉，厨屋上方积了层香甜的雾气。她还另起了一口油锅，炸豆腐、菜丸子、带鱼段，捞到盘子里焦黄酥脆，嗞嗞冒油。或许是要干的活太多，奶奶比平时显得有些慌乱，使唤何南一趟趟往街口的小卖铺跑，买芫荽，买酱油，又总觉得缺少了什么。

到了中午，一切都备好了，她看见何南啃了口酸橘子，龇牙咧嘴的鬼样才想起了，说："家里没醋了，你去干菜店打瓶醋，你爸最好吃那儿的老酸醋。"

何南又拿着钱和醋瓶去打醋，去时是小跑着，吸了一肚子冷空气，来时肚子疼得厉害，弓着身子在路边歇了好几次。等他走到胡同口，感觉不太一样，深幽的胡同多了些喧哗的氛围，家门口停着两辆摩托车。

王鹏妈妈跟几个邻居从他家走出来，笑眯眯地说："何南，快回家去吧，你爸给你带回来个新妈。"

旁人听了都笑，推了王鹏妈妈一下，何南听了这话，莫名地害羞起来。何安果真回来了，站在院子里跟几个熟人聊天，他穿着一身黑色冬衣，模样比印象里更消瘦，也有点陌生，没有所谓的新妈。何南憋了一肚子的喜悦，霎时哽在喉间，一个字也说不出。何安看见何南，顿时喜笑颜开，露出一口洁白的牙，走过来搂住他的头，按到肚子上来回揉搓。

"长高了不少呀！"

晚上过来吃饭的人很多，有邻居，也有一些何南不认识的人，何安坐在主位，把他搂在怀间。大人谈话，小孩插不上嘴，但何南听出来，是有人想给何安介绍对象，但何安并不搭腔，只是不断把从外地带回来的烟递出去，喝酒时用嘴唇抿着玻璃杯，吸溜得吱吱响，末了有些醉意才说："我现在成年不着家，治病的账也没还完，没条件想这事。再说了，万事第一件，就是先把何南供上大学。"

说着，他从衣服内口袋里掏出一沓钱，抽出一张十块的塞到何南口袋里，小声说："省着点，别乱花啊。"

何南玩弄起何安的钱包，黑色皮革，摸起来滑滑的，边缘有些磨损，里面有很多张银行卡，还有张全家福，妈妈戴了顶红帽子。

客人散后，何南说想跟何安睡一张床，但奶奶不同意，说何安挤了两夜的火车，要让他睡得舒坦点。奶奶就是这样，虽然很宠何南，但当何安回家时，她就显得有些偏心，这让何南很别扭。好在何安及时出面，让他睡在床里面，临睡前还说："明天起来，爸带你去澡堂洗澡，我在钢厂里每天都洗澡。"

何南依偎在何安身边，睡得很熟，一睁眼天就清散散地亮了。老汤的吆喝声悠悠传来，何南忽然灵机一闪，轻悄悄爬下床，把昨夜的啤酒瓶拾到纸箱里，双手托着底，抵在肚子上一路搬到了胡同口。这一片的人早上都能听见一次老汤的吆喝，傍晚时还能再听见一次，都知道他跟一个傻儿子小汤住在附近，但具体在哪儿，谁也说不清。

老汤性格好，不管是大人还是小孩，谁叫他老汤，他都答应，碰上五分、一毛的，也总是让给别人。大家都说，老汤要是做别的生意，肯定能发财。他还自己熬花生糖，一板有半个巴掌那么大，一口咬下去香甜脆爽，碰上小孩子卖破烂，或者手头没零钱了，他就给别人花生糖。

啤酒瓶也是有区别的，瓶底有十字记号的两毛五一个，没有记号的一毛五一个。何南的一纸箱瓶子里，有六个有记号的，三个没记号的，合计一块九毛五，差五分钱就是一张澡票钱，老汤愿意给他凑个整。他想了想，跟老汤要了花生糖。平时胡同里的小孩就等着谁家来客人，有客人就会喝酒，喝完酒就有酒瓶，大家都让那家的孩子把酒瓶子拿出来，跟老汤换花生糖吃，可人多糖少，谁都吃不够。偶尔谁家里大扫除，也会整理出不少纸皮废铁，但那都是大人的事情，他们只会跟老汤要钱。

老汤从挎包的塑料袋里数出六块花生糖，琥珀色的糖块里嵌着饱满的花生仁，他想了想，又加了一块。何南道了谢，双手捧着花生糖回到家，何安已经醒了，正躺着抽烟，他把糖块递过去。

"我拿酒瓶换的。"

何安捏起一块，一口咬掉大半，嚼了两下，发出赞叹："这糖这么好吃啊，去让你奶奶尝尝。"

"奶奶都不吃。"

"不吃也要让一让，去吧。"

何南把糖给奶奶送去，果不其然，她把糖放到了吊篮里，那里面还有娃哈哈、桃酥和蜜三刀。过年那几天，不断有客人上门，有人来就得坐下喝酒吃菜，家里的空酒瓶也一直不断，用酒瓶给何安换花生糖吃，成了何南的专属任务，听见老汤的吆喝声他就拎着酒瓶跑出去，邀功似的把糖递给何安，总能得到几句夸奖。一直到过了初十，何南一觉醒来，何安的人连同他的刮胡刀、皮带、钱包、黑色背包都不见了，奶奶说他是夜里走的，先搭车去安阳，再坐火车往西去。

何安走后，那些花生糖大半都进了何南的肚子，等开了春，剩下的糖在吊篮里慢慢软化，奶奶生怕坏掉，赶紧让何南吃掉。何南拿着糖分给了胡同里的小伙伴们，咀嚼起来跟橡皮泥似的，能拉出好长的糖丝，其中王鹏跟何南玩得最好，吃得也最多。

每个月初，奶奶都会带着何南去小卖铺给何安打电话，掐着时间，聊一分钟。先是何南跟何安说话，听他叮嘱自己好好学习，不许淘气，然后奶奶会接过话筒，叮嘱何安好好吃饭，注意安全。何南的期中考试成绩进了年级前十，何安许诺他，等期末如果还能进年级前十，就给他买一双运动鞋。何南问何安还想不想吃花生糖，何安笑着说想。

胡同里的孩子换到花生糖，都会分出去，何南每次只能得到一小块，只有王鹏拿到糖时会分给他一大块，他试着攒起来，可都很容易化掉，变成一摊黏黏的糖稀。王鹏说何南傻，不如直接攒啤酒瓶，等何安快来时再换成糖。可何安不在家，就没有人喝酒，酒瓶就异常难收集。

第一个酒瓶是在床底下找到的，何南用扫帚伸进床底下划拉笔帽，感觉碰到一个硬物，使劲一收，沾满灰尘和蛛网的啤酒瓶便咕噜噜滚了出来。第二个酒瓶埋在水管旁边的泥地里，一大盆洗衣水泼下去，地上冲出了一点翠绿，他抓着瓶口提起来，瓶身沾满了泥土，地面也凹了个酒瓶的形状。第三个啤酒瓶藏得最严实。入冬时候，奶奶买了棉花准备做新被子，他们爬上屋顶，扫出一片干净地方，把新棉花晒开，用棍子把里面的籽敲碎。屋顶角落堆满了经年的落叶与细小干枯的枝芽，厚厚的一层，何南敲棉花敲得心烦，泄气似的一棍子夯在枯叶堆层上，发出一声清脆的响应。他把叶子掀开一层，里面赫然躺着一个翠绿的啤酒瓶，瓶子里还有几只西瓜虫，没人知道酒瓶怎么会出现在这里。

何南的期末考试成绩出来了，没有进年级前十，奶奶也不带他去打电话了。他有些忐忑。有天晚上，奶奶不知出门去了谁家，回来后就一直哭，何南也跟着哭了，说自己也不知道怎么会做错了那么多道选择题。

奶奶把何南搂到怀里问："你想你妈吗？"

"我不知道。"何南说。

"那时候你还小呢，不记事。"

"我爸还会给我买运动鞋吗？"

"奶奶给你买也行。"

"可我爸说外面的鞋子好！"

奶奶摸着何南的头，久久不语。

一连两个月，何南都没有跟何安打过电话，奶奶总说人就快回来了，就不用浪费钱打电话了。何南就整天等老汤的吆喝声出现，可奇怪的是，老汤的吆喝声一直没有响起。寒假过了小半，忆往镇下了一场薄薄的雪，薄得禁不起为它欢喜。院子像盖了条有破洞的白绒毯，一些物件仍露着本来的颜色。何南贴在玻璃上往外看，鼻息在玻璃上结了一层雾气，他用袖子擦了擦，看见奶奶端着锅碗从厨屋走过来。堂屋的门一开一关，冷飕飕的风雪立刻挤进来，环着屋子徐徐散开。

"今天别出门，外面可冷了。"奶奶把小铝锅放在餐桌上，揭开盖子，热气腾腾冒到了屋顶，又把手伸到何南的脖子处，像柔软的冰，"你看看，出去转一圈，手都要冻掉喽。"

"老汤一来我就得出去，我要换花生糖。"

"这么冷的天，他不会出来的。"

黄澄澄的小米粥漂着层透亮的粥油，何南在粥碗里搅动筷子，热气扑到脸上，痒痒的。一声悠长的吆喝穿过幽深的胡同与层层院落，传到他耳边，清散得像碗沿上升起的雾，一声吆喝刚消，另一声更真切的吆喝又传过来。何南放下筷子，从床底下摸到那三个珍藏的啤酒瓶，右手两个，左手一个，提起来就往门外冲。

奶奶揪住他说："这不是老汤，是换豆腐的！"

"我要去看看。"

"哎呀，吃完饭再去。"

何南假装顺从，趁奶奶不注意，又一转身窜了出去，这是他常用的伎俩。外面冷得超乎预期，寒意一下就把他穿了个透心凉，手里的啤酒瓶像刀子一样，冰得手疼。可为了跟老汤换花生糖，他顾不了这些了，在薄雪地里踩出一串黑脚印。吆喝声又响了两遍，何南已经跑到了胡同口，几个熟悉的邻居围着一个三轮车，手里都拎着布袋子。何南不死心，仍凑过去看，三轮车上架着一块厚木板，上面放了一大块长方形的豆腐，冒着虚弱的热气。卖豆腐的手握细长的豆腐刀，切下一块，称给王鹏的妈妈，又接过她的布袋一口气倒进了木板的缝隙里，哗啦啦的，像下冰雹一样。何南彻底失望了，闷头往回走。

"何南，大清早的，拿几个瓶子出来干什么？"王鹏妈妈端着豆腐说。

"没事！"

"这傻孩子，还等着跟老汤换糖吃呢？"

何南觉得很没面子，沿着来时的脚印，急匆匆跑回家，奶奶从堂屋迎出来，手里拿着他的棉袄，往空中一扬，把他给包了起来。

"我都跟你说了，那是换豆腐的。我听说老汤病了，估计要到年后才会出来。"

"可我爸后天就要回来了。"

"谁跟你说的？你爸回来要到年前了，还早呢。"

"你忘了？他上次打电话跟我说的，我都算着日子呢！"

"日子是算不准的。"

奶奶撇过身去，抓着一条抹布在温水里搓洗，拧干后，敷在条案上来回擦拭。何南见奶奶不说话，也不闹了，把啤酒瓶放到门后，回到餐桌旁继续用筷子搅动着小米粥。"砰"的一声脆响，吓了何南一哆嗦，粥碗差点脱手而出。啤酒瓶碎了一个，地上倒着个瓶嘴，瓶身都碎成了荧绿的玻璃碴子。

"你这孩子，咋把酒瓶子放门后面了。岁岁平安，岁岁平安。"奶奶嘟囔着，把碎碴子一片片捡到簸箕里，来到厨房，捏了点盐撒在上面，嘴里念念有词，像梦呓一般。

"我只剩两个啤酒瓶了，奶奶。"何南跟过来说。

"岁岁平安，岁岁平安。"

下午时，王鹏过来找何南玩，他穿了一身崭新的冬衣，很神气的样子，听说何南的啤酒瓶破了一个，就说无水河东边有一个垃圾堆，里面都是啤酒瓶。王鹏总能说出一些奇怪又符合别人胃口的信息，这一点跟他妈妈很像。何南趁着奶奶在睡觉，就跟王鹏来到了河边，果然堆了很多五颜六色的垃圾，他们各自寻了一根木棍，在垃圾里翻找，没一会儿，就发现了好几个啤酒瓶，用木棍挑出来，不是漏底，就是没头，有的表面看起来上下都完整，翻过来就看见背面缺了一半。忙活了半天，一个瓶子也没捡到，两人都有些沮丧。

"肯定是被桥南那帮小孩给拾走了，拾不走的就砸碎，那帮人太坏了，都怨他们。"

何南捡起一个碎瓶子，使劲扔进河里："都怨他们！两个瓶子只能换一块花生糖，我爸一口就能吃完，要有三个瓶子，老汤就会给两块。其实就算是两块花生糖，我爸也能一口吃完。"

"你爸什么时候回来？"

"本来就该回来了，可奶奶又说要到年跟前。"

"我跟你说，想要你爸回家来，就得梦见船，这是解梦书上写的，只要梦见船，家人就能提前回家来。"王鹏为了弥补自己的情报失误，信誓旦旦地说。

天黑了，他们沿着河岸回家，碰见了王鹏爸爸，王鹏的爸爸在镇上的造纸厂上班，总有用不完的笔记本，经常送给何南印有卡通图案的本子。可他好像喝多了，走路摇摇晃晃的，看见何南和王鹏，站住了脚。

"你们两个来河边干什么？不怕掉进去啊？"

"爸，你去喝酒了吗？"

"朋友家办事，明天中午跟我去吃宴，咱随了礼呢。"王鹏爸爸拉着王鹏的手往回走。

"那我能在宴席上拿一个啤酒瓶吗？何南想要一个啤酒瓶。"

王鹏爸爸点上一根烟，回身看看何南，也摸了摸他的头："不就是啤酒瓶嘛，多着呢……等过完年，我领你们俩去山上玩。"

王鹏很兴奋，把啤酒瓶的事情抛到脑后，不住地问关于上山的事情。何南跟在他们身后，心里酸酸的，回到家里，奶奶不在家。他等了一会儿，心里着急，就出门寻，在街口远远地看见了奶奶的身影，奶奶看见他，一路小跑过来，在他的屁股上狠狠打了两下。

"你这孩子呀，去哪儿疯了？我在街里找了你一圈！"

"我去河边了。"

"出去也不跟我说一声，以后不许给我乱跑！你要是出了事，奶奶该咋办？"

"我去找啤酒瓶了。"

"不要再去找瓶子了，外面太冷，回头看见老汤，花钱跟他买一样的。"

"老汤的花生糖都不卖，只能拿瓶子换。"

"那我给你买瓶啤酒去。"

"你喝酒吗？"

奶奶摇摇头。

"那就不买了，但我爸可以喝，他还有几天回来？"

"就快了，过年的车票太难买，估计是路上耽搁了。"

王鹏吃完宴席回来，果然给何南带回来一个啤酒瓶，棕色的，瓶底没有十字，他又有了三个啤酒瓶。年关将至，何南迫使自己梦见船，但一直没有如愿。小雪停了，冻在路边，成了一戳就破的白壳子，总是等不及正午的阳光将其融化，就在夜里又重新合上冰壳。接着，鹅毛大雪松松软软地翛然而落，带着清新的寒冷。一夜风雪，盖住了一切。

家里来了个陌生人，何南没见过，但奶奶好像认识。他坐在马扎上，大衣拖到了地面。奶奶从吊篮里拿出父亲去年带回来的茶叶，在茶壶里泡开了，给何南也倒了一杯。陌生人把茶杯捧到手里暖着，因为寒冷，略微有些颤抖。

"这屋子，一直这么冷吗？"他说话慢条斯理的。

"谁知道今年咋回事，比往年都冷。"

"装一台空调，应该会好些。"

奶奶没有说话。

"何南，你不认得我吧？我跟你爸是朋友。"

"我爸什么时候回来？"

"他还在外面，有些事情要办。"他呷了一口茶问，"你上几年级了？"

"三年级了，学习挺好的，都是九十多分。"奶奶说。

"那就好，等你以后考上大学了，叔供你。"

这种遥远的许诺对何南没有吸引力，他低头玩弄桌上的茶杯，开水热透了杯子，烫得不可触摸，可那个陌生人却能把茶杯安然拿在手中，无事一样。他又跟奶奶说了几句话，从衣兜里掏出一个红包，递给何南，何南看看他，又看看奶奶，奶奶并无表示，他没有伸手接。

"过年了，这是叔给你的压岁钱。"陌生人把红包塞到何南手里，放下茶杯就要走，奶奶留他吃午饭，但没留住，就把他送到了胡同口，一路踩着雪，咯吱咯吱响。

陌生人走后，奶奶坐在床边，不知在想些什么。

何南说:"我想给我爸打电话,这个月我还没给他打电话呢。"

"他估计正在买车票,火车站人可多了,听不见手机响。"

"反正打不通也不收钱,再说了,这个红包里有两百块钱,够打四百次电话!"

何南把红包放进奶奶的衣兜,拉着她的手走到小卖铺,拿起话筒,先加拨一个"0",再输入手机号,很熟练。可电话没有通,他挂掉重新打了一遍,还是没有接通。

"应该是干活去了,你爸爸干活的时候都不带手机的。"

"可你刚才还说他在买车票!"

何南突然吼了一声,气冲冲地往外跑。奶奶追出来,心里着急,扑腾一声扎进了路边雪堆里,别住了左腿,钻心地疼。何南急忙跑过来,搀起奶奶,一步步挪到家里,把她身上的雪扫干净,扶上了床,又跑到诊所叫医生过来贴了两贴膏药。之后几天,奶奶只能扶着墙走路了。

就要过年了,何南按着奶奶的嘱托,拿着钱到市场上买了两挂五百响的火鞭,一副贴在院门的大春联和三副贴在屋门的小春联,还有一袋腐竹、一斤五花肉、半捆韭菜。他提着东西路过小卖铺时,又打了两次电话,依然没人接。卖豆腐的三轮车停在胡同口,一帮人仍提着布袋换豆腐,王鹏妈妈也在。

何南忽然站住了脚,问王鹏妈妈:"姨,你刚说什么?"

"我没说话啊。"

"你说了,我听见你说了。"

"听错了吧。"

"你说谁死了?"

"哦,我啊,我说老汤死了。"

"老汤死了?他咋就死了呢?"

"就是年纪大了呗,就前两天的事。"

何南回到家坐了好一会儿才缓过神,去厨房熬了糨糊,踩着凳子把旧春联铲干净，把新春联贴了上去，忙完这些，想起老汤的去世，仍觉得不可思议。除夕夜里，奶奶吃了饺子就犯困，临睡前把吊篮摘下来，任何南吃里面的好东西。何南吃着零食看电视，一直熬到凌晨，四周不断响起噼里啪啦的鞭炮声，他在院子里扫出一片空地，也点了一把火鞭，一阵急促的炸裂声后，硝烟和着雪的清泠触到鼻子，味道很怪。

过了初五，奶奶的腿好了，有人送来了一台立式空调，比何南的个头还高，转起来呼呼作响，房间里立刻暖洋洋的。当晚，何南只盖了一层被子，身上轻了很多，他梦到了船，一艘白色的大船，航行在蔚蓝的海面上，鸥鸟从桅杆上空不断掠过，甲板上站了很多人，但他还是一眼就看见了何安。他想叫爸爸，但怎么都发不出声音，他朝何安跑过去，可视线一下子就迷离了，人影憧憧，在眼前不断晃动，什么都看不真切。

清晨醒来，何南发了一阵呆，似乎听见了老汤的吆喝声，可老汤已经死了啊。他继续听下去，确信就是听到了吆喝声，和老汤的腔调一样。

"收——破——烂——喽。"

他赶紧起床，拿起门后面的三个啤酒瓶，跑到胡同口，看到了那辆熟悉的三轮车，不同于湿漉漉的豆腐车，老汤的三轮车有种干燥的感觉。

"收——破——烂——喽。"那人又吆喝了一句。

何南边喊边往前追，三轮车缓缓刹住，何南这才发现骑车的人不是老汤，而是老汤的儿子小汤。有时老汤出来收破烂会带上小汤，教他算账，跟他说各种废品的价格。大家都说小汤是傻子，但小汤说自己并不傻，只是说话打磕绊，走路不稳当而已。

"是何南呀。"小汤晃晃悠悠地从何南手里接过那三个啤酒瓶，看了看瓶底说，"你看，有两个带十字的，一个没有十字的，一共是六毛五。"他拉开挎包的拉链，伸手探弄。

"我想要花生糖。"

"我，我爸没了，没有花生糖了。"小汤摸出一枚崭新的一元钱硬币递过来，"何南，我给你一块钱，以后你还会卖给我瓶子，对吗？"

何南点点头，硬币躺在手心，凉凉的。

"这是我爸说的，吃点小亏，生意才好做。"小汤重新骑上三轮车，他骑车的样子不磕绊，很稳当，跟老汤一个样。

何南伫立在原地，看着小汤的背影渐行渐远，硬币在手心闪着耀眼的银光。

[经 年 涩 果]

一九八八年，一颗未熄灭的烟头引燃了黄石公园，火势滔天，急速蔓延。官方认为这意味着森林有强烈的自燃需求，剧烈氧化后会重新焕发生机，与民意对峙失败后，匆匆投入人力灭火，可为时已晚，大火持续了两个月，共烧毁森林一百二十五万英亩。何方接完学校的电话，就想起了那场在时间和空间上都相隔甚远的大火。

校园已经空了，夕阳在灰云里往下坠，霞光浓郁，操场斜披着半截浅灰色的阴影。何方走进教务处所在的楼，走廊尽头亮着一盏昏黄的灯，一个男人站在灯下，穿着修身的夹克与西裤，皮鞋很亮，等何方走近了，他说："进去吧，都在等你。"

办公室里，教导主任坐在椅子上抽烟，他面前散立着几个灰头土脸的学生和一个敦实的成年男人，其中一个学生身上见了血，从脸颊一侧延伸到脖颈，染红了衣领，血迹正在凝结，两粒黑闪闪的眼珠与何方对视片刻，又慌忙移开。那是何南。

忆往镇每年都会出几起命案，车祸、溺水、仇杀，这些事情原来通过酒桌上的男人和买菜时的女人口口相传，现在是通过当地的公众号和微信群组，一条人命往往能造成一时轰动，继而人们又会很快收起这份惊讶，等下一次轰动来临时再重新展露，像对待合理的周期性病变。与那些极端的事件比，年轻人之间的斗殴，显得无足轻重。可人的不幸就像从天而落的箭雨，在隔岸而望的人看来是一场无关痛痒的血肉闹剧，对亲临者而言，擦破一丝皮都是冰冷巨刺直透心肺的剧痛。

"怎么弄成了这样？！"何方问何南，得不到回答，又回身把目光投向教导主任。

"人到齐了，来，正式谈谈这个事情。"

教导主任踩灭了烟，又点上一根，两道烟流缓缓吸入鼻腔，他饶有兴趣地看着手里的香烟，似乎在欣赏腾起的烟雾。

"三个主谋，那个小胖，流血这个，还有那个卷毛，剩下的都先走吧，明天放学之前交过来一千字的检查。"

几个学生得到指令，病恹恹地走出了办公室，何方紧紧盯着教导主任，索要答案。

"那货打的。"教导主任指了指卷毛，又指了指小胖，"他是看戏的，你来说说吧。"

小胖嗫嚅道："祖小光跟何南要东西，何南不给……"

"我跟他要什么了？"祖小光忽然吼了一句，声音低沉，脸上的横肉拧出来一截。

"他拿你什么东西了？"何方问祖小光，祖小光低下头不言语，"是借你钱了，还是偷你东西了？"

"小孩嘛，脑子简单，因为一支笔都能打起来，其实都是置气。"教导主任说。

"凭什么拿我家孩子置气！"何方指着何南说，"跟个血瓢似的，你眼瞎看不见呀！"

夹克男人突然飞起一脚，把小胖踹倒在地，又朝屁股上狠狠踢了两脚，小胖呜呜哭了起来，但又不敢哭出声，捂着嘴抽泣，身上的肥肉一层层地颤动。

"说，说不出来我今天饶不了你！"

"那个家长，这不是教训孩子的地方，收一收。说来还是这个小胖跟我说有人在打架。"教导主任站起来，夹着烟望向窗外的操场，像在俯瞰着万里江山，"这位家长，你也先别急，你的心情我可以理解。你看，现在是六点半，我还没有走，每个工作日都是这样，我会挨着学校走一圈，把每一个班级每一个座位都看一遍。我为的什么？我做学生工作这么多年了，大大小小的理由都听过，我得出一个结论，重点不在于为什么而打，而是打架本身，对吧？今天这个事情，我把各位叫过来，就是解决打架这个事情，但也不单纯是解决今天这场架，而是从根上杜绝他们以后再接着打。现在这个小伙子明显吃了亏，我也不废话了，咱们按着理解决，谁打的，谁道歉，受多大的伤，补多大的缺。以后，这种事情就不许在你们身上发生了。"

何方说："你这理听着没毛病，但还不就是和稀泥吗？我把孩子交到学校，按说学校就该负起责任！"

"学校……也有积极的处理方法。"

"那就别按照你的理，让我听听，学校应该怎么解决？"

"凡参与打架者，一律开除。这就是学校的方法。前几天你们应该收到短信了，学校正在往市里申报评优，对于这种恶劣情况，是不会姑息的。"

何方的心一沉，怒火顿时灭了大半，看着主任手里的烟，袅袅升腾。

敦实男人搡了祖小光一把："去，跟人家道歉。"

祖小光把头一点，说了声"对不起"。

"你们还得出医药费，拿着票报销。"教导主任说。

"是是是，出，我们出。"敦实男人连忙点头应道，"这位大哥，我也替我们家孩子给你道歉，真对不住，我改天上家里看孩子去。"

"问题不就解决了吗？将心比心，谁小时候没打过架。那个，小光是吧，你明天放学前把两千字的检讨保证书交过来，要家长签过字的，不许上网抄。你们看这么处理行吗？"

"我没意见。"夹克男人说。

"我家孩子，他也不是惹事的人呀。"何方不满地说，语气已经弱了下去。

"那肯定，孩子在大人眼里都是最好的，今天我跟你保证了，这件事到此为止，绝不会有下次。学生还是要以学业为主，别为了一时冲动，毁掉学生的前程，你说是不是？"

何方看了看何南脸上的血，又看了看窗外，操场已经彻底暗下去了。

"那就这样，回吧。"

夹克男人拽着小胖过来，朝着主任微微躬身，率先出门走了，祖小光父子随后也离开了，何方还想说点什么，却什么也没说出来。在校门口，小胖父子上了一辆奥迪，刚才那几个学生还没走，看祖小光出来围到一起说着什么，祖小光把他爸打发走，掏出烟给同伴们点上。何南坐上了电动车后座，经过他们时听见了嘲讽的嘘声。

像往常一样，耿苏苏坐在沙发上看古装剧，见何南被纱布裹住了半个脑袋，一下子挺直了腰杆。还不等她问，何南叫了声"婶儿"，就进了房间，锁头"咔哒"扭了一圈。何方走进厨房热剩饭，一脸的沮丧，煤气炉上用文火熬着中药，狭长的厨房弥漫着浓重的中药味，像一团黏稠的糨糊。

"不跟我解释一下吗？"

"缝了五针。"

"为什么？"

"跟他同学打架了。"

"你就这么回来了？"

何方用手撑着厨台，叹气。

"我也懒得知道，反正都是你们家的事，反正我就是个外人。"

何方吃完饭，鼓着腮帮子喝下了一碗黑汤药，洗漱上床。耿苏苏看完电视也上了床，她眉头微蹙，像是在生气，也像是专注于手机里的内容。耿苏苏在一高中当老师，虽然不是班主任，但累年的教学压力，让她比刚结婚时不知老了多少。以前何方惹她生气后，也是微睁着眼看她，觉得怎么都看不够，那时的她下巴紧俏，眉目间洋溢着青春的神采，而现在的耿苏苏则像一颗经历过冷冻又解冻了的果子，大致模样犹在，但少了新鲜的神韵。何方心生愧疚，偎过去搂住耿苏苏的腰身，并伸手关了床头灯。他们结婚五年后，就形成了无言的约定，一周一次性爱，自从去年耿苏苏给何方拿了药后，按照医生的建议，改为一周两次，周一一次，周四一次。可这天是周五，这次主动的额外求欢，明显带有求和的妥协意味。耿苏苏挣开了何方。

"有劲没处使了？"

何方躺回属于他的床角，嘴里残留着带有泥土味道的苦，尽管他喝完药就立即刷牙，还特地在网上买了漱口水，可药味仍是掩不住，就连同事都说能从他身上闻见药味。他迷迷糊糊地闭上眼，觉得身体周遭一片麻木，好几次就要睡过去，都被心里压着的那块石头给硌醒。等耿苏苏呼吸均匀，他轻手轻脚地下了床，摸黑打开水池下面的柜子，从一口废弃的旧锅里拿出一瓶白酒，拧开盖子，灌了一口。卫生间传来响动，何南走了出来。

"叔。"

"饿了？"

"不饿。"

"哦。"

"你在喝酒吗？"

"药味太浓了。来点？"

何南摇摇头。

"他们为什么打你？"

"他们让我交保护费，我没交。"

"保护费。"何方不禁笑了出来，喉结翻动，又灌下一口，五脏六腑着了火一般，他觉得舒畅了许多，"明天我给你一百块钱。"

"我不交。"

"给你买衣服的，我看你的衣服都小了。"

"还能穿。下学期学校就统一买校服了。"

何南回身往卧室走，何方叫住他："何南。"

"嗯？"

"别再让人打你了。"

"知道了。"

痛感在后半夜发作，何南梦见头顶趴了一只肉乎乎的虫子，粘住皮肉绷成一个结，疼醒后，摸了摸厚实的纱布，痛感时隐时现，频次细微地左右挪动，因为清醒，周围静谧无比。他盯着窗外的天色看了很长时间，一片纯粹的夜幕，逐渐缓解成深邃的幽蓝，倦意趁着痛感的间隙涌上来，再一睁眼，天色微白，像清散散的面汤。

何南起床穿衣，从书架下面的柜子里翻出一捆细长的军绿色帆布，一同翻出来的还有何安的照片和几本旧书，照片是从一张合影上抠下来的，做了放大处理，像是无数颗粒聚合在一起，随时都会散掉似的。他把照片立在书桌上，看了几秒，去厨房刷了昨夜的锅碗，在锅里舀了半碗大米，水没住锅的四分之一处，上面放了蒸屉，里面是昨晚耿苏苏下班时买的馒头，煤气灶啪啪响了几声，喷出幽蓝的火苗。冰箱只有一颗包菜，他拿出来切丝，用刀面压碎蒜瓣，热锅倒油，唰的一声，油烟味唤醒了这个家的早晨。

"碗筷等我下了班刷，这几天的饭你也别管了。弄得这么可怜，你叔心疼死了。"耿苏苏吃完饭，把碗筷放进水池，临出门又叹了声气。

"用不用给你请几天假？"何方问。

何南摇摇头。

"你婶没别的意思，她不是冲你。"

"我知道。"

何方骑着电动车把何南送到校门口，来往的人都不禁多看了他两眼，他走进班级，迎面扑来一团温吞吞的气流，这是每个人呼出的废气和零食、洗发水等味道混到一起的气味。大多同学都在座位上玩手机，最活跃的几个女孩围坐在一起，中间摆着几盒粗糙的化妆品。看见何南的人都发出了一声惊叹，引得大家都看过来。何南径直走到最后一排坐下，学校为评优做出的诸多改进措施之一就是按身高排位，他个子不是最高的，但瘦，就显得更高一些。

小胖捧着一个夹了很多菜的煎饼啃咬着走过来，含糊不清地说："我爸昨天让我跪到了半夜。你也别太犟，其实没多少钱，他要的就是个面子，你捧他，他就高兴。"

"你别管。"

"我可是这班里的老大。"

那几个围在一起的女学生，不知为何，又发出一阵哄笑，上课铃响起，大家都回到座位上。

夏芽坐到何南身旁，拿着一支紫色的口红说："你看这个颜色，骚不骚？"

何南把作业本递给夏芽，没说话。

"听说你昨天跟祖小光打架了？惹他干吗，他就不是个东西。"夏芽对着小镜子，试着把口红涂到嘴唇上点，又赶紧抹掉，扭过脸冲着何南笑。

"你认识祖小光？"

"玩过，没啥意思，就知道装 ×。字又写得这么方，老师该怀疑了，下次你写潦草点，我的字有点连笔，就像这样。"夏芽拿过何南的本子，写下了自己的名字，撇和捺都拉得很长。

两节数学课，夏芽都在偷偷地自拍，她又从书包里掏出了几支不同色号的口红，涂一种，拍一种，然后抹掉，再涂下一种，还趁着老师写板书时，挨着何南的脑袋拍了一张。大课间时，全校学生集中到操场上，排好队，跳《初升的太阳》。太阳的确刚升起来，洒下懒洋洋的光芒，学生们一个动作接一个动作地比画，几个老师在人群中走动，走到哪里，哪里的学生就立刻认真一些。做完操，人群又流向小卖铺，二十平方米大小的屋子，围堵得水泄不通，老板跟伙计面对一颗颗头颅和伸过来给钱的手，忙得不亦乐乎。夏芽买回来两包辣条扔给何南，算是写作业的报酬，小胖走过来撕开吃了，边吃边向何南传授一些从他爸那儿听来的社会经验。

祖小光走进班里时，躁动的氛围瞬时安静了下来，有几个男生跟他打招呼，叫光哥，很熟的样子。小胖立马迎上去，也叫了声"光哥"，祖小光冲他吼了一声"滚"，径直朝何南走过来。全班的目光集中在最后一排。

"你那医药费要我报销吗？要的话我就去拿刀，这学我不上了。"

"我没想跟你要。"何南看着祖小光，略显不安。昨晚何方带他去街上的诊所缝针花了三百多块钱，他半躺在手术床上，剪下一小片头发，注射了麻药，医生把黑线在药水中浸泡了一会儿，一针针给他缝合，生疼。何方一直看着他，其间没说一句话，也没提医药费的事情。

"那你就给我交钱吧，别人都交，你凭什么不交？要不这样，你弄死我，弄死我你就是学校的老大。"

何南低下头，但右手已经探进了书包里。

"光哥，他家穷得很，你看他这样子多可怜……"小胖凑过来说。

"滚！"

"要不，以后我替他给？"

祖小光抬腿就踹，却被小胖灵活地闪开，小胖没停，直蹿到了讲台上，引起了大家的哄笑。

祖小光也跟着笑了两声，坐到何南桌前推了一下他的肩膀，语气软了下来："要不这样，你跟着我混，我看你也挺有种的，以后就不让小胖当老大了，让你当。"

何南仍垂着头，像没听见一样，这出乎了祖小光的意料，往常他这么对一个男生说，肯定会得到非常热情的回应。祖小光脸上挂不住，又推了何南一下，何南仍是没反应。

"你看你那窝囊样儿，包得跟个龟头似的。昨天来的是你爸？脾气挺大啊，还不是被主任两句话怼得没声了？还问我跟你要什么，你今天就回去告诉他我跟你要钱，一家子窝囊废，我要是你我就去死了。"

"你觉得你很厉害吗？"何南抬起头，帆布捆已经拿在了手中，沉甸甸的。

"什么意思？"

"我问你，你觉得自己很厉害吗？"

"比你厉害点吧。"

"那你不算厉害。你应该去劫老师，劫银行，那样才厉害，我只跟厉害的人交朋友，你不配。"

祖小光愣住了，饶有兴味地看着何南，拿起夏芽桌上的作业本看了看，回头用目光在前排找到夏芽，喊道："夏芽，何南说他想×你，你愿不愿意？"

呼声四起，夏芽回骂了一句，淹没在呼声中，祖小光朝夏芽走过去，抬手挡了两下她的巴掌，哈哈大笑。

"我昨天翻他书包，里面有你的作业本，我还说呢，这小孩怎么这么横，原来是芽儿姐养的小白脸啊。"夏芽拿了一本地理书卷成筒，朝祖小光身上敲打。

祖小光边挡边说："夏芽不是处喽，夏芽不是处喽。"

何南噌地站起来，登上桌面，两大步跨过去，跳到祖小光跟前，抬手狠狠捆了他一巴掌，响声被上课铃盖住，大家收回讶异，各归其位，老师的身影从后窗掠过。祖小光缓过神，指了指何南，带着人灰溜溜地跑了出去。午休的时候，小胖拿着手机过来，说祖小光在 QQ 空间发了一个视频，视频半分钟不到，背景是无人的教室，祖小光拿着一根木棍站在何南面前，在他头上敲一下问一句服不服，敲到第三下，小胖突然跑了出去喊老师，拍视频的人骂了一句。何南舒了一口气，耸耸肩，并瞥了一眼夏芽。

"贱种。"夏芽骂道，"想不想报仇？我给你找人。"

"祖小光他哥刚从看守所出来……"小胖说。

"在我哥面前，汪洋连个屁都不敢放，何南，你说。"

"就我这造型，不发视频大家也知道我挨打了，不碍事。"

"你真尻。"

"夏芽，你对何南态度好点。"

等到学校里的人都走光了，何南才收起作业回了家。他把早晨的碗筷刷了，QQ 收到了很多消息，有人私聊他，更多的人在学校的群组里 @ 他。班里一个同学也转载了祖小光发的视频，底下已经有一百多条评论了，他一条条看下去，有人说祖小光下手太狠，有人说挨打的人太尻，有人猜测是何南偷东西被抓住了，更多的人在说风凉话，最受欢迎的一条是"我就是那根棍子，这货脑袋真硬"。夏芽也评论了：心疼。

何南回到卧室，把帆布捆从书包里拿出来，掂量了两下，搁到桌上，又看了一眼何安的照片，顿时吓得后脑勺发麻。何安的表情好像变了，原来微微勾起的右边嘴角变成了下垂，像是在伤感。这张照片放了很多年，他看过几次，都是翻柜子时顺便看一眼，他说服自己记错了，照片本就是这样的，随即他又想起，这些年来只要他打开柜子，第一个翻出来的永远是这张遗照。他凑过去看那张照片，离得近了，人像就失真，也看不出是在开心还是悲伤了。帆布捆在书包里装了一天，一端露出了刀尖。

何方高中毕业后在造纸厂当文书，一九九七年国企改制，工人们闹了好几天，抓住东西就往家搬，最后演变得像抢一样。何方年纪小，家里就剩自己一个人，不知道该拿什么，就缩在图书馆的杂物间里吸烟。图书馆是最先被搬空的，一车车的书拉到垃圾场卖了废纸。他心里忧愁，不知道以后该怎么活，就这么在杂物间里连着抽了几天的烟，厂子彻底凉了，成了一片完好的废墟。他临走时发现自己坐了几天的东西有点不一样，扯开糟透的油布一看，竟然是人民文学出的《莎士比亚全集》，一共六本，红皮金字，崭新崭新的。

何方带着这套书来到开封找耿苏苏，耿苏苏在河南大学念工商管理，因为何方没能上大学，两人已经两年没见面了。耿苏苏带着何方去了相国寺，晚上在钟楼附近逛夜市，吃了一屉羊肉小笼包，馅里有很多骨头渣。分别时，何方把那套书从背包里拿出来，耿苏苏说他傻，那么重的东西背了一天，还说图书馆里什么书都有，让他带回去。转天，耿苏苏用生活费给何方买了一支公爵牌钢笔，送他上了车，他们这就算是和好了。

何方回到忆往镇后开始看书，用钢笔把好的句子标注出来，不到一个月，书看完了，装着满脑子的爱情与仇杀，登辆三轮车，在烧鸡街卖凉粉，后来也卖过鞋子和专治百日咳的药粉，都不温不火。直到耿苏苏毕业，请家里托人把何方介绍到了河西的家具厂当组装工，这么一干就到了现在。

从河西家具厂到桥南父母留下来的老二居室，何方在这条道上走了十七年，早上七点二十出门，晚上六点到家，哪一段路有几个坑，哪一个转弯能遇到什么人都一清二楚。在祖小光被开除后的第二天，他下班回家就觉得不对劲，路口有几个不怀好意的半大小子盯着他看，其中有祖小光。他们尾随着何方跟过来，何方在家属院门口停车，扶着车，没回头。他们站在何方身后，问何南在哪儿。正好一辆检察院的公车路过，他们被吓退了。良久，何方回头望向那几个人，眼里渗出阴沉沉的恨意。

家具厂的工友群里有镇上的各种消息，小区失火，超市打折，交通意外，何方会在午饭时翻阅大家的留言，当他在群里看到何南挨打的视频时，直接到派出所报了警。民警把教导主任、参与打架的所有学生，还有学生家长都叫了过来，教导主任来派出所一见到何方就怨恨道："你看看你这个人，就这点事还弄到派出所！"

民警向教导主任询问了几句，得知当天斗殴已经协商解决了，重点放在了视频上面。教导主任说学校知道视频的事情后立即让祖小光删除了，还让他做了检讨，可视频已经被很多人下载，二次传播了出去，学校也无能为力。

"他们为什么打架？还要把视频录下来？"民警问。

"他们在学校里收保护费，我侄子不愿意交。"何方说。

众人皆是一惊。教导主任用食指指着何方说："你这个家长不要乱说话，我们学校这么多年了，就没出现过这种事情。"

民警看了一眼祖小光，沉吟了一会儿说："勒索可是重罪呀。"

小胖的父亲忙说："我们家孩子夹在当中，倒是什么也没干……"

"那他在那儿干什么？"

小胖父亲抽了小胖一巴掌："你在那儿干什么？"

小胖吃痛，看了一眼祖小光瞥过来的冷冷目光，心下一横说："祖小光让我在班里收钱，一星期两块，按人头算，谁不交就打谁。"说完就躲到了警察身边。

"是吗？"民警问，祖小光直摇头，"我想你也不会承认。"

"这里面别是有误会呀？"

"你是祖小光他家长？"

"是。是。"

民警用指节叩击着桌面，一下接一下，想了一会儿说道："这样吧，学校老师、祖小光家长，还有受害人家长留下，其他人先去走廊上站一会儿。"

等人出去了，教导主任先开口对何方说："本来就是芝麻点大的事，非要来闹，就不能为学生着想一下？"

"对，你说得真对，打架、勒索、网络暴力，都是芝麻点大的事，压根不需要管，就搁在那儿，一个个的全当睁眼瞎，这才算是为学生着想，是吧？"何方说。

教导主任自知失言，把手一挥："我跟你这种死板家长没话说。"

"如果这件事发生在大人身上，我就不用听你们在这儿吵了，先铐起来关半个月再说。"民警阴沉着脸说了句，转而对何方说，"但现在确实不一样，我之前遇到过这种情况，都是酌情调解，因为学生的年龄都小，按照法律不好处理。"

"那要是改天拿把刀把我家孩子捅了呢？"

"十四岁以下的杀人才不用负刑事责任，祖小光今年得十五六了吧，照他这个年纪犯了重伤、杀人之类的重罪，还是要判的，但没那么严重……一般都是批评加教育，就算提起公诉，走程序的时间估计比拘留的时间还要长。"

"我们孩子不敢犯大罪，可不敢。"祖小光父亲越听越害怕，见缝插针地说。

"不过现在这个性质确实恶劣，学校那边能做出什么相应处理？"民警问。

教导主任说："我们一定配合公安机关！只是最近学校在评优，只要不让学生牵扯上刑事责任，我们都好说。"

"那就开除吧。"

"行，开除。"

祖小光父亲半张着嘴，左右看看，挪动了几下脚步，什么也没说出来。

民警问何方："行吗？"

祖小光父亲说："不行吧。"

"没问你，你说，行吗？"

"我觉得，不是这么回事。"

"还有那录像的人，他们几个可都是一伙的。"民警说。

"开除，都开除！"主任说，"连何南也一起开了吧。"

"你可真欠。"民警急了，"我跟你商量案情呢，你什么态度？！"

主任干笑了两声，哈着腰摆着手说："不能不能，我刚才说错话了，错了。"

"那就这样吧，除了何南跟小胖，剩下的全开除，然后……再赔一千块钱的精神补偿吧，就当了结这视频的事。行吗？"

"行吧。"

何方和祖小光父亲都是一脸沮丧。

何方一想到家门口蹲着群流氓心里就硌得慌，晚上起来好几次去厨房偷摸喝酒，他不爱酒的味道，也不喜欢醉醺醺的感觉，只是觉得酒精在胸腹中灼烧的痛感似乎能化解些什么。那拨人又一次跟上来时，何方直接把车骑到了河边，走进一条狭长的胡同，里面原来是一家私加工的面粉厂，被查封以后拆了一半，跟老造纸厂有些像。那拨人跟在何方身后大概二十米的距离。在这断壁颓垣中，何方想起十几年前那个炽热无比的下午，他和耿苏苏同时被河大录取，相约一起去开封看大学，在车站买冰棍跟一伙人吵了起来，对方冷不防先动了手，一个直拳捅到鼻梁上，何方就蒙了。何安回到家看到他鼻青脸肿的，问完怎么回事，用新买的大哥大打了个电话，教导他说打架最好先动手，眼睛、鼻子、喉结、胸骨下面肋骨当中的那块平肉都是要害，然后接了个电话就出门去了。晚上有人敲门，说何安失手杀了人，跑了。二〇〇四年，何安在洛阳被捕，又牵扯出一些其他事情，终审判了十二年。何方最后一次去看何安是二〇〇九年，他跟耿苏苏结婚刚好十周年，何安已经有了征兆，眼神不对，说熬不下去了，还嘱咐何方要好好活。

残破的面粉厂似乎比别处更容易被夜幕侵蚀，天边还有半面残光，云彩还透着丹青色，厂子里却已经灰了下来，像一片凌空而落的树叶，持续而缓慢地接近一个量度的终点。何方拧开了生满黄锈的水龙头，哗哗的气流声往上涌，喷出来一些锈黄的水，然后如银子一般的水柱倾泻而出，他把手伸过去，洗干净上面的血。脚步声从他身后传来，何方洗干净了脸，回头看，是何南，他手里拿着一把熟悉的匕首。

没了祖小光那个小帮派的学校，并没什么不同。何南以为当他走进校园时，会和往常一样受到大家的打量和评论，或者是纠缠不休的挑衅，可没有，校园里和往常一样，值日生在操场上敷衍地清扫，男女生打闹着跑过，夏芽用紫色口红换了一支名牌眼线笔，画了一条翘着小尾巴的眼线，小胖继续啃着加了料的煎饼，总能在上课铃响起前吃完。好像那些之前关注议论何南的人，跟他头上的纱布一样消失不见。他跟何方从派出所出来就去拆了线，何方仍然在旁边看着，他很不开心，这种不开心和往常不一样的是，他眼里流露出了失望，对一个男孩子在行为和魄力上的失望。何南在等何方的发问，他想无论何方问什么，他都会如实回答，可何方什么都没有问。晚上，他听见厨房里传来动静，应该是何方又在喝酒。

祖小光被开除后的头一天，小胖非要请何南吃煎饼，两人前后脚走出校门，走在前面的夏芽返回来说："我看见祖小光了！"

马路对面站着六个人，其中有祖小光，看起来都不是善茬。祖小光跟一个高个子的平头说了句什么，那帮人穿过马路，朝何南和小胖走来。

小胖说："那就是汪洋。"

何南说："跑，一人跑一边。"

小胖朝北边跑去，身上的肥肉上下翻滚，转眼就没了影，何南慢悠悠地朝向另一边走，回头看了一眼，那几个人越凑越近，手都插在兜里，衣服手肘处凸显着一截硬物的形状，应该都是大班出来的学生，喜欢把甩棍、钢管之类的武器藏到袖子里。周围的人还算多，何南蹲下来假装系鞋带，又回头看了一眼，突然站起来就往家里跑，一路不知道撞了多少人。等何南跑到胡同口，汪洋他们还紧紧跟着，边追边骂娘，形成了一道人人避让的移动风景线，等他们追到了胡同口，何南已经拐弯跑进家属院，看不见人了。

何南跑到家里，觉得嗓子发紧，有血腥味，喝了一大杯水，小胖和夏芽都发来了消息，问怎么样了，何南说，他甩开了他们。小胖说，要不要报警？何南说，先躲几天再说吧，明天不能去学校了。小胖跟何南各自跟班主任打电话，请了假，借口是家里有事，班主任以为他们还需要去派出所解决纠纷，"啊"了一声，就同意了。

次日一早，何南起得比往常早半个小时，把早饭端上了饭桌，何方和耿苏苏起床时他已经吃完了，打声招呼就背着书包出了门，他故意把步子踩得很重，咣咣来到楼下，又悄摸上了顶楼，爬上了天台。七点半左右，耿苏苏跟何方一起出了门，他趴在天台边上看着两人走远，才从天台下来，回了家。夏芽发来消息说汪洋他们还在门口堵着，没见到人就走了，估计放学还会过来一趟，顺便让何南给她最新的动态点赞。

小胖发来 QQ 说："祖小光给我打电话了，约我们出去谈谈，说不动手。"

何南说："你觉得该去吗？"

小胖说："当我傻啊，肯定不去。"

下午，祖小光也发来消息，说在胡同口，让他下来，有事情商量。何南又爬上了天台，朝胡同口远远眺望过去，汪洋他们果然在，有人蹲着，有人站着，手送到嘴边又放下来，看不见烟雾。祖小光接着发消息说，汪洋想让你当学校的老大，替他收学校的钱，你下来点头认个错，发誓替他管账，这事就算完了。何南回，你不怕我报警啊。祖小光说，我手里还有一个视频呢，你同意我就删了，你跟小胖商量一下。何南没有再回，一下午爬上天台好几回，他们一直都在。傍晚时，何南开始做饭，等耿苏苏和何方下班，一起吃了饭，并坐在沙发上看电视，耿苏苏似乎并不知道何方报警的事情，家庭氛围比前些天缓和了一些。夜里，隔壁卧室传来争吵声，何南侧耳听他们吵架的内容，原来是何方偷着喝酒被发现了。

何南仍是一大早起来，做早餐，匆匆吃完，张扬地下楼，又悄悄地返回来爬上天台，看着何方和耿苏苏走远再回到家里把锅碗刷了。祖小光发来的消息，和昨天一样，何南仍没有回复。下午小胖约何南出来，神秘兮兮地说有事情，见面才能商量。何南背上书包，换了身深色衣服。胡同两头通着两个方向，一头通向西边的街区，往常何南上学，何方和耿苏苏上班都是走那一条，另一头通向无水河，沿着河能走到桥东。何南在家属院门口探了头，趁着一辆面包车驶过，朝另一头奔去，拐过几条曲折弯绕的窄巷，从一个灰溜溜的路口钻出来，到了无水河边。何南沿着河走过两座桥看见了小胖，他穿了一身黑皮衣，戴着墨镜，还跨着一辆摩托车，看见何南先掏出烟盒递了一根烟，是硬中华。

何南说："不吸。你看着比汪洋厉害呀。"

小胖硬是让何南把烟点上，自己也点上一根，把头一撇说："上车，我带你去放松放松。"

"去网吧容易被他们撞见吧？"

"狗屁网吧，泡澡去。"

小胖并不太会骑摩托车，一路上歪歪扭扭的，吓得何南好几次都要跳下来。他们沿河到了桥东的地界，没有进主干道，穿过一条小路拐到了高速公路边上，一排老旧的临街二层商铺挂着五颜六色的招牌，多是些汽修和农药种子店，最大的一个招牌印着蓝天大海和一个披着长发的女人背影，女人身边是四个红色行楷大字——碧海蓝天。碧海蓝天里是两座不起眼小楼，上面架着红色的广告字，分别是住宿部和洗浴部，水泥空地上停着几辆脏兮兮的小车。小胖停好了摩托，带着何南进了洗浴部的大厅，一个跟他们差不多大的孩子走过来，弯腰鞠了一躬，他穿着不合身的劣质西装，用别扭的普通话说了句"老板下午好"。他们在包间里换了浴衣，穿过走廊，掀开洗浴区的皮帘，除他们俩之外再没有别的人，只有一个最大的池子有水，一个搓澡师傅坐在搓澡床上抽烟。

"搓吗？"搓澡师傅问。

"泡会儿。"小胖说。

这跟何南之前去的澡堂都不一样，他下了池子，左右看了看，长舒一口气，浑身的毛孔舒张开来，缓释着这几天来的紧张情绪。

"我都不知道还有这地方。"何南说。

"多着呢，一高中知道吗？那儿的女学生一百块一次，去旁边的小旅馆就有人给你介绍。"

何南想起在一高中教书的耿苏苏，感觉受了侮辱："狗屁，你去过啊？"

"没敢，我爸经常在街里转悠，人多的地方我都不敢去。"小胖笑笑。

"这地方洗一次多少钱？"

"三十，算上搓澡四十，不用你掏钱。前两天从派出所出来我爸又揍了我一顿，他揍完就哭，哭完就给钱。"

"你爸对你挺好的。"何南盯着墙上的水珠出神。

"要是你当上学校的老大，也能来这儿洗澡。"何南把目光转移到小胖脸上，小胖接着说，"我不缺钱，没别的意思。关键是你不了解汪洋那个人，听说他之前杀过人，不知道为什么又给放出来了。祖小光跟我说，他是祖小光的老大，就想把祖小光丢的面子要回来，所以……你认他当老大就没事了。"

"他要是真牛×，还在乎学校这点钱？"

"一个人一星期两块，一个班少说四十人，一个年级平均六个班，化工厂那边的三中也是汪洋在管，没咱们学校人多。你自己算算。以前祖小光抽百分之三十，一个月也差不多两千块钱了。"

"小胖，你到底什么意思？"

"我知道你有个性，但咱们不能一直躲着吧。"

"我住在我叔家，不能像祖小光那样闹事，我闹不起。"

"那咱们还是报警吧，还靠谱点。"

"我怕祖小光把视频发出去。"

"你别管她了，夏芽没你想的那么简单。"

"我再想想。"

小胖想了想说:"没事,他们求的就是钱和面子,到时候找找人摆一桌请他们喝一顿,估计也差不多了。"

他们搓完澡,擦干身体穿上浴衣走出来。走廊尽头传来一声招呼,何南疑惑地看过去,是一个女人。

小胖问:"玩吗?"

"玩什么?"

"这个啊。"小胖有些掩不住的紧张,冲走廊尽头的女孩招招手。

"几个?"女孩问。

小胖问何南:"你玩不玩?"

"钱不够,算了。"何南说。

小胖对女孩喊:"一个。"

过了会儿,有人敲门,进来一个穿着短裙的女孩,二十三四的样子,长得一般,白花花的腿和胸脯晃得他们眼晕。

"这么小啊,刚才都没看出来。谁玩?"

小胖举起了手,他在颤抖。

何南几乎是逃出了碧海蓝天,他走上大路,过了桥和红绿灯,到了桥南的学校门口,正好是放学时间。何南等了会儿,看见了夏芽,跟她走到桥上,夏芽才发现了他。两人目光交接,一起笑了,夕阳灿烂。

"你还敢来?不怕他们堵你啊。"

"想过来问你个事,祖小光过生日时候,你去了吗?"

夏芽想了想说:"去了呀。"

"听说你那天喝多了。"

"忘了。"夏芽倚着桥的栏杆说,"他们就爱灌我酒,没办法,我留过级,认得的人多啊。"

"你跟祖小光谈过?"

"你不是问过我嘛……没有,我觉得不算。"

"他给我看过一个视频,我没太看清。"

"我知道那个视频，脸上沾了点奶油，他还发过 QQ 空间，我让他删了。他给你看这个干什么？"

何南挨着夏芽站好，也倚在栏杆上，脸上绽放出微微的笑意。无水河面上一片散落的金鳞，起伏着闪烁。"我给你听首歌。"夏芽掏出手机，点了两下，自己戴了一只耳机，又塞到何南耳朵里一只，前奏是慢节奏的钢琴声，然后是男女对唱，周围太喧闹，听不清歌词，但旋律很好听，"这歌以前可火了，都说唱这歌的女人自杀了，可后来她又跳出来宣布自己没死。这操作真骚。"

"嗯，真骚。"

"但是我不会。"

"什么？"

"你听。"夏芽小声哼唱出来，"'别飞向别人的床'……我就不会。"

"不会什么？"

"我不会飞向别人的床。"

何南沿着河原路返回，走进那个不起眼的死路一般的胡同，又走出来，他看见了一辆熟悉的单车，挨着另一条死路一般的胡同。他想了想，脑子嗡一声，扯下书包，把匕首从帆布捆里抽出来，闷头跑了进去。稍后的场景，远远超出了何南的意料。废墟里，几个人躺在地上，他都见过，有的在抽搐呻吟，有的没了动静，何方掐着汪洋的后脖颈，一下一下地撞在一面孤零零的墙壁上，撞出了一个模糊的血印。然后，何方松开汪洋，拧开了角落的水龙头。

何南走过去叫道："叔。"

"你怕那些人吗？

"那你为什么要躲着他们？

"她好看吗？

"我不该动手的，都这个岁数了还惹事传出去不好听，可我又想了想，都这个岁数了，实际上也不怕什么了。我看他们这几天总在家门口蹲着，就知道迟早要出事，既然要出事，就先出在我身上吧。我了解他们这帮人，他们不读好书，不听好音乐，没见过瑞典的美景，虽然我也没见过，但是我知道。很多事情就是这样，知道，再怀着希望，就够了。他们唯一拥有的是青春，可又不认为这是珍贵的，这样的人很可怕。这种可怕又是相对他们自己而言的，实际上他们很弱，弱者主要的特征就是欺负比自己更弱的人。我尽量不下狠手，可一想到他们混淆了强和坏的概念，就控制不住。来，喝了这一杯。晚饭不回家吃了，你想吃什么菜自己点。

"这个叫汪洋的人，我之前也听过，他在吹牛，用谣言在无知者身上做实验，这种操作我在一本关于营销学的书上看到过。在以前啊，想在忆往镇混出头就得先扫一趟街，你知道什么是扫街吗？就是带一群人在街里走，见一个打一个，然后告诉他你的名字。有的人专在一小片地方扫，有的人专扫跟自己年纪差不多的。镇上有过一个狠人，端着气枪，别着军刺，先把镇上的街全扫了一遍，跟他的人越来越多，他开始挨家挨户地扫，敲开门告诉人家他的名字，不管对方是男是女，是老是少，都得给他鞠躬叫哥。桥东的新车站那时候建起来，有跑广州和北京的国内长途，有跑安阳、郑州、洛阳的省内长途，更多的是跑县里的短途班车，那会儿乱，乡道上开的全是黑饭店，拦下车就给你端菜，敢不停就骑着摩托追着砸车。那个狠人沿着乡道一连铲了十几家黑饭店，从白道口镇到半坡店都知道忆往镇出了个狠人，之后，进新车站的车都得给他交钱，从忆往镇新车站出去的车没人敢拦。那个人就是你爸。时代真是变了，流氓都没以前流氓了。

"你爸在新车站附近开了间俱乐部，请了几个少林寺武僧团出来的教练，教人武术，很赚钱。新车站一片几乎都是你爸的兄弟，别人介绍我都说这是何安他亲弟。他初中都没念完，我不一样，是奔着大学去的。你爸出事那会儿，正好是我高中毕业，他把人给打死了，那会儿正在严打，偷个钱包都是两年起步，他估摸着不对劲，就跑了。他跑了，人家就来找我，我就把上大学的钱拿出来赔给人家了，八千块，一大部分是你奶奶留下的，剩下的是你爸给我的。本来我跟你婶是能一起上大学的，她毕业了也能去上海啊北京啊这样的大城市，那时候的大学生还挺值钱，可她没有，还是回到镇上跟着我过，所以我一直觉得对不住你婶。

"你屋里那套莎士比亚，读过没有？我读过很多遍，你婶儿在开封上大学的时候，我就一遍遍地读，觉得读书能给我带来一些东西。我最喜欢的是《科利奥兰纳斯》，讲的是一个高傲但又很容易受人影响的英雄，读的时候老把那个人想象成你爸。你爸杀人是因为我。我在车站挨打了，等你爸回到家，跟他添油加醋地说了一通，说他们还骂了你奶奶，其实他们没骂。你没见过你奶奶，她很不容易。你爷爷在'文革'时候死了，他会唱戏，会写毛笔字，最要命的是在家里藏了几张外国油画的复印本。后来，你奶奶就在广场街那儿卖了几年炸油条，又进了造纸厂当了工人，最后得的病叫作造血功能障碍，死的时候不算老。我的本意是想找回面子，因为我挨打的时候你婶也在身边，还跟她吹我哥有多厉害。可我没想到，他把人打死了。虽然他那么走下去迟早得出事，可到头来栽到了我身上。我愧疚。

"那年你才四五岁吧，你爸在监狱里自杀了，我去监狱看过他很多次，他没提过你，我也压根不知道有你这么个侄子。是他死了之后，你妈把你送了过来，说要去浙江打工，让我们照看你。我后来想过，她肯定是想等你爸出来的，可你爸一死，她就没盼头了，你别怪她。那会儿你婶挺不高兴，但还是接受了，她人很好，我欠她的太多了，我耽误了她。你也知道，我们俩这么些年没孩子，其实就把你当亲生的了。那会儿我的理想是当一名记者，拿着相机拍照，在报纸上写文章的记者，觉得很光荣。可就差一步，就差一步，一切都成了，就差一步，现在的一切都不会发生。那天从派出所出来我看着你拆线，心里就想，如果你爸杀人时跟你一样大，也许就没事了。你现在这个年纪，杀人不用偿命……其实也不是这么回事。问题不在于年龄，在于环境、人，以及永远都会有更坏的事情发生，永远。我有点喝多了，你多吃菜，长得壮点。这几天我老梦见你爸，还是年轻时候的样儿，他问我为什么不把你照顾好，我很慌，说不出话。你爸是因我死的……

"我和你婶从小就管你管得严，她害怕你长成你爸的样子，怕你出去跟人打架，跟人疯跑，所以老把你关在家里。当我看到你挨打的那个视频，我开始后悔，还不如像你爸一点，起码不被人欺负。你跟我一样，有顾忌，有顾忌的人都容易被人欺负。面对各种不公平的事，我们都有权利反击，但大多时候，我们没有权利动用这种权利，就是因为太顾忌了。以后等我和你婶都老了，你的顾忌会更多，但我们都有退休金……我喝多了……何南，你给我听好了，从现在开始，你有权利反击，我是你叔，我赋予你这个权利，我承担你的顾忌……我再送你一句话，他因为看见罗马人都是绵羊，所以才会做一头狼；罗马人倘不是一群鹿，他就不会当一头狮子。谁要是急于生起一场大火，就得先用柔软的草秆点燃……

"那不是你妈，是你爸那会儿的相好，那时候你爸有很多相好的，我也不明白为什么女人都喜欢找打架厉害的男人。

"那是我买的，你爸逃走之后，我一个人在家，怕有人寻仇，也没用上。

"你爸很少笑。

何方喝得脚都软了，被何南搀着回到家，耿苏苏边给他脱鞋边骂，何方什么也听不见，他又梦到了何安。何安光着脊梁背对他，坐在客厅地板上看录像带，手里夹着一根永远燃不尽的烟，这是他在家的常态。何方跟他说话，何安没听见似的，何方过去掰他的肩膀，看到的却是何南的脸。

清冷晨曦漫过窗沿，何方拿起床头的水杯灌了几口，耿苏苏也醒了，在他背上狠狠拍了一下，然后两人相拥又睡到了天光大亮，桌上摆好了简单的早餐，何南已经出门了。

厂长打来电话，语气很急，说要开会。何方觉得纳闷，他一个主管实操的小组长，什么会议能少了他不行。他匆忙扒了两口饭，刚准备出门，厂长又打来电话问他走到哪儿了，他说在半路了。

"具体地点！"

"刚出门。"

"厂里正好有车经过，在你们家路口等着吧。"

何方跟耿苏苏在胡同口分别，他站在路边点一根烟，心想厂子是不是要裁员或者倒闭，一辆警车鸣着警笛呼啸而来，停在他身前，下来了一个熟人，是那天在派出所处理何南视频的人。他刚想问些什么，就感觉身子一下轻飘了起来，又狠狠摔到了地上，几个武警一拥而上，反别住他的手，上了手铐。

"一死一重伤，下手够狠的啊。"警察说。

何方头枕着前排的座椅，心里很平静。两年后，他用一根竹片磨穿了脖颈处的动脉，流出的血比他预想的还要多。

"我不怕。

"他们骗我说有一个视频，录的是我喜欢的女孩，我怕他们把视频发出去。

"很好看。我觉得我妈小时候，就应该是那个样子。

"那个小胖在我们班是管收钱的，每个班都有这么一个人，周五下午放学他们会组团开会，出去吃饭什么的。我对小胖没意见，他人挺好。我就是觉得这钱不应该交，我见过你在厂里干活的样子，学期末的时候我婶经常写教案写到半夜，虽然是因为看电视剧给耽误了。我不该乱花你们的钱。也有其他人不愿意交，祖小光会整理一个名单，挨个打一顿，我就觉得这钱更不能交了。我不怕他，领一帮人打一个人这种事谁都能干。那天他堵住了我，我问他敢不敢单挑，他说行。他比我大点，比我壮，但个头比我矮点，打了一会儿，都累了，谁也没服谁。祖小光觉得没把我打服，没面子，抓住我的书包往地上摔，夏芽的作业本掉了出来，夏芽就是那个女孩。她的作业都是我给她写，考试也是，隔得再远我也想办法给她传纸条，她应该知道我喜欢她。祖小光也认识夏芽，他说他过生日的时候夏芽喝多了，他录了一个视频，给我看了开头两秒，的确是夏芽，她搂着一个男孩的脖子，像是喝多了。我心里很难受，问他怎么才能删掉，他说录一个揍我的视频就行。我答应了。打了几下，小胖就跑出去告老师了。

　　"我没见过我爸，关于我妈，我也只记得几件事。在哪儿我忘了，反正是一条马路边上的小卖铺，夏天卖凉鞋，有一种小孩穿的凉鞋，脚底板那个位置安了气门儿，一踩就响，冬天卖春芽鞋，只有蓝色跟红色。她应该是在给人看店吧，有个人过一段时间就过来算一回账，也有可能是房东。住的地方就在楼上，有张铁架子床，上面堆着货，我们俩睡在下面。有一回我妈半夜把我摇醒，非得让我哭，我哭不出来，她就抱着我哭，我看见她哭，也跟着哭了。然后我们坐车去了郑州，这我记得，卖票的人一直在车门口喊，郑州郑州，有座儿。她带我去了动物园，但我不喜欢那地方，一直哭，她给我指着认老虎、狮子、大象。我不是怕，就觉得难受，那些动物看起来很难受。她还带我上了一次公厕，五毛钱一次，我没有尿，进去站了站就出来了，她觉得很亏让我再进去尿，但进去还得掏钱，就算了。我那时候小，但有预感她要把我送走，我在电视里见过这样的事情，对了，卖鞋那地方的楼上还有台小电视。我一直哭，怄她，她一直跟我说要听话，一直说，一直说，说了好长时间，还许诺回头给我买好吃的，我知道她在哄我，更使劲地怄人。她就哭了，坐在大街上哭，我看着她哭，有一个路过的老奶奶给我买了一瓶奶，还劝她，我以为她们认识，可老奶奶劝了一会儿就走了。

　　"我还记得我们在一条很长很长的公路上走，旁边有条小河沟，上面长了一层绿色的什么东西，她问我去哪儿，我说回家，她指着河沟说过不去。她又问我去哪儿，也是一直问，一直问。然后还去了一个人家里，我不记得是谁了，就坐了坐，说了些什么，我们就到了忆往镇。到了咱家楼下，她又开始叮嘱我，要听话，说着又哭了，我往她身后看，以为那个老奶奶会再出现，可没有，那瓶奶喝完了，灌的白开水，喝起来还有一点奶味。

"小时候，你们老怕我想她，其实我只想过那么一阵，就不太想了，就记得她跟我说的，要听话。一开始我就想，听话一共有多少意思啊，我只知道不哭是听话。后来知道听话就是你们让我干什么，我就干什么，很简单啊，一点都不难。我得感谢小学的那个老师，她跟我婶是朋友，还来家里吃过一次饭。有一次我上课走神儿被抓到了，她说你知不知道你什么处境，知不知道你婶为了让你上学费了多少力气，你的户口如果小学毕业了还办不下来，就不能上初中了，你应该比平常人更争气。户口办下来那天，你们都很高兴，还比着掰手腕。你俩那时候好像很爱笑，经常打闹什么的，现在好像越来越少了，我怕是我做错了事，现在其实不怎么怕了，一个错误不会因为犯了错误更错误……以后我不会让他们再欺负我了，一个不欺负别人的人，就不应该被人欺负……如果，如果今天下午他们打了你，我就会……

"相册里有一张我爸跟一个女孩的合影，跟夏芽很像，是不是我妈？

"刀是我在床底下翻出来的，是我爸留下来的吗？

"我爸的遗照，是不是笑着的？"

何南第一次喝酒，很上头，扛着何方出来小饭馆，好几次都要跌倒，迎面一过来人，他都要停下来盯着对方，确定没有威胁再开始走。等到了家，他出了一身汗，酒差不多已经醒了，耿苏苏好像没看出来他也喝了酒，埋怨何南应该看着何方，别让他喝那么多。

耿苏苏说："我跟你叔这几天在吵架，你别想多，去洗洗睡吧。"

何南应了一声，洗完澡回到房间，才发现手机上有不少未接电话和未读短信，除了小胖的号码，就是一个陌生号码，说自己是汪洋，何方打了他的人，要让他出来负责。何南回复了汪洋和小胖的消息，说明天早上七点，在河边见面解决，然后又拿起何安的遗照看了看。

清晨六点，何南起床熬了半锅小米粥，煎了两盘鸡蛋，出门时把刀别在了腰间。

无水河边，站了个染着白头发的人，他问来人是不是何南，何南说是，两人来到桥底下，那儿站了一堆人。汪洋在地上蹲着，脸上结了层血痂，右眼角裂开，皮肉烂成了一团，手里拿着一把甩棍。小胖趴在他脚边，呼哧呼哧喘着气，衣服上全是鞋印。

汪洋说："你叔呢？他怎么没来？"

何南说："他得上班。"

汪洋说："他上不了班了，他摊上事了。"

何南缓缓扫过周围的人，说："我愿意给你管学校的账，这事能算了吗？"

"你们学校就是个垃圾场。"汪洋站起来，抬起一只脚踩在小胖的脸蛋上，转着圈往下踩，"不是那回事了，你现在就给你叔打电话，说你挨打了。这胖子是你兄弟啊？小嘴儿挺能说的。"

几个人过来掏何南的口袋，何南从腰间抽出匕首，吓了他们一跳，可惜动作幅度太大，不够流畅，减少了许多威慑感。何南刚把刀拿稳，就被汪洋抓住空当，一记窝心脚踹得他后退了好几步，他持刀的手在空中乱舞几下，显得很无用。又一个人抓住何南的头发，往下压的同时抬腿提膝，闷闷撞上去，何南把刀一松，双手撑在地上，鼻血一粒粒滴落在地。又有人把他的手踢开，他身子失重，额头重重磕在地上，被一阵连续的踢踹逼得左右腾挪。远处传来的鸣笛声让攻击暂时停下来，众人看向汪洋，汪洋静静听着，也一脸狐疑，等警车在路面上呼啸而过后，才松了半口气。

"给你叔打电话。"

"我叔的事，我替他扛了。"

"我那俩兄弟现在还在抢救呢，你扛不了。你叔是不是跑了？我跟你说，我找不到他的人，你可就回不去……"

汪洋忽然眉头一皱，缓缓回身，看见一脸是血的小胖，手里握着何南掉落的匕首，大半刀身已没了自己的腰间。所有人都怔住了。汪洋试着捶小胖，小胖把刀一抽，甩出来一圈血点，吓得其他人都后退了两步，染白头发的人直接掉头跑了。小胖一手搀着汪洋的胳膊不让他倒下去，一手握着滴血的刀，他咬着两排小白牙，沉闷地呜咽了几声，又把刀捅进了汪洋的身体，转了半个圈，再拔出来，鲜血一团团地掉在地上，摔成血沫。

"我想了一夜，只能这么干了。"小胖对何南说。

警察到达时，汪洋的脸已经苍白成了一张纸，何南忽然问小胖："你今年多大？"

一年后，何南去安阳市第二监狱探监，他对何方说了三件事：一、耿苏苏改嫁了，对象也是一高中的老师，也是二婚，有个女儿。二、小胖赔了汪洋家十五万，他准备去南方学做菜，回来开一间饭店。三、他和夏芽一起来的，夏芽让他给何方问个好，他们辍学了，准备去深圳打工，空闲时一起读莎士比亚。

[悲　艳]

记忆潮水退了又涌，我开始抽自己耳光，一下、两下、三下。母亲推门进来，问我要不要买房。等她描述完房子的诸多优点和贷款的微小压力，我拒绝了她，她说我这辈子都娶不到老婆了，并分饰两角，模拟日后我因房价疯涨而向她认错的场景，临走前留下一句"你好好想想吧"和一声惯有的叹息。这是她一贯的作风，当自己的焦虑得不到释放时，就给对方制造焦虑，除了暴力和詈骂，这种精神下毒的行为是人类最恶毒的报复手段。

老宅位于忆往镇西隅的平房区，民国时是码头闹市，顺着无水河并入运河，能抵达省外多地。往日的坐贾行商成了今日这片贫瘠之地的底蕴，贴上文化古街的牌子，至少三十年内不会拆迁，房价翻了几倍，但有价无市，压根没人愿意住在这鬼地方。

在两公里之外，母亲推开她现在的家门，灯都开着，桌上摆着几盘刚出锅的菜，丈夫和继女都在，她欣喜地埋怨怎么不把做饭的机会留给自己。她之前释放过信号，说想给我买房，没有得到回应，于是她说如果我以后结不了婚，全家都一起丢人。她的丈夫因此又开始打麻将，按照常人的反应，会以愤怒或冷漠对峙，令双方陷入僵持的境地，而母亲照常推着小车在广场街卖炸土豆，回家洗衣做饭，不经意地叹息或擦拭汗水，主动跟丈夫说话，待关系缓和时，再苦口婆心地倾诉自己的诉求。她丈夫曾在这样的攻势下，给她代理了一个化妆品牌子，开业的第二个月，因举办类似传销的活动被工商局查封。

饭吃到一半，母亲觉得氛围刚刚好，又想提房子的事情，她的丈夫抢先说："咱们还是离了吧。那时候跟你结婚，一方面是觉得你会过日子，另一方面是家里看起来能圆满些，让妞妞好嫁。现在妞妞都成家半年了，我也不怕丢人，咱就散了吧。"

"你啥意思？！"

"姨，反正你俩结婚的时候也没大张旗鼓地张罗，就偷摸散了吧，咱们谁也不跟外人提。"

"你们这是啥意思？！"

"家里你可以先住着，我给你在小卧室铺好床了，一个月，把东西慢慢搬出去，不让别人知道，你看行吗？"

"我一个女人家，这个岁数还离婚，让别人怎么说我？"

母亲朝着两人的密切配合，缓缓抛出一个过时的问句，没有得到回应。她放下筷子，走进卧室，哭声从未掩紧的门传到客厅。

她的丈夫无奈又坚定地提醒："你住另一间房！"

母亲在小卧室里哭了半夜，天将亮时起床淘洗土豆块，生活节奏照常，她的丈夫因担心她想不开在家自杀，整整一夜没睡，听见外面的响动，轻蔑地合上了眼。

忆往镇的空气常年重度污染，但这里的人只在乎天气阴晴，广场街车来车往，孩子奔跑，少年在篮球场上挥洒汗水，没人把偶尔的咳嗽干呕跟空气污染联系起来。母亲支起小摊，铁板刷油，土豆块嗞嗞冒烟，她微微叹气，但身旁无人，酸楚无处寄存，又回归其身，狠狠地向内腐蚀。

一辆电动车在寒风中缓慢刹车，笨拙地掉转回来，叫了声母亲的名字。

"上次给你家孩子介绍的，怎么样了？"

母亲的眼泡红肿，视线比往常模糊，眯着眼辨别那张从围巾里冒出的白而皱褶的脸。

"别提了，何南不是伤了骨头嘛，这孩子总办丢人事。他不愿意出门走动，俩人加了微信，聊得怎么样我也没问，只要孩子愿意我没意见。"

"那女孩家里是承包菜地的，这会儿在浩创商场里卖首饰。"

"唉！"母亲趁机狠狠叹了口气，"其实吧，我不太能相得上，也没个正式工作，你上上次说的那个还有信吗？"

"那有工作的可不好找，人家要求也高，想找个房、车、工作都有的。"

"我家就要买房了，这几天正在看。"

"准备在哪儿买？我听说等过完年房价又要涨了，能涨到七千！"

"那要赶紧买了，这几天正在看……"

寒风中，母亲强硬地把一大盒炸土豆装到她朋友的车篮里，然后看着来往人群发呆，任土豆块在铁板上嗞嗞冒油，炸得焦黑变质，她深感茫然。

茫然往往生发于艰险之境，无力应对，所以刻意忽略，直到被外力催逼得无处可逃，才重新审视起冰凉的烂摊子，并再一次体会到，逃避并不会使情况缓和。

那个黎明，我悄悄走出C的家，沿着路灯走向远处的车站，气温零下十度，空气发苦，拖行李箱的手逐渐麻木，我知道C肯定在窗后注视着。我没有回头，出来小区，走了很久，坐在车站冰凉的椅子上等待，不知道有没有车，该去哪里，我深感茫然。

C正在读研，在学校附近租了间卧室，我住进去的头一晚上，她用被子把自己裹得紧紧的，笑着问一些傻问题。我不想说谎，又不知该怎么回答，于是从她身上翻下来，怅然地说其实挺想她的。这是真的。我留下来的朋友很少，可想念的人亦很少，总歪歪扭扭地寄存一些思念，这很廉价。但C因此松开了被子，然后说有些疼，疼哭了，哭着说很久没做了。她还说，这一切都很唐突。

我在C的家里待了半个月，醒了看电影，饿了点外卖，吃饱了就做爱。C实在看不下去我的生活，就借了同学的车，拉着我来到滑雪场。天色淡蓝，把雪也映蓝了，几座等边三角形的山在远处重叠，中间是一条弧度惊险的宽阔雪道。我听着C的指导，在初级雪道上从头摔到尾，发现之所以会摔倒是因为惧怕，而非失去平衡。于是我重登顶端，笔直地俯冲而下，惊险地躲过几个游客，速度快得像一支箭，快感令我瞬间理解了极限运动员的乐趣。我平稳地滑到缓冲区，C在我身后紧随而来，严肃地说太危险啦！我自以为掌握了滑雪的窍门，完全不听C的劝告，以同样的方式再次俯冲而下，经过一个隆起的雪堆，重心不稳，前面的人也令我慌张，凌空翻了几个滚，重重摔到地上。我刚站起来，一个同样笔直地俯冲而下的人又把我撞飞出去，在雪地上滑了很远，雪板和头盔散落一旁。C赶过来问我有没有摔伤。我并没有受伤，但开始害怕。C又把我拖到了中级雪道，我畏手畏脚，稍微重心不稳或速度快一些，就主动摔倒。C一直绕着我滑行，嘲笑着我，自在得像一只空中雨燕。

从雪场回到家，片状的雪花匆匆下落，我们因做饭的事情开始争吵，解释自我，纠正对方，在误解上增加误解。C的室友突然敲门，我以为是来投诉的，C说过她跟室友的关系很一般，但没想到室友送来了一块生日蛋糕。C说，许个愿吧。我许了一个身体健康，她说这么隆重的仪式得许三个，我又许了发财和世界和平。那块蛋糕上并没有蜡烛，我们还是吹了口气，然后分食了蛋糕。那次之后，C买了很多蛋糕放在冰箱里，但并没有起作用，我们还是争吵。C总说："你以后该怎么办，想过吗？"我则以她的皮肤和身材比例等原因攻击她。她甚至趁我出门扔垃圾时，把我关在外面冻了半个小时。

有一晚，我们在异地的大街上吵起来，她说要自己走回去，我赌气说："那你走吧。"她在不认路、手机也没电的情况下，真的转身走了。我在原地等了十分钟，她没有回来，于是我朝着她离去的方向奔跑，越找越慌，跑到一条岔路口时停下来喘气，四周静谧得令我窒息。我拦了辆车回到酒店，希望能见到她，可房间没人，于是又打车回到原地，路上也没见到她。再次折回酒店时，我忍不住乱想起来，怕她遇上坏人，怕她赌气跟别人回家，悲观地想下去，有点想哭。正准备报警时，她打来电话，说到酒店了，手机刚充上电。我回到房间，看见她正在敷面膜。我的胃里忽然莫名翻涌，冲进卫生间一阵呕吐。

我觉得这样下去没有意义，更疲于维持与C的关系，于是在冬季的凌晨离开了她。我茫然地坐在车站，不知道能坐多久，坐到什么时候。在电影或小说里，这样的时刻便是结尾，可生活却一直跟着我。我坐了两个小时，上了第一辆班车，整个人都冻僵了。在车上，我想到了死，我并不畏惧死亡，并认为人应该尽早地认知死亡为何物，但我深怕痛感，哪怕是濒死前那短暂的痛。痛感把我跟死亡阻隔开来，我们时常彼此凝望，迈不开步子。这种平稳的状态源于我足够脆弱的心理和基本健康的生理。

东屋后的一棵大桐树遮蔽了阳光，屋子阴凉，父亲死之前的半个月，从医院回来，他知晓自己就要死了，就主动要求住在东屋。他总半躺在床上，靠着墙，为抵御痛感而抿嘴憋气，许多年前爷爷就是这样死去的。他开始浮肿，手指头像一根小水萝卜，呼吸带着撕裂声。我想为他做点什么，对此他总是摇头。他死的前三天，突然不痛了，甚至下床扫了几下地，浮肿仿佛本就是他身体的一部分，像个充气人。

邻居吓我说，人死后的第七天会回来，回到死的那个位置，人在夜里举着蜡烛站在那儿，就能看到死者的影子。我一度畏惧东屋，觉得门口那一圈阴影后隐匿着父亲的病魂。有次发烧时就想，我要是死了，是不是也会永远地留在这间屋子里。退烧后，我看到小朋友们在打水仗，就跑回家到处找水枪却找不到，然后不假思索冲进了东屋寻找，发现屋里什么都没有，什么都没有。死亡是一间空房子，无人给予我物品，亦无人夺走我的空旷。之后，东屋成了我的独立王国，存放我的书和玩具，夏天时把破了洞的被单铺在地上，睡上去很凉爽，渐渐地，家里的杂物都堆积到这里，母亲从前夫那里带回来的东西把东屋最后的空隙填满，再没有下脚的地方。

老宅的面积不算小，但只有一间堂屋、一间东屋和一厨一卫，屋后的菜地占据了一大半空间。菜地缺少打理，小鸟在这儿收翅啄虫，遗下爪子上的草种，菜地便起了野草，一入秋，草也荒了，地面平整僵硬。母亲重新回到老宅，面对着菜地，给自己鼓气说要好好改造这片菜地。

"你不是要把院子卖了吗？"

"卖啊！这两天就有人说要来看，卖了就去付首付，行不行？"

"那还打理什么菜地。"

"活着嘛！你看你总抬杠……"

母亲住烦了这种红砖青瓦房的院落，她在乡下长大，住的就是院子，嫁给父亲住的还是院子，之后跟了几任丈夫，感情不稳定，楼房也住得不踏实。她很关心楼市的涨跌，每每听闻楼市涨价，都像是亏了钱。

她用铁锹平了荒草，翻了几回地，准备种几棵果树，不知道种什么，就把舅舅家的表哥叫过来把握。表哥专门倒卖树苗绿植，镇上楼盘的绿植，大多都是他那儿出的，也因此挣了钱，有次过年他颇为得意地说这一年挣了近百万。在倒卖树苗之前，他开长途货车，总能从口袋里掏出一大沓钱，之后迷上打牌输了几十万，回到家把左手无名指剁了。如今，他攒了辆六十万的车和一套自己的人生哲学，说话像上课，是家族里公认的最有出息的人。

"种完树，房子就容易卖出去，买了房，你就容易找对象，找了对象……"他拍了拍我的肩膀，"留在家吧，哪儿也别去了。"

这话虽从表哥口里说出，但依旧能听出母亲的语感，我没说话，默默在屋后栽了几棵苹果树苗，肋下又疼了半天。

"没不让她卖房子，也没不让她买房，只是我不想买。"

"她想让你支持她呗。"

接着，表哥用大树、小鸟、卧冰求鲤举例，多方侧面证明他的正确性，我不能表现出不耐烦，因为树苗是他拉过来的，没有要钱。临走前，他又跟我总结了一遍对我的规划：买房、结婚、去他的园子工作。

母亲始终没有露面，以此来摆脱这说教的嫌疑。晚饭时，她叹着气哭了起来，问我能不能把碗刷了，我说可以，她回到卧室躺下，又问能不能倒杯水，我刚把水杯放下，她接着说心口发闷，难受得快要死了，切一个苹果端过来吧，我没有理。夜里，母亲连续跟几个人通电话，谈论我的前程、婚姻、性格。模仿智者无奈的叹息，是中年人的游戏。

母亲是我人生中最重要的导师，她使我很早就能分辨爱与伪爱。爱是替他人考虑，伪爱是在他人身上替自己考虑。例如母亲为我的未来费神，而我目前最需要的其实是一面遮光窗帘，我嘱托过她很多次，她只当没听到，因为遮光窗帘不是她想给我的，她只想竖起伪爱的大旗，在我身上满足自己对幸福的定义。更简单点理解，只要是理智思考之后，仍觉得不舒服的关怀，就是伪爱，也并不是说伪爱一定是坏东西，大多人都幸福地活在伪爱的暖巢里。毕竟人与人之间很难产生真爱，但人类总是习惯用爱去解释一切，所以常常伤心。

天亮时，母亲在门外试探着问："又有个女孩，税务局上班的，可有才了，自己考上的公务员，你相一下吧。"

其实母亲根本无法把我推销出去，自我回家以来，她问过我很多次愿不愿意见见哪个女孩，无论我如何作答，她都会把线索跟进下去，几经波转，然后断线。没有女孩愿意见一个家境一般，在家养伤，且不是公务员的男人。更没有女孩符合她的条件：有工作，是处女，不要彩礼。

我没有回应，隔了很久，她又耐心地问了一遍。

"以后这事你安排吧，不用问我意见。"

又一声轻飘飘的叹息穿过门板，重砸在我身上。

我从母亲身上习得了种种特性，合而汇聚为一种真诚的狡黠，我依仗着这种狡黠对世间一切都提前露出失望，不对任何人抱有期待，也不因过客的精彩而心动。我唯独没学会的就是这声叹息。她讲述过无数遍，自己从一个村庄叹息而来，在叹息中生下我，在忆往镇如此叹息了几十年，这一切都很值得叹息。

我十七岁那年，高考失利，提着编织袋去云南打工，母亲以叹息送我，我因而在云南连待了三年。在那个大得像个小国家的工厂里，我们用的钢筋，一开始都是卷状的，需要用机器拉直，截断成长短一致的甶状。下工后就坐在温吞吞的钢材上看天，一整天的重复工作，仍无法压抑心中那无法言明的期待。我忐忑地思考宇宙和地球的关系，我与自然的联系，当然还有爱情，这个世界上专门吸纳叹息的东西。理性来看，世界上压根没有这东西，那些因爱而发生的事情，不过是初识的惊艳与合适的平凡，存不下浩然神性。我早早看穿了这一点，所以我初登情场便熟练无比。

漫长的夏夜，蚊虫飞走，工人摇扇漫步，我洗漱完，耐心等到凌晨之后，除了值班室几个赌鬼，厂子里静得只剩下狗叫。我换上软底帆布鞋，去厕所方便，若回来时还没碰到人，并在 A 的门口看到空饮料瓶，就会推开虚掩的门。这个过程我体验过十几次，每次都无比美妙。她的宿舍里装了空调，推开门的那一瞬间，A 的洗发水味和凉气一同把我包裹住，我站在门口，等眼睛适应屋内的黑暗，缓缓走到床边。A 总穿着一条银色的丝质睡裙，长发铺陈，半截小腿伸出薄被，光洁得像一段玉，我笨拙地侧躺在她身边，像捞月一样捞她的身体。我们总是很小心，从没把她的孩子惊醒过，她也从没在黑暗里说过话，一句都没有，我们的话都留在白天说。

我跟几个工人搭伙做饭，吃得很凑合，做饭的地方在 A 隔壁，

A 觉得我们可怜，总送菜过来。她的老公是运输组的组长，自己学过中医，经常给人把脉开方，家境宽松些，我们因此多了不少油水。大家都喜欢 A，尤其是没有对象的年轻人，总在她的身上瞄，背后说的话不堪入耳。有天 A 主动爬上钢材垒起的高台，问我总坐在这儿看什么。我对 A 说，迟早得离开这儿。A 说去哪儿都一样，不过趁年轻走走也好。我们的手臂不经意地挨在一起，若即若离。A 说很后悔结婚，更后悔生孩子，如果重来一次，她要潇洒地过一辈子。后来她又说，感觉自己是个坏女人，她老公虽然脾气怪一些，爱骂人，两人半年也不做一次爱，但他并没有做错什么。我一度因 A 的惶恐而愧疚。

漫长的夏夜里，A 只叫过两次我的名字。那晚一切如旧，狗吠声断断续续，大门口的灯光微弱，门口的空饮料瓶孤零零竖立着，当我准备推门而进时，听见 A 在里面尖叫：何南！我没有迟疑，撒腿就跑，几个人推门冲出来。在奔跑中，我又听见 A 叫了声我的名字。后来我百思不得其解，她第二次叫我是想表达什么。

我在一家黑网吧里藏了一晚，在地图上标了好多地方，其中包括忆往镇，但一想起母亲的叹息，就把忆往镇抹掉了。总之，我离开了云南，再也没回去过。A 的老公给我打过电话，说要弄死我，后来我丢了几次手机，跟 A 彻底失联了。她大概离婚了，我偶尔会想起她，间隔时间次第渐长，愧疚的种子也枯萎了。

A 或许试图相信些什么，我的绝情则让我时刻提醒自己，不能把希望寄托在任何人身上，也不承载任何人的希望。我还想提醒身边所有人，我们聚在一起并非出于爱或其他伟大高尚之由，而是各种意义上的捆绑与妥协，但大多数人甘愿深陷其中，我对此深感悲凉。

从云南北上，我流浪了几个二线城市，试着做一些小生意，有赚有赔，也认识了不少人，都没留存下来。我从这些或好或坏的人身上看见，他们无论如何都能基于经验和天性，找到某种生存方式活下去。

我一般在傍晚时起床，打开电脑看影视剧打发漫长的黑夜，可一部电影会播放失败几十次，到天亮也播放不完。有次我在看一个病人抗癌的视频，网络又卡了，我突发奇想测试一下网速，可测速网页根本刷不出来，我觉得我这样活着很傻，非常傻。我打给宽带公司，他们说绝对是路由器的问题，我买了个新的，可依然很卡，宽带公司则表示那也许是别的问题，反正不会是他们的问题。这就是我在老宅的生存方式。

　　我用这种思维解构母亲，发现她的生存方式是在加深人与人之间的羁绊。她无私付出，是为了某天得到更无私的回报；她极力释放负面情绪后，又会耐心地磨平一切争执。

　　她依靠着这种巧妙的平衡，竟然凑够了买房子的钱。

　　母亲的前继女患有妥瑞氏症，下巴随时会突然往右上方一拧，脱口而出一句脏话，但她找到了一个相当不错的丈夫，在县环卫局当副科长。母亲把一封长信投到了环卫局的投诉信箱，几天后，她的前夫来广场街找她，问她到底要不要脸。

　　"我想好几天了，跟你过了这些年，你不能就这么说散就散。说不要脸，也是你不要脸在先。"

　　"妞妞找个像样的婆家不容易……"

　　"何南还没着落呢，我也想给他找个好媳妇！"

　　"存折都在妞妞那里藏着呢，你也知道，她拿得紧。"

　　"那你为什么来？还不是她让你来的？我也不想闹到这一步，都是你们逼的！下一步我就发朋友圈，让邻居都知道这事！传单也印好了，就在家放着呢，逼急了我把全县的电线杆子都贴一遍！"

　　"我在你身上搭的钱还少吗？你之前那个店，现在这个摊，不都是我给的？你不要脸那我也不要！随你便吧，你个白眼狼！"

　　"行，你骂，反正这些年我都习惯了。咱都走着瞧吧。"

　　母亲的前夫甩手走了十几步，又掉头回来，给出了一个解决方案。他愿意出首付的三分之一，剩下的三分之二算借的，得写欠条，三年之内免息。母亲欣然同意。一个生意人来到老宅看房，准备把这里改成一个制成衣的小作坊，并愿意等我们搬出去再收房。这两笔钱加起来，刚好够买一套三室一厅。母亲的积蓄，则准备紧巴巴地用在装修上。

浓雾降临的夜，片区又停电了，老宅一口吞下黑夜。堂屋的桌上立了根红蜡，照亮了猪头肉、水煮大虾、炸土豆，母亲异常亢奋，一口气饮了半杯白酒。她再次说起从前，哭了会儿，又说起以后，用期许的目光看着我，描绘出一幅母慈子孝的愿景。我想起幼时参加的某场葬礼，棺材之后是张油印画布，上面有天宫、仙鹤、云彩和一条直通云端的金色大道，大道上行着个穿黄绸缎的老人，仿佛是棺材里的那个人。神异感渗进头皮，我当众尖叫起来，主家说我中邪了，给我灌了半碗醋。

"这一切都是为了你。"母亲仍没有收回期许的目光，"等买了房，看谁还敢嫌弃咱，瞧不起咱，我非得给你娶一个公务员不可！要不我死不瞑目！"

"身上疼，我去睡了。"

"我给你瓶药吧。"她从围裙兜里拿出一个褐色的玻璃瓶，顶部有颗不锈钢滚珠，她用滚珠在我的手背上抹了一道，立即有了灼烧感，"抹在鼻翼治鼻炎，抹在眼皮上治疗近视，我身上疼就抹这个，很管用的。"

她又皱着眉喝了一大口酒，捏一根筷子把所剩不多的大虾拢了拢，拍下来发了条朋友圈，刷新在几条脚气药的朋友圈之上。

我关上房门，把手背的液体擦掉，听见她在外面缓缓哼着歌，歌声穿过门板，让我很想向未来汲取一个美好愿景。

我离开云南之后，过得起起伏伏。有天下午我顺利收到一笔不算少的尾款，我揣着钱走在街上，焦黄的阳光层铺而下，几个小孩在槐树旁玩沙子，粒粒白花落在他们娇小的脊背上。我在路边的石凳坐下，喝着冰啤酒，订了张车票，准备去找一个仅见过一面的女孩。那个瞬间，我觉得自己过得不错，就想把这个瞬间送给过去的自己，然后告诉他不必怕，而后每个类似的瞬间，我都会升腾起这样的惊醒。

一路上，我都在为即将到来的相见而忐忑，构想种种可能，再一一抹除。我交往过不少女孩，游刃有余地经营与她们的关系，可当 B 出现在我眼前，我拘束得像个串门的孩子，她的每次呼吸、微笑、眨眼，都令我不知所措。我很想弄清 B 到底是什么样的人，着了魔一般，从她的一言一行推测她的世界，像卡在胸腔里的一颗糖，有些难受，但又泛着甜。我按照 B 的推荐，住进一家由清朝老宅改造的酒店。在阴郁的古宅门口，我第二次见到了她。我把憔悴的目光递过去，险险落在她的笑意边缘。

酒店附近很荒凉，B 带我步行到一座白色大楼，大厅干净无人，电梯只有一个能用，在电梯间里，我笨拙地亲了她一下。顶楼是一片灰暗的空旷，我们又上了两层步梯，推开一扇灰漆大门，里面竟是间由玻璃搭筑的天台餐厅。我挑着最贵的菜点了一圈，跟 B 谈起过往，以某件事为基础碰撞共鸣，等喝到微醺，结账离开。接下来的一些日子，我们约会节奏和那天一样，在某个安静的地方碰头，然后去隐藏在地下一隅的咖啡厅、大学城后巷的旧书店、凌晨以后才开门的馄饨店、只有三张桌子的私家菜馆……这座她十分熟悉的城市里，B 带我去了很多偏僻的地方，那些精致的图片一一出现在她的社交圈里，但没有我。她察觉到我的不满，晚上跟我回了酒店。然后，我们当面谈爱，像是亏待了她。

大家都遵循着一套严谨的食物链，大的吃小的，丑的追美的，用财富买青春，以自尊换前途，引力促使万物下坠，欲望促使生命升腾，为了得到配不上的东西，我们热血沸腾，甘冒碎身糜躯之险。B 是我接触到的最好的人，对她所做的种种，也只是侵占欲带来的快感而已，一切都仅此而已。

我在 B 的城市待的第二个月，大部分时间需要靠自己打发，她若来陪我，也可能会吵上一架。我总是忍不住讽刺挖苦她，却狠不下心不理她，她也总包容我，但也并未真正接纳。我们还留存在彼此的世界里，大抵是由于更好的人尚未出现，生活中的某些焦虑无处排解。

　　我买了一摞小说，入夜就看，天亮时睡去，下午打车去海边闲坐，一次次看夕阳坠入海平线，天空中部仍残存一团散淡白光，行人深蓝，大海深蓝，长堤上的塔吊亮起银灯。这个时候，我会打给 B，从她的回应态度可以分辨她身边是否有人。她的社交圈照常进行，那些精致的高雅和道德，在妆容的衬托下倍觉动人。

　　最后一次见面，是我通过她社交圈的定位，去了一个活动现场，她见到我，不自然地笑了笑，故作生疏地说："你怎么来了？"我当众亲了她一下，说晚上早点回来，然后转身离开，她在我身后强撑着，笑着喊道："你这是开什么玩笑啊！"

　　我非常憎恨 B，钱也快花光了，回到酒店就收拾行李，准备马上离开。晚上 B 打来电话，说给我找了份工作，可以陪我安定下来。B 说得很真诚，在我们的隔阂上劈出一道光，给了我一个不错的选择，但我当时自尊受辱，满腔愤怒，狠狠羞辱了她一番，然后我们都陷入沉默。沉默是成年人的暴力。总之，我和 B 在种种迷惑，种种不确信中，互相厌弃，分道扬镳。一切发生得像是场意外，她的美好或许不该出现在我生命中。后来我在回忆里原谅了 B。她对外营造的完美人设，是她的家世、外貌、努力融合而来的不易之果，她应当为自己留存些踌躇的自私。我也应当时刻谨记，如果付出时就想得到回报，那么回报一定比预期的少。

　　我有一个舅舅，早年在镇上做生意，后来迷上买彩票和打麻将，借了高利贷，但他没有像表哥那样剁掉自己的手指，一心还债，而是跑路了。追债的人堵在姥爷家门口，姥爷向母亲求救，母亲不知从哪儿听闻我挣了些钱，说她的腿摔断了，需要钱打石膏。而后，母亲便经常向我要钱，就算谎言被拆穿也能无耻地闪躲。她无理可说时，就会说："对对对，我从来没生过你，没养过你，你是石头缝里蹦出来的！"

舅舅也老了，在外面漂泊了许多年，偿还的利息远超过本金，对方在扫黑的压力下，主动把账销了。如今他在忆往镇娶了一个二婚女人，带着一儿一女过日子，开车、装空调、打孔、修热水器，什么杂活都干。母亲在南边的老小区里买了套二手房，墙上的涂料要全铲了重涂，请舅舅过来帮忙。这是母亲人生中头一次请舅舅帮忙，但她没想到舅舅干了两天便溜了，理由是太累。母亲又叫来一大帮人，有广场街的修鞋匠，鞋匠的摊位母亲给他找的；有老单位的司机，母亲给他说过媒；还有在家里闲暇的几个小辈，都是在母亲的照料下长大的。这些人先后来到二手房，听了母亲的装修计划，有的抽了根烟说房子不错，有的拿起家伙干了两下，无一例外都滑溜溜地走掉了。那天下午，母亲一个人在房子里骂天骂地，边哭边干活。

我也没有帮母亲干活，并有一个很好的理由——我身上有伤。其实我的伤已经养得差不多了，在家慢悠悠整理好了自己的东西，等楼房打扫好，就搬进去。正如我无法学会母亲的叹息一样，她也学不会我的绝情。

离开 C 的前几天，她有所察觉，帮我整理行李，并买了很多吃的，我们互说了些关怀的话。这种关怀让我们燃起对彼此的留恋，可我们都知道，这只是离别的馈赠，如果继续留下来，一切仍然不会变好。面对飘忽的人情，以绝情对待最省事。

在那辆冬季的早班车上，我悲观至极，一直坐到终点站，是个新开发的旅游村，之后我又辗转好几个地方，落脚在忆往镇五十公里外的闹市区。我脑子里仍萦绕着一些不祥的念头，每天躺在床上什么也不干，直到卡里的钱不足以支付房租，买了套画具，上街给人画肖像。挣了钱，就去酒吧街喝酒。我最常去酿苦酒肆，那儿有一款六十度的苦艾酒叫绿胆海明威，两杯喝下去，空气都变得柔软了。等午夜降临，音乐放大，灯光暧昧地调色，运气好的话，我能领一个女孩回家，偶尔会碰到白天的顾客。

酒吧街里有一类特别的人，她们的价格很高，态度更不同寻常，会挑客人，只在选择范围内挣钱，这类人被称作炸鸟。我口袋拮据，对炸鸟敬而远之。那晚在酿苦酒肆，几个人在卡座闹了起来，弄得我莫名焦躁。一个炸鸟被抽了几耳光，咒骂着走了出去。等我走出酒吧，她坐在路边哭，这让我觉得可以乘虚而入。简单聊了两句，炸鸟对我说："你去揍那个平头一瓶子，我就跟你回家。"我上了个厕所，在吧台买了两瓶百威，喝了一口，冲到卡座照着那个平头来了一下，另一下因为手滑，没响。老板连推带搡地把我们搡了出去。那炸鸟已经不见了。他们几个把我拉到我家楼下的巷子里，混乱中我在地上摸到一件东西，使劲一捅。远处响起了警笛声，他们惊慌地逃了。那个炸鸟跑过来说是她报的警，然后我们回了家，喝完了家里仅有的半瓶朗姆酒。

好多次被猛烈的阳光砸醒，狭窄房间里一片狼藉，身边的人总爱问几点了，然后匆匆穿衣离开，讲究点的留个联系方式，我从没动过情。那次不一样。凌晨三点，酒劲消退，我身上疼得厉害，像活生生被人斩了几截又粘起来。炸鸟套了件我的卫衣，腾腾腾下楼，买回来一袋子药。我吃了止疼片睡了过去，隐约听见她在哼歌，醒来身上都是红花油的味，身上烧得厉害。她把我送到医院检查，左肋断了两根，轻微颅内出血，多处软组织挫伤。

住院的那几天，她早上来，晚上走，来了就半躺在陪护床上玩游戏，隔壁床的老头儿为了多瞄她几眼，一天上十几趟厕所。除了上厕所、吃饭，我们不怎么说话。出院那天，炸鸟说那个平头的肠子破了，他家里有背景，正在找我。我说一起走吧，她说还有人欠她钱，等过段时间拿了钱就跟你见面。她给我叫了辆车，临别时，我问了她的名字，D。

就这样，我回到了忆往镇的老宅，在门框上摸到沾满灰尘的钥匙，推开斑驳的门板，一阵风扑来，很安静。我在家里住了几天，被邻居见到，告诉了母亲。我只说自己被车撞了，要静养一段时间，此外再不透露什么。不知道是我释放错了信号，还是母亲过于乐观，她竟以为我会留下。

　　母亲终是花钱请人打理好了新房子，面积不大，但阳光充足，把老宅的旧家具搬过去，十几盆绿萝点缀其间，有点新生活的意思。她连发了十几条关于新房子的朋友圈，还有张我几年前的照片，求助大家给我介绍对象。

　　请亲朋干活的乐观目标落空后，她仅当天下午哭了会儿，而后并没表现出多大的失落，只在谈笑间夹杂着不起眼的难过，这是她与生活搏斗多年锻炼的技能。她定了个时间，请原班人马来新家吃饭，准备摆两桌菜。超市门口可以凭小票换鸡蛋，她提着两大袋子肉菜，排了半个小时的队，快轮到她时，最前面的老太太因一个碎鸡蛋跟工作人员吵了起来，又在其女婿的掺和下，争执不断升级。混乱中，母亲被踩倒，等人群散去，也没站起来。她死于急性心肌梗死，尸检报告还显示她的肩胛骨处有阴影，已经是骨癌晚期了，那里的皮肤有轻微的灼伤痕迹，应是用褐色药瓶经常涂抹的缘故。超市老板在私了过程中跟我哭了两次，把赔偿金压到最低，但送了很多购物卡。我把房子和购物卡卖掉，拿着钱去厦门找 D，跟她合资接手了一家客栈。母亲说得没错，房价涨了。

　　两年后，我和 D 的女儿刚刚满月，客栈因电路老化而焚毁，她带着孩子回了江西老家，我留在厦门应对邻居的官司。开庭的前一晚，我梦见一座花园，在花园入口，屏风之下，我向左行，有蝴蝶、牛奶、鸢尾花，茵草盎然，小鹿奔跑，当一切美好沉入夜色，云霞落散，我走到尽头回身而望，屏风之下，右边的一切在发光。我醒来，想起母亲。假装不在意向来是我的强项，可四下无人，我开始抽自己耳光，一下、两下、三下。

[伤　怀]

　　回到忆往镇经商之前，我常年混迹于城市的边缘人群中，跟他们对话，写下他们的故事，供稿给一个亚文化平台。这个职业往高了说，是在捕捉时代的侧影；往低了说，就是满足大众的猎奇心。

　　我其中一个选题是挖掘网络主播的真实状态，表达人生的某种虚幻与悲凉。当然，碍于审核和能力等因素，最后呈现的作品往往会差那么一些感觉。因此，我认识了小麻花。

　　在主播圈，站在顶端的是游戏主播，技术、幽默占一样就能混口饭吃，若两者都有，那就成名在望了；第二层是才艺主播，唱歌、喊麦、乐器，必须精通一种；再下面就是颜值区的主播了，没才艺，没主题，对着屏幕说到哪儿算哪儿，特点是敢玩，吃牙膏、打擦边球是家常便饭。小麻花就是一个小有名气的颜值主播。

　　我观察了一段时间，她在晚上十点开播，为了方便抽烟，只露半张脸。凌晨的时候，直播间的人数达到顶峰，不一定哪个土豪会突然降临，刷出一串礼物，而小麻花要对此表示感谢，常用的伎俩是别过脸数鹅。数鹅就是呻吟，因为人呻吟时通常会发出"e"音。这也是小麻花直播间的高潮时刻。因此，她直播间的分数一直在底线徘徊，分数低的时候，不能打擦边球，看直播的人就会少很多。

　　我托绿牛找到小麻花，她问我能给她带来什么。我说，如果用真实背景的话，可以给她带来一些流量。她又问我会怎么写她。我说如实写，像翻模一样，把她装进文字里。隔了一晚，小麻花同意了，她说很想知道真实的自己是什么样的。

"给你讲讲我的初恋吧。"

小麻花走出直播间的滤镜，进入我视线的那一刻，我有些幻灭。她身高大概一米五，很瘦，过分标准的五官组合在一起，人工痕迹浓重，缺乏生机。声音倒是没变，嗓音揉得软软的，尾音上翘。

"我不是一个安分的人，从小就不是。有的人天生画画好，有的人天生会唱歌，我的天赋就是离经叛道。但你发现没有？引人关注的往往就是那些离经叛道的人。一开始，我也没意识到这一点，就是特别能讨男生喜欢，既然有人喜欢我，那就喜欢回去呗……"

我在纸上写下一个关键词：初恋。

"……反正那会儿我在学校挺有名的，有名就会有事，有事就得约架。我初恋对象会打架，单挑没输过，还带着我们学校的人跟其他学校的打了场群架。大一那年冬天吧，我跟寝室的一个女生闹了矛盾，她对象是社会上的。在学校后面工地上打了一架，围观的人多，几个老师收到风就跑过来，都见血了。我初恋家里赔了几万块钱，他本人也被勒令退学了。他离开学校那天，我俩去小旅馆开房，我哭了，因为疼。后来，我俩靠着社交软件维持了一段时间，就散了。嗯……我没跟人说过这件事，现在一说发现没什么可说的。"

"你是什么时候开始直播的？"我又写下一个关键词：不良少女。

"大二上学期，我上的是一个三本艺术院校，学的是国画。艺术院校的学生都会打扮，个顶个的漂亮，我就被衬托得有点平凡。其实我本来就挺普通的，想活得不憋屈，就得做点常人不敢做的事。那时候天天玩陌陌、探探、摇一摇，不为别的，就图个舒服。寝室里有个很好看的女生，特清高，不爱搭理人，但晚上经常偷摸自慰。我看不起那样的人，觉得她没活明白。我算是我们学校第一批接触直播的人，我不玩游戏，但从小就喜欢上网，说不出为什么。第一次跟同学去通宵上网，我看了一夜的《樱桃小丸子》。因为经常在网上逛荡，就赶上了直播的风口，那一个月挣的钱都把我吓到了。后来我们学校好多女生都搞直播去了。"

小麻花从手机相册里翻出一张照片，是她刚开始直播时的截图，脸庞比现在稚嫩、自然。

"这是第一次收到超火，高兴疯了！这时候我已经搬离宿舍，在学校旁边租房子住了，一个超火够我一个月的房租。"

关键词：挣快钱；造作的语气减弱。

在我接触过的人里，没有谁能抵挡得住挣快钱的诱惑。像她这种院校出身的学生，毕业后就是社会的大多数，辛辛苦苦一年到头也存不了几万块钱，所以我推测，突如其来的高收入会让她为提高竞争力做一些损害自身的行为。但这其中的危害，当事人往往都察觉不到。

"生活质量是不是一下提高了？"

"不只是生活质量，我告诉你，从那会儿我找到了人生的价值。播的时间长了，追捧的人也多，虚荣心特满足。"

"听说这个圈挺乱的，当时会害怕吗？"

"碰见刷钱多又聊得来的就约线下见面呗。你听我的声音，是不是很轻很温柔？这都是聊骚聊出来的。我知道男人在想什么，所以我能挣钱。但你别觉得我坏，其实我相信爱情，真的相信。"

她又找到一张照片给我看，那是她和一个男孩的合影。

那张合影上，男孩戴着口罩，细长的丹凤眼，眉角有颗小黑点，小麻花在他怀里比了个 V。我写下一个短句：试图获取别人信任时，总急于证明。

"这是个富二代，我前男友……之一。因为他我退播过。"

又一个短句：相信爱情。

"跟爱情比起来，钱永远是其次的，何况是跟有钱人谈恋爱。可后来富二代跟家里吵架，被家人断了经济来源，我就养着他，时间一长，积蓄花得见底，出门都不敢点肉菜，一睁眼就为房租发愁。富二代的三观又很扭曲，觉得上班很丢人，自己不工作，也不许我去找工作。我只能向家里要钱，遇见朋友先要两根烟，抽一根解瘾，留一根带回去给他抽。"

"他也觉得对不起我，就一直许诺要娶我，买房买车，生两个孩子，一男一女，一家人永远不分开。我知道他在骗人，但我信，信任这个事是唯心的。可后来日子实在过不下去了，房东把门砸得哐哐响，我不忍心再跟家里要钱，就偷偷找了份兼职，给艺考学生辅导作业。富二代察觉到后，就搬了出去，找了另一个女孩。

"从那之后，我就得出个结论，判断一个男人爱不爱你，就看他肯不肯挣钱给你花，女的呢，就看她给不给你睡。我爱他，他不爱我。"

"之后还有联系吗？"

"没了，分开之后，忽然觉得好轻松。我重新布置了房间，专心做直播，跟人 PK，还火过一阵。"

关键词：绿牛。

近来，小麻花热度最高的一场 PK，是跟绿牛打的。绿牛是一个很特别的主播，在大家追求滤镜美颜的时候，他反其道行之，戴了个绿色头套，嘴唇用马克笔涂黑，脸上还画了两个红叉，一笑起来就露出两颗大门牙，带着含糊不清的南方口音，矬得令人印象深刻。

两人玩的是"真心话，有没有"，互猜对方有没有做过某件事，谁猜不中或被猜中了就自抽一个耳光，最终的输赢结果取决于谁收的礼物多，输的人要完成事先规定的惩罚。绿牛给自己定的惩罚是吸风油精，小麻花的惩罚则是六国杀。六国杀也是直播圈的黑话，意思是用六种语言数鹅。一位叫船小爷的土豪给绿牛刷了十个超级火箭，绿牛的直播间登顶了小时榜。我也因此第一次点进了绿牛的直播间。

一战败北，小麻花叫了几句欧巴、喔 baby，实在想不出别的语言了，就学了猫、狗和驴的叫声。她又跟绿牛 PK 了两局，绿牛的赌注分别是剃腋毛和用打火机烧耳朵，小麻花的赌注是舔手指和送一条丝袜。她拉下衣服，露出两个雪白的肩头，收到的礼物比平时要多，但船小爷像是在刻意为难小麻花，总在最后关头给绿牛刷礼物，两局 PK，小麻花都输了。我登录官微，给绿牛的微博发了私信。

在我采访完小麻花几天后，听说船小爷加了小麻花的微信，特地申请了一个零级小号，刷了三十多万的礼物，一晚上升到了七十级，稳居主播贡献榜第一名。

我写的稿子大致分为两类，一类偏重故事，一类偏重人物。自亚里士多德写出《诗学》开始，故事的内核跟模式就大致固定了，而每个时代的人从不固定，所以我认为后者高于前者。初稿写好后，我仔细读了几遍，认为这属于第二种。在选题会上，大家照常在市场化和个人化之间展开了一番痛苦的纠结，又照常不大情愿地向市场化靠拢，把标题取作"没有凯子，主播吃什么"。

这个标题来自小麻花的一句话。曾有个人一下刷了三万块钱的礼物，小麻花加了他的微信，对方说看了小麻花很长时间，非常喜欢，现在有一个礼物要送给她，开了视频后，小麻花看见了一个裸露着下体的胖子，老二紧缩着，丁点大。小麻花立即把他删了，又有点愧疚，心想对方再加回来的话就不删了，接着胖子发来验证消息：婊子，装你妈呢。小麻花在直播间讲完这个故事，就有不少水友发弹幕问她，睡她得花多少钱。这是小麻花经常收到的问题。那天她喝了些酒，对着摄像头说："如果你只是性饥渴，最好去嫖，因为你刷礼物刷到死都不一定睡到主播，还会被当成凯子。开玩笑呢！没有凯子，主播吃什么？"

我把稿子给小麻花看，她说能不能不用真实的背景，因为她订婚了，要退播。退播的那晚，直播间的氛围很好，粉丝们大多表示祝福，一些跟她有交情的主播也都刷了些礼物，当份子钱。我刚交了房租，只发了一条弹幕。

小麻花的特稿依托着平台的优势，顺顺利利突破了十万加，而我的成就感主要来源于选题中蕴含的人文性，作为一个从业者，对这种成就很敏感。之前绿牛愿意跟我交朋友，但不愿意接受采访，可看了小麻花的文章后改变了看法，也同意跟我聊一聊，他说那很真实。

随即而来的，便是一个噩耗。公司之前做过一个关于暗网的专题，半年过去了，突然因此收到了官方的整改令，禁期三个月。公司刚融了 A 轮，正在着手天猫店，周边的生产线都联系好了，可流量一断，计划瞬间崩盘。老板很仗义，迅速结清了之前的稿费，请员工和我们几个核心作者吃了顿饭，席间还哭了。

我趁着少有的闲暇时间，去做了计划已久的鼻中隔矫正手术，手术时不疼，麻药劲一过觉得生不如死。绿牛来医院看我时，医生正给我抽纱布，拖出来一米多长，绿牛咧着嘴说："这要是直播你肯定火，比那些吃虫子的刺激多喽。"

绿牛生活里的模样和直播时大相径庭，是个很清秀的小伙子，口音也没那么重。在医院门口的烧烤店，我默默听着他讲自己如何从湖北的农村走出来，当保安时如何被同事欺负，又如何接触到直播。他强调刚开始直播时自己不是这样子，为了让人看，他扮过女装、画过红脸蛋，几番修改，才找准了如今这个廉价、粗俗、浮夸的杀马特造型。他喝了三瓶啤酒，有些醉了，一根接一根地抽烟，不断地说很满足现在的生活，还说越是有人嘲笑他的样子，他就越觉得痛快。

"我不怕人骂我，倒是怕有人喜欢我，这感觉说不清。我觉得，喜欢我的人都很可怜。"

尽管医生不让我喝酒，我还是陪绿牛喝了一瓶，然后是第二瓶、第三瓶……

我们喝多了，聊到了小麻花，绿牛大着舌头说："你还不知道啊？她没结成婚，那男的把她踹了。"

"为什么啊？"

他摇摇头："我跟麻花是朋友，不好在背后说她。她啊，把自己的路走绝喽。"

"跟她订婚的，是那个船小爷吗？"

绿牛摇头带摆手地否认："怎么可能！船爷是圈里最有名的金主，神豪！凡是被他看中的主播，都能被送上榜单，但他没那个意思。怎么说呢，百八十万对人家压根不算什么。上次年度盛典，他给一个玩地下城的主播一口气刷了五百万，有人说他是经纪公司的托儿，你猜他说什么？人家当场撂下话，经纪公司也没他有钱。"

"这些人都是做什么的呀！这么舍得砸钱。"

"具体身份不大好打听，例如那位船爷吧，他虽然捧过我，但我对他也不是很了解，就知道他跟小王同学挺熟。其实像这样的神秘土豪很多，基本都有一个稳定关注的主播，其余时间就在其他直播间晃荡，但不会长留。"

"那小麻花的对象是谁？"

"榜二，那哥们儿也是一口气刷了三十来万。"

夜里，鼻子渗出血水，我又点进了小麻花的直播间，她断播了两个月，人气散了大半，又不巧碰上史上最严厉的网络整改，平台查到擦边球行为就封杀，那帮玩颅内高潮的女主播被铲得一干二净，网盘都存不了黄片了。于是小麻花开始收费点歌，虽然她叫起来好听，可一唱歌就发闷发沉，完全不在调上。

她认出我的 ID，露出了笑容："苦苦！我听说你做手术去了。"

我回复她："最近怎么样？"

这时房管打出一串弹幕："小麻花独家音频，三十块一小时，请加 Q……"

"苦苦，你要不要听？我发你一份。"小麻花仍笑嘻嘻地说。

我："我流鼻血了，真的。"

这时，几条骂娘的弹幕飘过，大意是说小麻花骗婚什么的。我点进她的主播贴吧，好多帖子都在讨论这件事，但没头没尾。我又在官方贴吧找到一个帖子，前后得有几千字，是跟小麻花订婚的那个榜二发的，他叫赵小川。

我把那天的直播录像又看了一遍，大致捋顺了整件事情。

一切的起因，都是在船小爷给小麻花刷完礼物后，她在直播时放出的一段话："别总一口一个想睡我的。可笑！真想睡我，你也一次性刷三十万，不支持转账和分期，只能刷礼物。你们懂什么，这就叫哄抬 × 价，为的是以后的生意。再说了，刷礼物的话平台承担风险，收到钱再吐回去才最尴尬。这年头，挪用公款打赏主播的人太多了。"

弹幕一排排刷过去，都说太贵了，不值得。

小麻花又说："我不要房，不要车，想负责就负责，不想负责就不负责，三十万，我给你睡到腻，睡到腻歪！贵吗？要嫌贵，那这样吧，你刷三十万，老娘现在就跟你结婚！"

十分钟后，一个叫赵小川的人连刷了一百五十个超级火箭。

赵小川在帖子里说自己从小家穷人丑，从小县城一步步爬出来，快三十了，内心自卑，如今也算事业有成，关注小麻花挺长时间了，也不知道怎么的，那天听见小麻花那么说了几句话，就上头了。

赵小川刷了三十万后，小麻花也没退缩，按照承诺，把双方父母叫出来见了面，举行了订婚仪式，商量好了，男方出婚房，女方陪送一辆车，酒店、宴席、通知亲友也都一一安排了。可就在婚礼前几天，赵小川悔婚了，因为体检查出小麻花的子宫基层受损，怀不了孩子。

赵小川还放出了一张小麻花的素颜照，脸庞僵硬，皮肤暗淡，跟平时示众的样子判若两人。许多本来粉小麻花的人也因此反了水。

又是几条弹幕飘过，都是看完帖子特地来骂小麻花的，她跟水友对骂了一会儿，就提前下播了，然后给我发了条微信，是一串尴尬的表情。我不知如何回复。

几天后，另一个平台找我约稿，我把绿牛的稿子交了出去。写的时候，我渐渐觉得绿牛是一面镜子，那些人喜欢他，是因为从他身上看到了自己，这是种带有反讽意味的共情。没承想，那篇文章发布第一天，阅读量就累积了三十几万，平台涨粉四万。或许是我着重描写了绿牛当主播后跟家乡的关系，触及了主流偏爱的故土情怀，几个官媒也转载了那篇文章。那是我人生中第一篇超级爆款文，激动得鼻子又出了好几次血。

新平台给我打了一笔不菲的预付款，并联系了几个顶级的大主播，让我赶紧写一个系列，凑够十万字就出单行本。采访的第一个大主播，是做吃播的，能就着一大盆麻辣香锅吃两斤米饭，已经成立了自己的公司。因为经常引吐的原因，她的牙龈开始萎缩，声音听起来很沙哑，而她的助理则强调这些都不能写。我放弃了这个选题，在某种程度上，也损伤了公司的信誉度。采访的第二个大主播是做户外旅游的，过程也不顺利，处在这种位置的主播已经有了危机意识，每一句话都把握着大众的脉搏，非常正确，非常无趣。刚采访完，总编就把我拽了出去。

"这是你之前写过的人吧？她现在正直播整容呢！"

我接过手机，是小麻花的直播间，名字改成了：在线整容，浴火重生！手机应该是用支架固定住了，背景是医院的手术室，小麻花的脸上有几条马克笔点出的虚线。

"我双眼皮就是在这里做的，很成功。现在做什么？现在要做磨骨啦哥哥，就是让脸庞线条变得柔和一点，然后还要做电波拉皮，把脸抹平。"

直播间的在线人数达到了六十万人，并且在不断增长，各种颜色的弹幕一屏屏地飘过。

"她要火！"总编肯定地对我说。

"感觉？感觉很刺激，很久没这么刺激了。上次这么刺激还是小时候第一次去网吧通宵，半夜我爸妈突然杀了进来，我躲在一张破桌子底下，我爸妈找不到我，就去翻了网吧的监控，然后把我揪出来好一顿打……我想我妈了，给她打个电话吧。"

小麻花拿出手机拨通了一个电话，按了免提。

"妈妈，你记不记得有一次我去网吧，被你抓到了，你打了我一顿？"

"我不记得喽。"

"就是那年除夕啊，我藏到桌子底下那次。不就是上个网嘛，你为什么要那么打我呢？"

"哦……"小麻花的妈妈沉吟了一下，似乎在回忆，"我不是因为你上网打你，是因为你一晚上都没回家，让人担心。"

小麻花挂了电话，有点哽咽，医生过来说了点什么，她转身躺到了手术床上，画面被医生的背影占据。忽然，屏幕一黑，直播间被超管封了。

"你去联系她，再弄出一篇来！"

我走进卫生间，点上烟，狠狠抽着。那几年，我老得很快，偶尔注视镜中的自己，脸上挤满了疲倦与不安，怕，怕得病，怕写稿，怕审核，怕交不出下个季度的房租。原来的我不是这样的，从新闻系毕业的时候，觉得自己得抨击邪恶，得揭露腐败，可这些年在行业里辗转腾挪，写得越多，心就越空。

那天晚上，小麻花登上了热搜，标题是：网络女主播直播整容削骨。她的微博迅速被网友攻占，全是难听的谩骂，媒体也对此严厉谴责，一个知名社评人在热门话题下面说这是毫无内涵、哗众取宠的恶俗行为，评论区一片叫好。她之前舔手指、数鹅的直播录像也被扒了出来，一时间，小麻花成了众矢之的。

因为这件事的热度，一家影视公司买走了小麻花那篇文章的影视版权，总编也几次催促我联系小麻花，但都被我推诿掉了，于是他把网红系列的选题交给了别人写。我转而去采访一帮地下文身师，可我好像对他们失去了兴趣，在冗长的交谈中，得到的信息无非是因外界的种种不理解而产生的痛苦，压根找不出什么值得写的东西。

那时，我已彻底厌倦了那种边缘的生活，厌倦他们的故作姿态，厌倦脆弱却又坚称要做自己的无知，归根结底，是厌倦虚伪的自己。

我在左手臂上文了一支钢笔，整体修长，笔尖锐利，文身枪嗞嗞作响，我的鼻子忽然通了，油墨味沁入鼻腔，呼吸从未如此顺畅过。我闭上嘴巴，贪婪地用鼻子呼吸，忽然想起几年前看到的一条报道，一个南方的肿瘤医院附近有家癌症旅馆，里面住满了身患重病的异乡人。

地下文身师的系列写了三篇，两篇被毙，发表的那篇也不温不火，没挣到什么钱。在这期间小麻花的直播间解封了，热搜导致的严厉谴责也早已消散无踪。人们在信息轰炸下，都练成了善于遗忘的本领，她的微博私信又开始收到大小不一、颜色深浅的生殖器。

我退掉房子，坐了六个小时的高铁，顺着报道中的信息找到了癌症旅馆的原址，可那里已成了一片废墟，几台钩机正在缓慢地工作。我深感茫然，在废墟旁蹲了一会儿，买了张回忆往镇的车票，跟表哥合伙开了家中等规模的超市。我时常想起那堆废墟，想起之前认识的人，我们都经历过挣扎，可方向并没有因此扭转。

刚回到忆往镇时，日子过得着实无聊，我就看小麻花和绿牛的直播打发时间，绿牛还维持着原来的热度，而小麻花的直播间冷冷清清，不到三千个人，除去平台注入的水分，估计也就一百来个。她剪短了头发，依然露出半张脸，美颜、瘦脸、大眼，比以前更具迷惑性。我想把稿子的版税分她点，就刷了些礼物，她跳了一段热舞。

有人发弹幕问："小麻花这么长时间不露面，是去打胎了吗？"

小麻花笑笑，露出两排整齐的小银牙："老娘还是处女呢，前几天找了个凯子结婚，刚破了处。"

这条弹幕之后，久久没人回应，她放了首歌，跟着哼唱起来，不时偏过头吸一口烟。

又一条弹幕在她脸前缓缓飘过："跟你结婚的人，一定没看过你的直播吧？"

小麻花愣了愣，丢掉手里的烟，哇哇大哭起来。

我发微信安慰她："哭一哭就行了，别跟生活较真。"

我又说："不值得，你这样只会让人笑话。"

我还说："你的过去不会改变，活着不是为了跟过去作对。"

过了会儿，她回道："每个人都想跟我谈恋爱，但没人愿意跟我结婚。"

此后，小麻花彻底退播了，再没有她的消息。

去年冬天，我在忆往镇开了第三家分店，绿牛结婚了，带着老婆各地游玩，也来了趟忆往镇。席间他对我说："我们都经历过挣扎，可方向并没有因此扭转。"

[临 终 关 怀]

蒸鸡蛋是臭的。梅可说她喜欢吃臭鸡蛋，还会故意把鸡蛋放臭炒着吃。她总是用各种借口来掩盖令人难堪的事实。

梅可真正喜欢的是囤东西，我每次打开冰箱门就像面对着一堵墙，里面不乏去年甚至前年的食物，它们在低温下缓慢地变质，而我们会在某一天将其拿出来吃掉，然后再安慰自己食物就应该是这个味道。总觉得我家的冰箱跟我的人生，有种难以言喻的共性。

"我想吃腐乳肉。"

"你想吃屎吗？成天在家撅着屁股睡觉，还好意思吃腐乳肉，给，你把我给吃了吧！"她伸出胳膊往我脸上碰。

我低头喝了一口糁粥，里面放了南瓜和绿豆，她觉得这样吃对身体大有裨益。

"你要不上班，也别在家待着，赶紧给我找对象去！"

"为什么要找对象？"

"你不结婚呀！"

"为什么结婚？"

"人家像你这么大，孩子都上幼儿园了。"

"为什么要生孩子？"

"不为什么，人家谁不是这么过的？"

"这么过的人多就对吗？"

"你妈 ×，何南你听好了，我 × 你妈！"

梅可是我妈，每当我的话让她招架不住时，她就会用粗暴的方式结束谈话。我没出息，从小就怕她。

我今年二十四岁，勉强谈过半年恋爱。梅可生下我时才二十出头，何安当年三十五。据说，当年我出生时，半个忆往镇都轰动了，他们管我叫野种，这全要归功于何安原配的宣传。

我对野种认知的开端大概在刚上一年级的时候，在学校门口碰见了何安，喊了声"爸"，他偶尔在家时就是这么教我的。可我这么一喊，何安的脸色立刻变了，梅可抱起我就跑，到家后，边哭边揍我。那是我人生中第一次感到迷茫，身体像有什么东西崩塌了。以至于我很长一段时间无论看见什么，都不会感到好奇和质疑，认为荒诞就等同于合理。我把那段幼时的迷茫称作野种的自我认知。

我吃完早饭就开始拉肚子，现在抵抗力很差，吹点风就感冒，闻见垃圾桶的酸臭味都能呼吸道感染。

梅可在客厅冲我喊："蒸鸡蛋还剩一些呢，中午热一热就当半顿饭了。"

我应了一声，梅可又嘟囔了一句："不挣钱你就得吃这个。"随即，响起一记沉闷的关门声，听起来有点愤怒。

一个半月前，我辞职回家，把积蓄都给了梅可，她很开心，发了个朋友圈说儿子懂事了，捧着手机刷个不停，每多一个赞，脸上的笑意就浓一分。如今，这点兴奋渐渐被时间磨平，可我没办法再去上班了，我得了肝癌，晚期。

卫生纸上有血迹，我背着身按了冲水阀门，不敢往马桶里看，受不了。视线发黑，看东西都是深一片浅一片的，撑着洗手台好一会儿才缓过来，我必须得缓过来。今天有大事要办，首先是去找何平，何安的大儿子。

何安死了有五年了吧，出殡那天我跟梅可去了，我还披了孝，跟何平走在最前头。那会儿他刚当兵回来，我觉得我俩关系还行。何平他妈倒是始终如一，压根没拿正眼瞧我们。

以前我经常在街上碰见何平，他比我大几岁，跟一帮小混混儿似的人走在一起，看见我就扬一扬下巴，感觉特拽。初中有一年，我在学校跟同学单挑，没打过，被按在地上抽了几巴掌，我肿着个脸去职高找何平。他带着几个人堵了学校的门，那同学爬墙跑了，半个月没敢来上课。那时候，职高的学生每年都能闹出几次命案，打架忒狠，去趟网吧腿里都藏着匕首。

看着何安入土后，我跟何平喝了很多酒，喝到最后抱头痛哭。我其实对何安的死一点都不关心，能哭出来纯属喝到位了。何平握着我的手不停地说，以后这个家就靠咱兄弟俩了！何安在县里有不少地皮和生意，一年光收租也得几十万，那一刻，我仿佛看到了人生的曙光。妈的，我就要成为富二代了！可是后来何平没再联系过我，结婚也没通知我，我才明白，敢情那天他也是喝到位了而已。

我敲开何平家的门，他看见我有些诧异，说来了啊。太虚伪了，他想说的肯定是你怎么来了。我从他身边蹭过去，家里很干净，装修得也很有格调，有钱真好。

"吃饭了吗？"

何平递给我烟，我摆摆手，在沙发上坐下来。

"吃的蒸鸡蛋。嫂子没在家？"

"在医院待产呢，我正说过去看看。"他给自己点上一根，在我旁边坐下，"最近忙啥呢？"

"我有点事想跟你商量。"

他吐了一口烟，没说话，也没看我。

"要是我死了，你能不能给我妈养老送终啊？"

"你怎么了？"

"死！"

"怎么说？"

"有病了。你能帮我照顾她吗？"

"有病就治吧，别说这种丧气话。"他伸手弹了弹烟灰。

"我知道你不愿意，那这样，你直接出钱吧。"

"老头儿死后已经分给你们娘俩一套房了，还想要什么？今天你说你要死了，过来要钱，那明天你妈说要再生个老三，我还得给她办酒席呗？"

我掏出一个注射器，搁到茶几上，挨着他和他媳妇的合照。注射器里面有小半管血，昨天晚上抽的，现在看又黑又稠。

"我在郑州上班的时候一个人怪寂寞的，就找了个小姐睡觉，染上了艾滋，我活不长了。"

何平立刻弹了起来，瞪着我看了会儿，从卧室拿出了两摞钱扔到我脚下，一沓一沓的，散了一地。

"你走。"何平说。

"我前脚走你不得后脚报警啊，我不想死在局子里。"我又从兜里拿出一张保险宣传单，放在茶几上，"等我死了，你把钱和单子一起交给我妈，权当你尽孝心了。你要是没给，我夜里敲你家门。"

我把针管拿起来，全部推到嘴里，真腥气。

"你是我哥，我不该威胁你，对不住了。"

下了楼，微风扑面，嘴里的血腥味更浓了，我有点想吐，喉咙咕哝两下，吐了一口痰。时间还早，我想着去老家转转，刚出小区，何平开着他那辆奥迪R8挡在了我前面，降下窗户，扔给我一个黑色塑料袋。

"享几天福去吧，傻×。"说完，轰鸣而去。

我捡起塑料袋，里面是两万块钱。云朵飘过，阳光正好洒下来，这两样美好的东西碰在一块，显得很不真实。

我大抵是个怀旧的人吧。老家在二十世纪九十年代县委班子的家属院，仿苏联的设计，四层楼，每层三户，每户四十五平方米，我跟梅可在那儿住了二十多年，也不能不怀旧。房子是何安给买的，那会儿我刚出生，这房子就算好地方了。我家在四楼，一逢下雨就漏，梅可就把盆和桶放在地上接，有次我在雨天拉开窗帘，发现墙都被泡粉了，白色的墙皮一块块鼓起来，那种苍白的密集感让我头皮发麻。

何平结婚后，梅可开始为我的婚房发愁，她跑到何平家闹过一次，我是事后知道的，觉得丢人。可现在我理解了，大家都能看见绝路在哪儿，不走过去只是没被逼到绝境。梅可说何安的遗嘱里肯定分了她家产，不然他们家人不会这么干脆地送一套房子。我不太想谈这个，但我们搬进去那天还是很开心的，三房两厅，简装修，墙壁和地砖都弄好了，按照当时的价格能卖四十万。梅可说等我结婚后，她就搬回老家去住。

小时候我经常攀着墙梯爬上老家的天台，喜欢用那个角度看世界，天上的云清晰地随风流动，远处的楼群显得既拥挤又窝囊，路人跟蚂蚱似的。有一次，我差点跳下去，就差那么一点，那念头在脑海里潮起潮落，我冷静下来后，心跳得很快。之后我就经常做从天台掉下来的梦，真能感觉到痛。

蒙了灰尘的旧楼外，一只麻雀飞过。楼道里面也全部被粉刷了一遍，垃圾口被封住了，看起来陈旧而干净，以前一扔垃圾，垃圾道里就会发出轰隆隆的摩擦声，像怪兽在吞食着什么。这里的住户应该都已经搬走了，各家各户的门都生了锈，对联的红已经褪去，边角翘起，干缩枯薄。我家门口放了一堆旧书，门上的茱萸已完全干枯。

像小时候一样，我抓住墙梯，手脚并用地爬上天台，好几次都要脱力摔下来。天台还是老样子，一块块防雨的沥青格子铺散在四周，黑色的储水桶和电视信号架伫立在天台边缘，原来楼下还有一棵桑树，叶子能伸到四楼。我探头往下看了看，没有印象中那么高，跳下去估计也不一定会死。

从天台还能看到隔壁的几处院落，其中有一处曾住着我的初中同学，我暗恋过她，有段时间我一放学就爬上天台看她，有次她也看到了我，我们对视了一会儿。上学时她跟我说话，我超乎冷漠地回应了她，因为我害羞。初中毕业后，我们再碰见，她还会冲我笑，但我依然害羞，就冷着脸不理她，后来她再见到我也不理了。我站在天台看向她家的院子，竭力控制跳下去的欲望，院子里没有人，荒寂了很久的样子。

我爬下来时浑身都在发抖，最后一阶墙梯距离地面有一米多的距离，我的腿伸不直，僵了会儿，疼得叫了起来。这时，我邻居家的门开了，他三两步跨上墙梯，一手托住我的大腿根，一手撑着我的胳肢窝，把我放到了地上。

"我以为谁呢，何南啊。"

他架着我坐到了他家的沙发上，旧式沙发，底下全是海绵，一坐就陷下去了，肋下疼得厉害。

"你这是……抽筋了？"他把我的腿放平，一下下捏着。

"家里有水吗？"

他到厨房倒了一碗温水，我倒了两片吗啡咽了下去。

"缺乏维生素，动不动就抽筋。"我看了看他的家，跟之前没什么变化，"这楼里还有几家人啊？"

"上个月一楼那家老头儿死了，现在就我一家了。唉，死了半个月才被人发现，人都快干了。"

"没想到你还在这儿住着呢。"

"不住这儿住哪儿啊，又买不起房。"他嘿嘿笑了笑。

"等拆迁吗？"

"拆迁？那还早着呢，起码得二三十年吧。"

"叔，我眯一会儿，等会儿你叫我。"

"上床睡吧，我扶你。"

"不用，这儿挺舒服的。"

我调整了一下坐姿，屁股底下的海绵又往下陷了点，我迷迷糊糊地看见他坐到我旁边，捧着手机玩斗地主。我想起他曾经因为玩牌输了钱，老婆带着女儿跟他离婚了。可关于他老婆和女儿的更多记忆，我却一点都想不起来了。一颗铅球似的东西压在我身上，我使劲挣了一下，那股压力弹起又重重落下。

　　随即，雾来了，一切都是朦胧的，我看见我站在雾里，作出极目眺望的姿态，目光凝聚成一道锥子，扎入牛乳般的浓雾里，无形无声。一盏明灯在远处隐现，焦黄色的暖光缓缓渗过来，我朝着光源走去，仿佛走了很久，踩到了一片由桑叶铺成的地毯，前面是一道边沿，下面看不见底。原来这是天台。梅可在我身后冷笑着说，赶紧跳下去吧，我要是死了，她挖个坑立马埋了我。何平带着他怀孕的老婆也走过来说，跳吧，跳吧，一跳解千愁，说我活着就是为了这一跳。他老婆有点像我暗恋的初中同学。那灯光登时亮若白昼，风来了，雾气被搅动成一股股白色的旋风，把他们搅成碎片，无数股小旋风合成一股大旋风，裹挟着我坠了下去。雾散了，风停了，一切都清晰了，天台上空无一物，我环顾四周，看不见自己的存在。

　　脸上凉凉的，睁开眼，老邻居正俯身看着我。我一摸脸，都是泪。

　　"你做梦了吧？"

　　我看了看手机，已经中午了，赶紧跟他告辞。到了楼下，我摸了摸怀里的黑塑料袋，觉得不对劲，掏出来一看，少了一沓钱。我敲开老邻居家的门，他疑惑地问我怎么了，他疑惑得稍微刻意了点，就显得很假。

　　"我东西掉你这儿了。"

　　"没看到有什么东西啊，是钥匙吗？"

　　"钱。"

　　"钱？没看到啊，多少钱？"

　　"你说呢？"

　　"何南，你这是什么意思？怀疑你叔？来，你可着家翻，能翻到我给你跪下磕头。"

　　我绕着他家翻了一圈，沙发底下、衣柜里、抽屉里，都没找到。

　　"我这么大年纪了还能拿你小辈的钱？什么都不说了，今天我敢跟你赌咒，你要能找出来我从这四楼跳下去！"

我发现他外套的拉锁拉到了下巴颏，突然灵机一闪，一把扯下他外套拉链，那沓钱就在里兜藏着呢，他甩开我的手，并推了我一把。我心口那股反胃感再也忍不住，一弯腰，呕出了一摊东西，鸡蛋已经看不出是鸡蛋了，但血还是血。呕了几口，我跪在地上，完全抑制不住了，大口大口地往外吐血，味道刺鼻，惨不忍睹。

他慌了，把我搀到沙发上，给我倒了碗水，一副认栽的局促样子。

"你到底得的什么病啊？！"

我漱了口，地上的秽物让我硌硬，赶紧走了出去。

"那钱你留着用吧，要是有人想租或者买这儿的房子，你记得跟我妈说一声。"

我相信过很多东西，有的背弃了，有的保留着，其中就有科学。我坚信专业的人给出的专业意见，因此我知道时候到了。医生说我还有三到六个月的时间，其中一半的时间都是死亡缓冲期，我会逐渐失去行动能力，变得嗜睡，腹腔积水，疼痛感加剧，等到意识不清时，就可以准备后事了。呕血，就是进入缓冲期的温馨提示。

我回来不久后就想好了退路，想用一种最原始的死法结束生命——跳崖，最好是掉到原始森林里，十几年后被人发现时，我早已是一堆只会沉默的零散白骨。可中原多平地，这样的地方不好找，我准备到川藏一带去。但前几天我在一面刚粉刷过的厂墙上发现了一片叶子，不知道那是什么叶子，怎么会长到墙壁上去，叶子被风一吹，就上下摆动，像是在跟我挥手。叶子下面是两行红色的漆印文案，第一行写着延长寿命，另一行写的是安乐死。我打了电话过去，问他怎么延长寿命，对方说有透析和放射治疗，如果资金足够的话，还可以做器官移植，我给对方打了八百块钱买安乐死的药，约定今天在无水河边做交易。

正午炽热的阳光砸在河面上，片片金鳞随风而晃。长长的河堤除了几个钓鱼的人，没有其他人了，我再打药贩子的电话，被挂断了。一瞬间，我投河的心都有了。然后，手机收到了一条短信：

贴着红纸的电线杆下有两块砖，药在里面，水服吸入后请及时就医，药物学名：氰化钠。

我找到贴着红纸的电线杆，红纸显然是新贴上的，潦草地写着四个字：吉祥无事。砖头下压着一小袋白色晶沫，我捏起来对着阳光端详了会儿，折射的光跟彩虹一个颜色。

我见过最美的彩虹，是在童年的一场太阳雨中。当时梅可领着她的第三任丈夫给我认识，让我管他叫爸，还详细描述了一件小事证明我曾经见过他，并且对他感情浓厚。我的确认识他，但仍坚持说从未见过此人，因为不想管他叫爸。他的发光小汽车我也没要，因为那种慷慨是重组家庭起始期的标配，危害远大于美好。

那人走后，梅可开始揍我，揍到一半外面下起了雨，她停下手，我们一起看向窗外。太阳被雨水浇熄了光辉，涣散成一团黯淡的光，天空和大地笼了层土黄色，而那道最大最圆的彩虹，在黄褐色的天色中宛如神迹，既美丽又压抑。梅可说，雨里都能有彩虹，那她也能给我幸福。然后，接着揍我。

那男的还是搬到家里来了，但总共住了不到两个月。他说我偷钱，我就用梅可骂我的话来骂他，他就把我打哭了，梅可在一旁骂他，他把梅可也打哭了。他的钱最终在刚洗的裤子里找到了，他自己羞愧难耐，就搬了出去。那钱是我藏到他裤子里的。

我骑上电动车慢悠悠地走在马路中间，专沿着黄线骑，来往的车辆都绕着我走，有车冲我按喇叭，我就瞪他。碾过一条减速带时，呕吐感又涌上来，我弯下腰呕了一阵，什么也没吐出来。我应该是饿了，在烧饼摊买了个火烧，蹲在路边啃得很不雅观，又吃了两片吗啡，喝了半瓶水。

我对面是忆往镇最知名的财源宾馆，圆形拱门，听说里面什么都有。一辆白色大众从里面开出来停在路边，从副驾驶座下来一个女人，进了路边小卖铺买了两瓶水，看着有点眼熟，又仔细看了看。很不幸，是梅可。司机是个面相不太好的男人，有点凶。这个场景像是上帝的特意安排，只为让我看到他们一样，我愣了一会儿，感到好笑。

但我现在都快死了，还想这些干什么？我忽然开阔起来，骑上电动车冲进了财源宾馆，里面是一个大院子，并列着几栋浮华的旧楼，把车扎在洗浴部外面，借着玻璃门的反光看见自己的模样，后悔没穿好点。门童丝毫没有看低我的意思，他看起来只有十五六岁，蹲下来热情地给我换鞋，问我怎么洗，我表示不太懂。

"可以洗大厅，也可以洗包房。"

"有区别吗？"

"包房有套餐呀，哥。"他露出真挚的笑容，特真挚。

我进了包房，一个胖女孩随后敲门进来，虽然她的声音很好听，但我还是受不了，我说要换人。她说好，转身出去随即又进来握住我的手往她衣服里塞。

"老板，我刚做不长时间，很干净，技术也很好的。"

这是一句前后相悖的谎言。我善于分辨谎言，但一直苦于不知该如何拆穿。

"我知道，我知道。但我……喜欢头发长一点的。"我的做法也一直如此，以谎言应付谎言，说完我就急了，我都是要死的人了，凭什么照顾一个人尽可夫的妓女的卑贱情绪！

我抽出两张钞票递给她："去给我找个瘦的！还有，你去看一篇文章，王小波的《歌仙》，下星期我来找你，你给我说说这篇文章，能说出来我就给你一千块钱。"

她一听有钱，眼睛立马亮了，掏出手机记下来，保证一定会看。

进来的第二个女孩足够瘦，但不好看，吗啡片的药效上来，我很困，就懒得换了，我安慰自己在这小地方就得凑合。那女孩问我哪里人，做得舒服吗。我没说话，她又问我是不是睡着了。我问她我出来了吗？她说不知道，然后又说没有。我睡了过去，等我醒来天已经黑了，下体有些黏湿。

我到浴池里洗了洗，穿好衣服到前台结了账，比我想象的要便宜，这又让我意识到这是忆往镇，不是别的什么地方。那个门童给我开门时说"哥你慢走"，还隔着玻璃门给我鞠躬，这个躬鞠得极具烟火气。

我在郑州上班的时候，前女友总领我去菜市场，她说小贩们的忙碌和笑容能唤醒她对生命的热爱，这就叫烟火气，可我只能闻到鱼腥味。我确诊肝癌之后立马告诉她，脑子里幻想着我们在病房交握双手的感人画面，可她却立马提出了分手。我很气愤，我们身为情侣，共同面对病魔，这难道不是烟火气吗？我一直给她打电话，想让她照顾我，她被我惹烦了就说："去你妈的狗屁烟火，你那压根就是个核弹！"

那会儿我才了然，所谓烟火气，就是通过比自身不幸者的坚韧来安慰自己过得并不差，这压根不是勇气，这是诡论。当时我就决定要自杀，要死得干脆，绝不给别人烟火般的照耀，一点都不行。

我到家的时候，梅可还没回来，我倒了一杯水，拉开了药包的塑封条，闻到一股杏仁味。我先喝了一口水，接着喝了第二口、第三口、第四口……我又倒了一杯水，顺便把早上的碗洗了，臭鸡蛋招了虫子，碗洗了两遍，还残留着些许臭味，我甩了甩手上的水珠，把药倒进嘴里，咽了下去，有点苦，不过还可以接受。

我关了灯，坐到沙发上等着，过了大概五分钟，药效上来了，呼吸止不住地急促，接着是发麻，像小时候吃多了用辣椒精做的辣条，嘴巴和舌头一圈圈地发麻。如此又持续了会儿，我感觉自己没什么事了，以为是假药，想站起来，可怎么都提不起气，呼吸得比平时都要浅，然后意识开始模糊，

门响了，梅可走进来。我使劲叫她，可发出的声音很微弱，她走过来问我怎么了，我说我要死了，她说那她送我去医院吧。我意

识到这不是梅可，我骂她，使劲骂，但发出的只是杂乱的气声，她抬起腿踹到我身上，她踹一下，我就抽一下，心里很害怕，她可能是扮成梅可的恶鬼，我还没见过鬼呢。

一股肉香搅浑了凶狠的梅可，我睁开眼，客厅的灯亮着，一个慈眉善目的梅可站在我面前端着碗血红血红的腐乳肉，热气不断扑到我的脸上。

"哟，醒了呀少爷，这肉你快吃吧，等会儿凉了。"她把碗放到茶几上。

我有了些力气，但仍说不出话。

她坐在我身边打开了电视，选了一个国产家庭剧，主要突出主妇的坚强和悲惨的那种，她只看这种剧。

"桥南有一个厂子说缺文员，正好我跟他们老板认识，明天我带你去厂子里看看吧。"

她看我不说话，带着些羞涩说："那老板人挺好的，我俩早就认识。他也是刚离婚，有个女儿还在上学，听说挺争气，不用操心……"

她看着我斜倚在沙发上的那副死样，嘴巴微张，眼神空洞，很难看。我的嘴唇动了动，没发出任何声音，她把耳朵凑过来，我叫了一声"妈"。叫完，我就挣脱了出来。对面楼层的光照进幽暗的客厅，宛若白银。我陷入了沉思。

[丰荒之年]

何南打来电话，说交了个女朋友，过年时领回来看看。八月份，这个消息像一股凉风吹走了炎热，并让梅可和何安打了个颤。

忆往镇最破的小区是南海花园，南海花园最阴暗的位置是六号楼，六号楼边上立着间孤矮的车库，这间车库就是梅可跟何安的房子。他们的名字用的是当年最时兴的字眼，相当于当下的"梓"和"轩"。何南的"南"字在二十几年前也很时兴。

他们一家人本来是忆往镇旁边村里的，何安的奶奶给人做妾，混到他这辈儿，只落得了两间破屋和三亩薄田。平时何安给人打工，梅可在家务农，生拉硬扯把何南送进了郑州大学。之后，老两口穷尽积蓄进行了这辈子的第二次投资，就是在忆往镇的南海花园买了间车库。梅可信主，教会给她资助了辆三轮车，在街里拉活，何安四处给人打零工，反正日子就在车库里过起来了。何南说，这属于阶级流动，是他们人生中的壮举。

老两口接到何南的电话后，想了一夜，觉得穷是没法改变了，但穷也要穷出诚意来，他们决定在车库顶上加一层。

梅可从教会那儿领来了一堆铁条子，斜沿着车库架到了屋顶，焊成了楼梯。他们舍不得买砖，就从工地上捡，一天能捡几十块，等积得多了，就把砖头搬到屋顶，和着水泥垒房子。这个目标像一道虹光照进他们的世界，从此心里多了种不可言说的期待。

一层覆一层，新砖盖旧砖，秋风起时，房子已经垒起来。何安很得意，跟邻居们说儿媳妇就要上门了。这成了南海花园居民们的一个话题。梅可不大跟人谈起二楼，她怕仅仅靠诚意无法打动夏芽，仔细想想，还有些羞耻。入冬时，房子已经安了窗枢，装了简易门窗，并生了火炉子，算是正式落成了。梅可登上二楼，看见穿荫而来的阳光，围墙外的林间沟渠，不禁怔住了。

"看看，阳光海景房。"何安咧着嘴笑。

临近年关，梅可和何安去澡堂搓去了身上的污垢，换上洗净的旧衣，从市场买来肉和菜放进屋外棚子里冻着，等儿子打来电话，梅可骑着三轮去车站接。夏芽依偎在何南身边，个子不高不矮，模样不好不坏，整体平凡，但笑起来又显得有光彩。等到了家，夏芽仰头看着刚搭起来的二楼，说，好看。

鸡鸭鱼肉摆了满满一桌，床上的被子叠得比往常都要整齐，厚重的电视机放着春晚，这也是教会送的，画面发黄。梅可不停地给夏芽夹菜，问在郑州做的什么工作，挣多少钱，家里还有什么人，何安搭不上话，就在一旁干笑。

吃完饭，夏芽问厕所在哪儿，何南说要去小区对面的公共厕所，夏芽便一个人去了。何南帮着梅可收拾碗筷，说已经去过夏芽家里了。

"她们家对我挺满意的，就是说结婚的话……要十万彩礼。我自己攒了四万。"

梅可倒了半盆热水，混着冷水洗碗："应该的，娶人家闺女哪儿有不花钱的。"

何南和夏芽在二楼住了一晚，第二天中午就走了，梅可又骑着三轮车送，她这才明白儿子这次回来是给自己布置任务的。回来时经过无水桥，一辆黑色轿车停在桥边，一个臃肿的女人对着一个年轻人连哭带骂，听意思是年轻人把她撞了，女人把上衣卷起来，露出白花花的肚皮，坐在地上喊疼。年轻人朝地上唾了口痰，扔下张红票，女人立马收住了哭声，没事人似的走了。

梅可问路人咋回事，路人说："咋回事？碰瓷儿呗。"

梅可更加卖力地拉活，一刻都不让自己闲下来，可到手的钱距离目标差得太远，她连续几天梦见耶和华站在屋顶说："你将生养众多，遍满地面。"醒来后，何安的呼噜声在耳旁聒噪。

　　有天晚上，梅可收工回家，在南海花园外面的马路上听见一阵巨大的轰鸣声由远及近地传来，比何安的呼噜声大无数倍，一辆白色跑车在昏黄的路灯下拉出一道幻影，再由近及远地去了。紧接着，又一阵轰鸣声传来，这次是连续几辆颜色鲜艳的跑车无视红灯，疾驰而过。

　　梅可回到家，把挂在二楼的旧挂历摘下来，挂历是去年捡来的，上面印了很多名车和美女，她一页页地翻阅，找到了停在无水桥的那辆车，车标是四个连在一起的圈，她继续翻下去，又找到了模样扁平的跑车。直觉告诉她，跑车比四个圈的车要贵。当晚，她又梦见耶和华站在马路中间对她说："你将生养众多，遍满地面。"

　　梅可下定决心去死，是在收到了一张假钱后。坐车的一个老头，耳朵眼神都不好使了，梅可看他可怜，便放下戒备心，到家才发现那张二十的票子假得厉害。她等着何安回来跟他诉苦，可何安迟迟不回家。自从何南说了彩礼的事情后，何安就回家得晚了，每次回来都把一堆杂物堆在门口，等堆不下时就运到垃圾场卖掉，可也卖不了几个钱。

　　梅可找不到人诉苦，心里就憋屈，又到二楼翻了翻挂历，就出门了。她走到路边，看着信号灯变红，变绿，信号灯照在沥青地面上，把影子拉得很长。她想起儿子何南，又想起这大半辈子的时光，打心里觉得活着没劲。

　　熟悉的轰鸣声从北边传来，她踏出了第一步，看向马路对面，那个红色小人纹丝不动地亮着，像在暗示她等一等：红灯的时候被撞了，赔不了多少钱。她停下了步伐。白色跑车在梅可眼前一晃而过，轰鸣声震得耳朵疼，带起一阵风轻轻扑过来。速度的力量让梅可犹豫了下，她又想了想车库和未来的日子，坚定地迈出了第二步。

绿灯亮了，没有听见轰鸣声。红灯亮了，还是没有。这样等了几轮，她想今晚也许不会再有好车过来了，正准备回家，南边隐约传来了杂乱的轰鸣声，越来越响，像几十块巨石一起翻滚而来。白色跑车从相反的方向驶来，再次急驰而过，后面还有几辆聒噪的跑车，她看了看对面的灯，是绿色的，就迈开步伐，朝路中央走去。

"哎，我在这儿呢。"何安的声音忽然从身后传来。

梅可一扭头，几辆跑车裹挟着风声，擦身掠过，渐渐远了。

何安浑身是土，脸上有血，他看着梅可发愣，又说："你走路咋不看车？"

"你从哪儿回来的？"

"挨打了。以前抓住骂几句就算了，这次挨打了。"

"你偷啥了？"

"钱。"

"偷钱是该打。"

梅可搀扶住何安往家里走，何安疼得直咧嘴，他说："我的腿，像是断了。"

"没事，回家我给你擦点药。"

到家后，梅可倒了一盆热水给何安泡脚，她这才看见何安的腿肉都被打酥了，像是长了几朵被碾压过的红花，一道道往下淌血。

"也没看清楚他们拿啥打的，应该是三角带。"

"你偷了多少？"

"有一千多吧，"何安从裆里掏出张二十块的票子，"我还偷藏了一张。"

劫后余生的第一天是礼拜日，梅可让何安在家躺着，自己去教堂做礼拜。和往常一样，她坐在教堂的最前面，祷告祷得最认真，唱诗唱得最响亮，她把自己铺开了，展平了，完全接受牧师的教导。礼拜结束，食堂已经做好了一锅烩菜，牧师讲了一上午的课，吃得很香。

梅可坐到牧师身边问："你说，偷东西的人该咋处置？"

　　牧师咽下嘴里的东西，说："耶和华对摩西说过，抓到了，就要加倍赔偿。"

　　"这样啊。"

　　"你为什么问这个？"

　　"我儿子结婚等着用彩礼，我家里那个偷人家钱被打了。"

　　"哦……偷东西不对，但打人就更不对了，严重吗？"

　　"下不了床。"

　　"这样吧，我带几个兄弟姐妹去理论理论。"

　　"可《圣经》上说……"

　　"中国是法治社会，还是要关注一下现实的。"牧师顿了顿，又说，"主会保佑我们的。"

　　牧师带着梅可和几个教友来到那家汽修厂，牧师先表明了身份，再开始讲理，他的理就是，人偷东西可以报警，但打人是不对的。

　　"那就报警把他抓进去吧，我又没偷东西，我怕什么？"

　　"但你打人了呀，打人比偷东西严重。"

　　"他能偷东西，我就不能打他？"

　　"你不能用别人的罪抵消自己的罪。"

　　双方这么理论着，牧师占据着道德高地，带着的人再帮着说话，缓缓说服着对方。另一个教会的教友过来修车，看见了牧师就过来打招呼，一听情况，提议看看当晚的监控录像。老板当着众人的面把监控调出来，梅可看了两眼就哭了，三个人围着何安抽打，像在打狗。老板没有参与打人，只是听说了这个事，如今一看打得这么厉害，就果断让步，拿出了三千块钱，但希望教会能送到一面锦旗，牧师答应了。

　　梅可回到家，把钱压在枕头下面，喜上眉梢。何安已经能下床了，撸起裤腿看，伤口已经凝住，正在结痂。直到晚上，两人都沉浸在这三千块钱的喜悦中，说了好些话。第二天起来，梅可让何安接着休息，自己拉活回来给他买一瓶碘酒，可等她回来，何安却不见了，枕头下面的钱也没了。何安以前好赌，输过钱，为此梅可还喝过农药。

梅可在家急得直转圈，焦躁地等到晚上十点多，何安才一瘸一拐地回来。

"钱还在，钱还在。"何安眉目间的喜意打消了梅可的急躁，他先掏出那三千块钱，又掏出一把零零整整的钱，"打牌赢的。"

"你又去赌了？万一输了咋办！"

何安嘿嘿笑着："打牌嘛，有输有赢，输的时候别着急，等赢了就走，不会赔的。"

梅可先数完整的，没少，又把散钱数了一遍，三百多，把心放到了肚子里。何安得意地说起自己赢钱的过程，拍着胸脯保证还能赢钱，梅可给了他五百块钱，结果何安又赢了二百多块回来。两人望着彼此苍老粗糙的脸，喜上眉梢。之后的一个星期，何安是白天打工，晚上赌钱，梅可粗略地算了笔账，照这样下去，忍两年，攒够彩礼钱没问题。

可这样的好运没如他们所愿地一直维持下去。那晚何安回家的脚步比往常拖沓，从卷帘门钻进来时也没有笑意，坐在床沿上，一副苦脸。

"我输钱了。"

"输吧，有赢就有输。"

"输的比赢的多。"

"身上还剩多少？"

"没了，还倒欠人家两万。"

何南得到何安欠钱的消息，立刻请假从郑州回到了忆往镇，梅可还是骑着三轮车来接他，两人一句话都没说。何安喝多了酒，眯着眼睛半死不活地躺在床上，呕吐物被一层报纸覆盖着，一旁的尿盆散发着臊气。何南进门看见这么一幅场景，气得一拳砸在墙上，撞击声在逼仄的空间回荡，如沉闷的哭泣。

债主在午后上门，何南穷尽积蓄还是差一些，他撕了何安签的欠条，自己重写了一张，然后上了二楼，坐在他只睡了一晚的床上抽烟。

梅可上来劝他："儿啊，别怨你爹，他也是想给你凑彩礼。"

何南想起这张床是何安用捡来的木板一锤锤钉起来的，心里一酸，也不怪他了。

"别凑了，我和夏芽散了。"

"啥时候的事？"

"说不清。"

梅可盯着墙上的名车挂历，后背冒了一层冷汗。

何南和夏芽没有明确地分手，成年人的世界很多事都是靠意会的，眼神比嘴巴诚实。在一起时就是这样，没有明确地表白，爱意就从眼睛里溢出来。他们一块挤地铁，住隔断，一边背负着父母殷切的期待，一边狼狈地活着，若未来只远到周末的打折火锅，那么他们或许会永远幸福下去。

从忆往镇回到郑州后，夏芽便说她妈身体不好，结婚后不想让她离得太远，所以得定居到他们家去，按她家乡的规矩，男方还得陪送一辆车。何南没有给答案，夏芽也没有追问，只是两人的话都少了，关系时冷时热。有天何南下班发现夏芽的东西都不见了，打电话过去问，夏芽说她同事家闹鬼，自己去陪陪她，还甜蜜地叫了声"老公"，保证一个星期后就回来。一星期后，夏芽还没消息，何南又等了一个星期，夏芽发来一条短信，说一个人的感觉很自由，不想回去了。

何南这才明白，夏芽还是嫌他家穷，只是碍于两人的交际圈子有重合，不能直说。因为屈服于穷困代表着某种不仁，所以才将真言埋于心间，用鬼话编造一个体面的结局，彼此都好看些。何南因此开始酗酒，更频繁地抽烟，替何安还了赌债后手头拮据，心里难受，就买了两斤勾兑的散酒，喝得酒精中毒，面目发黑，请假在家躺着，吐出来的全是苦水。

何南几度昏迷过去，等雷声吵醒，手机上有几十个未接来电，全是家里打来的。他心里发忮，生怕又出了什么事，立刻回拨过去，电话一拨通，梅可先"喂"了一声，语调高扬，像是处在惊喜之中，随着一道炸雷，她宣布了一个何南万万没想到的消息：村子里要拆迁了，他们能补偿两套房子，折合现金九十万。

"靠谱吗？"何南猛地睁开眼。

"村里开会说的，有个大老板看中了咱们村的风水。"

何南走到窗边，打开窗户，让雨水吹进来，他给夏芽打电话，被挂断了，发微信，显示发送失败，生出的钝挫感如被人捣了一记闷拳。何南又只好从朋友那儿打听来夏芽的住处，等雨停时直接打车过去，那是一片破旧的居民区，凹陷的地面积着雨水，倒映着他落魄的样子。何南蹲在楼下一根接一根地抽烟，抽到头了扔在地上，嘶的一声。

等到很晚，一辆崭新的大众停在楼下，夏芽从副驾驶座下来，她穿了一吊带裙，看起来熟悉又陌生。她弓着腰跟开车的人说了两句话，目送着车子开远，一转身看见了蹲在地上的何南。两人盯着对方看了一会儿，夏芽绕过了他。

"我家拆迁了，赔了一百多万。"

何南冷不丁来了这么一句，夏芽拿钥匙的手抖了抖，发出一串清脆的响声。

在夏芽新租的房子里，他们回到了热恋时的亲密，一起洗澡、拥抱、接吻，来了次高质量的性爱，然后相拥着睡去，天亮时，夏芽把何南哭醒了。

"要是你能给我基本的生活，我还是会选择你，别人我看都不看。"

"那个人，很有钱吗？"

"还行吧，就是有点老，我主要看重他心很善。"

何南开始起身穿衣服，夏芽问他："你是不是生气了？"

"没有，别想多。"

"再睡会儿吧。"

"不了。"

"何南，你是不是在骗我，你家根本没有拆迁。"

"真的拆迁了，但跟你没关系。"

"那你找我干什么？"

"爽一下喽。"

伴着夏芽的訾骂声，何南下了楼，雨后的清凉沁入心肺，他感到从未有过的快乐。

梅可又跟何安商量了一晚，决定用老宅换一座楼房，剩下的折现给何南。这个目标像一道更亮更鲜艳的虹光照进他们的世界，心头如被一根透明丝线时刻牵引着。梅可成了家里的外交官，有空就去村委会询问拆迁的消息，尽管每次得到的答案都一样，问完就回家跟何安分享，把村主任烦得够呛。

何安经历了输钱事件，想将功补过，就收集起将来的房子可能会用到的东西，有印着鲜花的塑料鞋架子、断了插头的小天鹅洗衣机，还有饭馆开业后废弃的红地毯。一开始何安还把捡来的东西分门别类地堆起来，等秋风起时，车库门口就成了一个小型垃圾场，他自己也忘了都是些什么东西。杂物挡住了停车位，邻居就向物业投诉，物业一贯秉持的是不反映不管理，有反映一定尽力的原则，把垃圾装车全部运走了，并要求他们拆除二层小楼，不然就报警。何安只好把二层小楼一点点拆掉，把残骸一趟趟运到西郊的荒地，像是拆碎了一场不知冷暖的短梦。沉闷的锤声一直响到除夕。

梅可去车站接何南，三轮车老了，速度没有以前快，他们就此聊了两句。等回到了家，何南看着二楼空掉的位置，说，干净。

年夜饭是饺子、大蒜和白酒，厚重的电视机播放着春晚，画面依旧发黄，梅可喝了杯酒，哭着感慨好日子就要来了，拆迁的事情让他们感觉这个年过得非常有希望。

何安说："你妈老梦见上帝，说以后咱们家会大富大贵，还说你会有俩孩子，一个叫流奶，一个叫蜂蜜。她还不敢跟你说，怕你觉得她迷信。"

"信吧，穷人信耶稣，有点盼望总比没有强。"

"那要是以后咱成了富人，信啥？"

"富人信佛祖，再贪心点就信道教。"

"有啥不一样的？"

"信耶稣的想让后代过好，信佛祖的想下辈子过好，信道教的想永远活下去。"

梅可抹抹眼泪说："那我没信错。"

大年初一的早晨，何安早早地起来，把最后一堆砖土搬上三轮车，准备扔掉。

"自从盖了这个小楼，咱家就不顺，趁着初一把它扔了，就当送瘟神。"

何安这么一去，到了中午也没回。梅可接到电话，说何安被车撞了，正在医院抢救。母子俩赶到医院，肇事司机已经走了，但办好了住院手续，账户里预存了三万块，还留了一个电话。

何南照着电话打过去："你把我爸给撞了？"

"对。"对方是一个中年人，声音疲倦。

"那你过来一下吧。"

"过去干吗？我又不会治病。"

"商量一下赔偿的问题。"

"这大年初一的，去医院太晦气了，先把你爸救活再说吧，我委托律师跟你们谈。对了，把票据收好，你爸骑个破三轮车逆行还闯红灯，我是正常行驶，估计你还得把医药费还给我。"

何安抢救了三个小时才被推出来，手脚被高高吊起，脸上的针脚像血色的蜈蚣，眼睛紧闭，呼吸微弱。医生说身上有多处外伤，四肢有不同程度的骨折，最严重的是左肋骨断裂后插入了肝脏，还要再进行一次手术。何南和梅可坐在走廊的椅子上，一个叹气，一个流泪。

肇事司机的律师来了两次，头一次声明事故主要责任在何安，并以律师的角度解析了公了的冗杂之处。第二次过来给出了优厚的解决条件，除了赔偿全部的医药费外，还愿意赔偿五千块钱，要求是不走一点司法程序，因为肇事司机觉得晦气。这种欲扬先抑的解决办法，让何南气得眼睛冒火，他虽然没见过对方，但却能肯定对方是个资本家，而自己就是被资本家踩在脚下的屎，唯一的筹码就是恶心对方。他捏着合同一条条看下来，恨不得立马到法院提起公诉，不问后果，不计得失，可最终还是代何安签了字。

过了正月，何安出院了，他的身体虽然在慢慢康复，但状态明显不如以前了，像是抑郁了，整日不发一言。

何南临走时，何安少有地说了一句整话："我顶了最后一个灾，咱家日子会好过的。"

何南说："等拆迁的事定了，我再回来。"

何安的情况稳定了，梅可还是像以前那样，经常往村委会跑，询问拆迁的事情。村主任已经放弃了抵抗，看见梅可就主动把之前重复过无数次的话再重复一次，不急不躁的。直到盛夏时节，他主动联系了梅可，说拆迁的事要往后延一延，梅可觉得头皮一紧，问为什么。

村主任说："我跟你一次性说清楚，以后可别来找我了啊，是投资方那边的老板在大年初一撞了人，见血破了功，现在觉得咱们村的风水也没那么好。"

梅可缓过神，出门大哭一场，打电话约教会的朋友出来。她在烧烤摊上喝了不少啤酒，借着酒劲，又混进广场舞的队伍中，跳了好几首凤凰传奇。

何安站在南海花园门口等啊等，等到凌晨前后，才望到了梅可跟跟跄跄的身影。

"你去哪儿了？咋喝成这样？"

"拆！"

"拆啥？"

"拆没拆完的。"

梅可爬上二楼，抡起大锤，拆掉了二楼残存的部分，并告诉何安，教友给她介绍了两份去新疆摘棉花的工作。

夏末，夫妻俩整理好行囊，坐上了去新疆的火车。临行前，梅可掀开楼顶的油布，用石块画了三个手牵手的小人。

[生 死 浮 休]

早晨七点，梅可来到忆往镇有名的鸡窝，随便敲开一扇门。

"有活接了，县委家属院二号楼三单元顶楼中间那家。"

小姐的脸透着没有血色的白，眯着困极了的眼回道："我只在家接活，再说了，现在是早上，我还没上班呢！"

梅可从脏兮兮的挎包里摸出一沓钱，在小姐眼前晃了晃。

"完事了再给你加一倍的钱，你不去我就找别人，这栋楼又不止你一个出来卖的。"

"到底什么人啊？这么急。"

"我儿子。"

梅可付了订金，嘱咐小姐马上过去，又跨上她的三轮车，使劲蹬了下启动杆，引擎发出低沉的轰鸣。

天色阴翳，空中盖了层厚重的灰云，街道看起来比往日要脏，过了无水河南桥左拐，纷纷洒洒的小冰粒落下来，打在梅可皴红的脸上，又疼又痒。烧鸡街走到头再往右拐就是菜市场。早年间，梅可给人送干菜，就从这儿进货。

以前，梅可最怕带何南经过菜市场，因为这儿有很多卖熟食和扣碗的小饭馆，一年四季，无论刮风下雨，一个个大铁锅和蒸笼都升腾着白烟，整条街都能闻到诱人的肉香。何南会站在三轮车后面，扒着她的肩膀要肉吃，她总是装作没听见，尽快离开这条被肉香弥漫的街，再装作后知后觉地说："都过去这么远了，买不到了。"那时何南七岁，是一个能分辨谎言，但无法推翻谎言的年纪，只能一口口往肚子里咽唾沫。

对于无法满足何南的物质需求这一点，梅可心安理得，因为何南没有爸爸，她多次跟何南说起这件事情。何南的父亲是忆往镇有名的混混儿，凭借打架跟喝酒积累的人脉，为何南办了一场相当体面的满月礼，在半年后的严打时期，他捅瞎了别人一只眼，逃了。过了两年，何南学会了走路，他偷偷回到忆往镇，要跟梅可离婚，梅可不肯，他就抓着何南的脚提到头顶说："姓梅的，信不信我敢摔死他。"

梅可锁住车把，踩着地面的脏水挤进菜市场，只要一上冻，她就会穿上雨鞋和雨衣，因为耐脏而且暖和，这让她看起来有种煞有介事的滑稽。她走到一家摊位前，买了两斤猪杂，又到一个摊位买了只烧鸡，然后走到白烟最浓郁的摊位，要了五份扣碗。卖扣碗的老板认识梅可，他说："哟，这还没过年呢，家里来客了？"

"自己吃。"

"对，你是得多吃点，这样跟老婶打架不就更有劲了？"老板嘿嘿笑起来。

"去你妈了个血×，你看她以后还敢不敢说。"

老板看把梅可惹急了，笑得更加开心。认识梅可的人都知道，她很容易发火，而且嘴巴很毒，例如你妈×这句脏话，她就能骂出你妈个血×、兔×、拐弯螺丝×等十几种不同的花样。实际上，梅可的脏话并无多大作用，更像是凶给自己看的。大家能看出来梅可之所以凶，是因为她没有丈夫，怕被人欺负，脏话和她的雨衣一样，成了掩盖自己瘦弱的道具。在忆往镇，没人怕发凶的人，只怕发狠的人。

老婶是梅可的客户，前天，梅可把几箱酸奶卸到了老婶的烩面馆，结账时梅可说卸了三箱，老婶说卸了两箱，两人就吵了起来，从这件事吵到那件事，又从那件事吵到几年前谁占了谁几块钱的便宜，最后直接对骂了起来，旁人怎么拦都拦不住。

老婶是一个四十出头的壮实女人，像刚出锅的大白馒头，一走路身上的肉就来回弹动，拎着煤气罐像玩玩具，但这骂脏话方面，她的力气就有些使不上，被梅可指着鼻子变着花样骂得张不开嘴，急得怪叫起来。

老婶的男人金大熊终于忍无可忍，从厨房走出来，抓住梅可的手臂就往外拖，他常年颠勺，手劲很大，五根指头掐着梅可的肉往门外一甩，梅可便飞了出去。她穿的雨衣起到了保护作用，没有擦伤，但半个胳膊都麻了。

一直到现在，梅可都觉得右臂有些憋痛。她提着几个塑料袋重新跨上了三轮车，蹬着了火，又熄灭了，去路边小卖铺买了包烟。她不会抽烟，之前也没抽过。她给自己点上了一根，噙在嘴边一吸一吐，朝县委家属院出发。

过了烧鸡街，梅可想小姐应该到家了，过了无水河南桥，她想小姐应该脱光了衣服，正在干事，等过了种子公司，眼看拐弯就要到家了，她停在路边，又点上一根烟。县委家属院里是她九年前买的房子。在三十多年前，县委家属院里是忆往镇最好最高的居民楼，后来县委的人纷纷搬离，这一间老式的两室一厅经过几手才到了梅可手里。买房子的钱，就是她屁股底下这辆机动三轮车挣的，她什么都拉过，夏天拉雪糕，冬天拉白菜，去年有个小孩掉无水河里淹死了，她还给人拉过棺材。

第二根烟点燃时，她试着吸入肺里，瞬间感到胸腔一阵发紧，随即是恶心和眩晕。冰粒混着雨水沾湿了她的脸，把她脸上残留着的那么一点清秀显露了出来。梅可年轻时很漂亮，在结婚后的日子里，那些好看的特征逐一消磨着，在消磨的过程中她找了几个男人，他们无一不是看上了梅可的脸蛋，但最后都分了。

梅可一共抽了六根烟，菜都已经凉透了，她开始把三轮车锁在楼下，到了家门口先敲了敲门，然后哗啦啦地掏出钥匙，拧开门。小姐坐在床边低头玩着手机，她化了妆，眼睛大而有神采，头发束在脑后，短裙下的小腿纤细修长，简直跟初见时判若两人。何南躺在床里面，面无表情，不发一言，身下的被褥扭成了麻花。

"你儿子跟头小狼似的。"小姐说。

梅可走到厨房烧上水，把肉放入蒸层加热，听见小姐喊："把剩下的钱给了吧，我要走了。"

"他还要喝酒，你给他倒。"

"陪酒得加钱。"

"给你加一百。"梅可打开橱柜，拿出一瓶忆往大曲，这是前晚买来抹胳膊的，只用了一点。

"小孩，你们家什么情况？"小姐压低声音问，见何南发愣，又推了他一下，"问你呢！"

何南的语气像孩子般无畏："我杀了个人，等会儿去自首。"

梅可被金大熊甩出去那晚，她回到家里用忆往大曲揉搓手臂，上面印着五个紫红色的指头印，何南问她怎么回事，她说跟人吵架了。

"吵架能弄成这样？"

梅可立即用最恶毒的语言咒骂着老婊和金大熊，对天发誓再也不给他们家送货了，并描述起当时自己是如何强势，如何骂得老婊张不开嘴，但语气有明显的局促，因为事实就在眼前摆着，送货的钱没收到，她的手臂也受伤了。

"你这么厉害，还抹什么白酒啊？"

"看看人家的孩子，家里人吃一点亏恨不得去跟人家拼命，再看看你，就你这态度，我老了还指望你养我？真泄气，我去你奶奶的兔骚狗毛×。"梅可恼羞成怒，又感到失望。

何南像没听见一样，走进卧室，把骂声挡在门外，他知道，梅可还得骂上好一会儿。他们经常陷入这样的争斗，何南擅长以短而犀利的言辞直击要害，梅可则用难听且持续不断的脏话进行人身攻击，结果往往是何南沉默，梅可暴怒，双方都以自己认为胜利的方式进入冷战，然后迎接下一次争斗。

从何南上初中起，梅可开始对他使用街头骂术，在初二之前，如果何南让梅可感到不满，她会动手。家里任何一件超过二十厘米的东西，都被梅可当作过武器，晾衣架、裁衣尺、羽毛球拍，她最喜欢用的还是湿毛巾，因为可以重复利用，不会损耗。如果是小事情，那就打几下，然后让何南跪下认错，如果是大错误，梅可会将何南重打一番，然后扒光了赶出家门。

直到何南上初二那年，梅可给他报了一个暑假的英语补习班，而何南却在上课第一天睡过了头。小拇指粗的晾衣架，平均抽三下就会碎裂，梅可抽碎了五条，何南身上全是青紫色的条形瘀痕，她想起补习班的价格更加来气，又把何南压在身下，抽了十几个耳光，吐了口唾沫。梅可耗尽了力气，坐到床上喘粗气，越想越觉得何南罪不可恕，站起来准备再来一轮，然后被何南推了一下，她倒在床上，带动整张床往后拉了一段，发出一声粗笨的摩擦声。

此后，两人对各自的实力有了新的评估，何南再也没有挨过打。

梅可在床上躺了一夜，越想越憋屈，次日一大早就跨上三轮车找老婢去了，由于胳膊上的瘀痕还疼着，她在心里稍稍做了让步，无论是三箱酸奶还是两箱，只要老婢给钱这事就算过去了。可她没想到老婢受到金大熊的启发，看见梅可气冲冲地走进来，一副不善的劲头，不给她开口的机会，两个大步跨过去，抡圆了膀子，朝着梅可的脸蛋掴了一巴掌，直接把她打蒙了。

"你给我滚！"老婢把这四个字喊得清晰又坚定。

如果说昨天金大熊摧毁的是梅可的肉体，那么老婢的巴掌则是完全灭了她的士气，梅可的第一个念头是：我在忆往镇混不下去了。她顶着新伤回到家里，坐在床上发呆，她在给自己编造一个借口，一个能让自己有点颜面继续给人送货的借口。

何南推门走到她面前："还是那家人打的吗？"

梅可没说话，她的借口还没想出来。

"说话。"

"我先打了她，她又还手了，一对一，不亏！看以后谁还敢给他家送货。"

"男的女的？"

梅可没说话。

何南带着恨意从嘴里逼出三个字："没脑子！"

到了晚上，梅可问何南吃什么，何南说都行，梅可问何南在学校食堂都吃什么，何南说什么便宜吃什么。梅可摔了一个杯子，趴在床上捂着头哭了，然后听见何南出门的声响。

晚上十点多，何南还没回来，梅可披上雨衣，穿上雨靴，骑着三轮车跑遍了忆往镇的几个网吧，何南上高中时经常逃课在这里打游戏，可她没有找到。直到早晨六点，何南回了家，鼻子上挂着鼻涕，已经冻得没有知觉了。

梅可问他去干什么了，他说："我杀了个人，男的。"

梅可电击般颤了下，一口气凉到了脚心，愣了会儿，哆哆嗦嗦地打开衣柜，一件件往外翻。

"跑！快跑！我给你去取钱。"

"不用了，逃一辈子，还不如早点接受。"

梅可的动作戛然而止，缓缓转过身，看着何南，目光无神。

"给我找个女人吧，我还没碰过女人呢。我还要喝酒吃肉。"何南的声音很轻。

梅可把热好的菜端上桌，小姐拧开酒瓶子给何南倒了一杯，轻声说："老板，喝酒。"

何南接过酒杯一饮而尽："你走吧。"

小姐看向梅可，梅可去挎包里掏钱，小姐说："姨，陪酒的钱……就别给了。"她拘束的模样暂时掩盖住了原本的风尘气。

"拿着吧，反正我要钱也没用了。"

小姐拿着钱走了，关门的声音很轻，何南又给自己倒了一杯酒，一小口一小口喝着。梅可拿出刚买的香烟，抽出一根给他。

"我知道你在外面偷偷地抽。"

何南接过来，给自己点上，动作娴熟。

"你看你，真是个大人了。"梅可给他往碗里夹菜，"拉扯这么多年，你总算成个大人了。"

"妈。"

"啊？"

"我要是死了，你别出声，给我留点清净。听你说话，恶心。"

何南站起来，走到门口，转身朝梅可跪下，磕了个头。

"我得谢你，毕竟你生了我。我也恨你，也因为你生了我。"

"把钥匙拿上。"梅可说。

"不用了。"

"拿上吧，是个念想。我就不送你了。"

何南走出县委家属院，指间的烟燃到了头，他勉强吸了最后一口，将烟头摔到地上，溅起几粒火星。他决定先去草坑那儿看看尸体在不在，如果不在就去派出所自首，如果还在，就直接叫警察过来。

草坑在老婍的烩面馆后面，烩面馆没厕所，男人女人都到那儿撒尿屙屎，夏天有绿草的遮掩，还没什么，到了冬天，野草荒了，黄泱泱地贴在地上，一坨坨黑褐色的屎条就格外显眼。昨晚何南揣着菜刀，在草坑里蹲了两个小时才等到金大熊出来撒尿。他在烩面馆吃过饭，老婍行动起来像一堵肉墙，而金大熊活像个矮土匪，不用看脸，凭敦实的身形就能分辨出来。何南站起身朝金大熊走过去，金大熊看了他一眼，没太在意，撒完了尿准备提裤子时，何南已经走到了他身前，亮出了刀，带着破空声在他咽喉部平直地一划，感到了一点阻力。金大熊捂着冒血的伤口蹲到地上，惊恐地看着他。

何南把菜刀重新藏进了衣服里，匆匆走了。

何南杀人后的第一个念头是逃，可夜里没有车，他就躲到无水河北桥下面，把怀里的菜刀扔进河里，"当啷"一声砸在冰面上，滑了很远。他开始抽烟，一根接一根，他想象着自己坐着汽车到了一个陌生的地方，终日惶惶，余生如惊弓之鸟；他也想了监狱里面的生活，关在狭小的空间里，吃着糟糕的饭菜，自己终日凝望着高墙、电网和盘旋的飞鸟。权衡之下，他决定自首。他用仅有的法律常识，为自己想到了一个"冲动杀人"的开脱名由来安慰自己。

那会判多久呢？五年？十年？十年后，他三十岁，世界会是什么样子的？

可能是小姐肉体的慰藉，再次去往草坑的路上，他身心轻盈。

对何南而言，"懂事"这两个字就意味着不要向梅可要任何东西，抱有任何希望，因为他在没懂事时，经历了太多次求而不得。上了大学后，梅可对他越来越关心，甚至有些依赖，她叮嘱何南没钱了要吱声，可何南从来没有主动要过。梅可忘了打生活费，他就硬挺着，最长一次，他三天半没吃饭，饿得在课堂上昏了过去，醒来教室里空无一人。何南觉得幽默的是，他难得主动跟梅可开口要东西，要的竟是一个女人。

何南没有谈过恋爱，他暗恋过几个女孩，但始终没跟人家说过几句话，以至于关于青春，关于异性之间萌动的感觉，他全然不觉是何滋味。他觉得自己没资格谈恋爱，不配拥有那么美好阳光的女生。自卑感是梅可给他植入进去的，后来在何南将要抛掉这种束缚时，梅可总是以各种形式出现，让他继续自卑下去。例如初三那年的体育课上，喜欢的女孩就站在他身边，梅可骑着三轮车轰隆隆地从校门口开到校园超市，后面拉着一车冰棍。有人喊："何南，让你妈请我们吃冰棍呗。"在哄笑声中，他把口袋里的情书紧紧地握成一团。

在等待小姐上门的过程中，他的心情比杀人还要忐忑，听着楼道里的脚步声，有三次是从上往下走，上楼的声音只出现了一次，停在了三层，他的心几乎顶到了嗓子眼。时间一分一秒地过去，二十分钟、三十分钟，楼道里再没有一点动静，他对这件事感到了失望。他觉得还是应该把持原则，不对梅可产生丝毫依赖性。然后，他听到了高跟鞋撞击地面的声音，由远及近，通过轻盈平稳的步伐，可以判断出这是一个年轻女人。脚步声一直持续到门前，几秒后，铁门被轻轻叩响。何南开了木门，隔着防盗门看见了衣衫单薄的小姐，他感到满意。他让小姐进来，走进他的卧室，说就在这儿吧。小姐脱去她的上衣和皮裙，随即是胸罩和内裤，她问何南要不要穿着丝袜，何南说都行，小姐就没有褪下丝袜。何南脱光衣服，压到小姐身上。

雨雪止住了，阴云还是浓得化不开，把大地染成灰色，何南走过无水河北桥，远远看到那把沾血的菜刀还在冰面上扔着，他下去拾起菜刀，像昨晚那样揣进怀里，凉丝丝的铁锈味。

何南上了岸，加快步伐走到了草坑，看到的场景出乎他的意料，平整的原野不见半个人影，连条警戒线都没有，仅有残留的血迹提醒着他一切都真实地发生过，血迹很鲜艳。他想，这下应该直接去派出所了。他又走到了烩面馆正门，门半掩着，透明的门帘披在门后，表示里面有人，但不做生意。

或许里面的人在为金大熊的死而错愕。何南想着，推门走进去，却看到了意料之外的场景，金大熊竟然好端端地坐在柜台旁边，何南的心跳漏了一拍，以为是金大熊的鬼魂来找他报仇，便拉开衣服，抓住菜刀横在半空。

壮硕的老婆从厨房走出来，看见何南手里的刀发出一声尖叫，手里的瓷碗摔了个粉碎，汤汤水水洒了一地。

"你是人是鬼？！"何南问。

金大熊把屁股下面的板凳举在胸前，一脸惧意，白色布条从他的下巴缠到了头顶，下颌那里粘着一大层厚实的纱布。

"小子，昨晚是你吧？"

"是。"

"为什么要杀我？"

"他是梅可的儿子。"老婢说。她也赶紧从厨房拿了把刀，双手持着，不住地颤抖。

"你竟然没死！"何南咬着牙说，他的心底涌出一阵喜悦，而这种喜悦看在老婢和金大熊眼里，成了变态杀人狂行凶前的狞笑。

金大熊把凳子一扔，"扑通"一声跪了下来恳求："爷，你是个狠人，我认厍了。"

老婢随即也丢下菜刀跪了下来。

"你……报警没？"何南缓缓把刀往回收。

"没有没有，我就怕你回来啊。"老婢带着哭腔说。

"那你打算什么时候报警？"

"我们不报警了，这事我认了。"金大熊说。

"好，这可是你说的。就算你报警我也不怕，你没死，你还活着。"何南顿了一下，"活着就可以再死一次。"

金大熊站起来，从柜台的抽屉里拿了几张钞票，小心翼翼地走过来递给何南："这是欠你们的酸奶钱，拿了就走吧，别再来了。"

何南接过钱走到门口，又转过身："给我拿包红渠。"他抽出五块钱扔在地上。

何南走在回家的路上，一手拿着菜刀，一手夹着烟，脸上露着笑意，活像个傻子。

阳光像个坚韧的战士，终于穿透了阴翳的云层，暖烘烘地铺在大地上。何南笑了，他很少笑，但此时他笑了，他觉得生命很美好，路人很和善，货车碾压而过溅起的泥水，都那么富有律动。他笑了，一直笑着走进县委家属院，孩子似的爬到了四楼，拿出钥匙打开房门，看见梅可吊死在了卧室门框上。

[荒　服]

　　我一个人住着，不怎么说话，准备买些腻子把外墙刷一遍。无聊的时候就想以前，想自己，然后确定了一件事——我的人格吧，不是很稳定。上网搜了搜，我完全符合人格障碍的基本特征。

　　之所以又回来，是因为去年的四月一号，我在深圳收到了一个难以接受的噩耗。挂了电话，我开始回想以往很多个难熬的时刻，试图以往日的伤疤化解此时的悲恸，但失败了。在家里坐不住，下楼穿过堵塞的闹市，走了两个上坡，之后的道路曲折，行人稀少，车辆从我身边疾驰而过。我走到一个公园门口，在台阶上坐了很长时间，感觉自己活在一团巨大的虚假里，不断地从一个虚假领域逃到另一个虚假领域，在这个过程中只有逃亡是真的。忽然，我涌出一阵近似发狂的思念，就给夏芽打了个电话，说身后的公园里有一个发光的摩天轮，正在转。那会儿我们分手已经有三个月了。分手时她骂我浑蛋，不正常，总伤害她，估计这就跟我的人格障碍有关。

　　小外甥偶尔来看我，有时候觉得他很可爱，有时恨不得把他踹出去。这种心态就属于人格障碍的一种临床表现，敏感善变，喜怒无常，对特别亲近的人尤是这样。

　　我的确很难与人维持平稳的关系，我能意识到，但怎么都改不了。可我转眼也奔四了，世界变了，忆往镇也变了，我伤害过的或伤害过我的，都不知道躲到哪个犄角旮旯里混吃等死去了。我想把以前的事都放下，忘掉以前的人。这么想了一段时间，还真管用，主要原因可能是没人打扰，在外面瞎混了这么多年，忆往镇早把我给忘了，也就小外甥还惦记着我。能看出来，他对我有点崇拜，好像小孩都这样，喜欢不走正道的人，觉得他们特酷，特社会，纯粹是脑子没长全。

我走上歪道的契机，是看了香港电影。二十世纪九十年代，《古惑仔》引入内地，把忆往镇的年轻人都看傻了。现在的县人民大会堂，也就是以前的电影院，三毛钱一张票，一有场次，我跟我们胡同的王鹏扒墙砖、捡废铁也得去看，看完心里就憋着一团火，老想跟人干一架。烧鸡街那儿没有一晚上不打架的，打完了还不算，得接着约群架。有时闹得大，一辆出租车给一百块钱，往约好的地方来回拉人，两边加起来得有五六百人，这种情况一般都打不起来，大家只是陶醉于那种阵仗，追求自我满足感。

我和王鹏都觉得这世界上有两件事最牛×，一个是打架，另一个是谈恋爱。两者的不同是打架不需要理由，爱情需要理由。现在再想想，脸上发烫，羞愧，那会儿怎么就这么愣呢？把事情整个给理解倒了。

王鹏喜欢的女生在小班，叫王婧，挺有名的，因为长得漂亮。我经常听人说哪个学校的谁谁长得特好看，人家一说，我就开始想象，很多次真见到了那些个传说中的漂亮女孩，说实话，挺失望的。但王婧是真好看，还乖。王鹏的姥姥家跟王婧家在一个胡同里，两人从小就认识，但不是恋爱关系，就是熟人。王鹏属于单方面承认恋情，从王婧她妈那儿听说班里有个转校生老拽王婧头发，一开始王婧还没生气，可那转校生变本加厉，开始动手摸脸了！

我跟王鹏去了一次小班，没太占到便宜，都怪自个儿轻敌，以为靠着自己在大班的名气能吓住他们，结果被围在人圈里，干趴下好几次，特丢人。然后，我就迎来了人生中的转折点，我们跟那转校生约了场群架。

我想过好多次，是不是不打那场架，后面的事都不会发生。有个狗屁理论叫什么平行宇宙，意思是任何一个决定都能导致在另一个宇宙分裂出另一个自己。可能在另一个宇宙真的有另一个我过着完全不同的人生吧。但在我这个宇宙里，我觉得我所经历的都是必然的路，不赖那场架，就赖自己。

地点选在无水河东南边的双桥那儿，晚上人少，我们十几个人过去。老远就看见乌压压一片，也不知道那转校生到底什么来头，我有点发怵，心想今晚又要栽这儿了。走到跟前，两边都站住了，王鹏说，都谁打啊？那边没人吭声，转校生戴着顶白色鸭舌帽，手里握着一根黑漆甩棍，站在人群后面骂了句娘。王鹏心思细，他仔细看了看那帮人，悄悄对我们说，那里边有好几个人他认识，都是小班的厌货，再说了他刚过来，咋会认识那么多人？

"凑数的？"我问他。

"估计是。"

"干他就完了！"

我们从袖子里抽出钢管，一股脑冲了过去。大班的人打架都喜欢把家伙藏到袖子里，三中的人喜欢别在腰后头，后来王鹏上了职高，他说那儿的人都把家伙绑在腿上，这可能就是地方传统吧。再说说打架这事，我仔细琢磨过，打架真不一定是人多的一方占便宜，十个人打一个人，那叫殴打，一个人打十个人，那叫拼命。成本在那儿搁着呢，双方抱的心态都不一样，而心态往往决定行动。

那场架没什么挑战性，对方连反抗一下都不敢，见我们拿着家伙冲过来，一个个吓得转身就跑，我们一个人撵着好几个人打，没有难度，但特有成就感。王鹏揪住那个转校生，劈头盖脸地就用钢管招呼，打得正过瘾呢，警车来了。我从那会儿才知道，双桥是水厂的放水点，不定什么时候会有人过来调试设备，那晚就是一个水厂的工人看见我们打架，赶紧报了警。人生头一次，警灯闪烁在脸上，我很迷茫。

我们在派出所蹲了一夜，警察挨个通报，交钱放人。转校生家里有后台，是个法院的什么官儿，当晚就被领走了。后来转校生家里又找了学校的关系，要通报批评我们，过程呢就是老三样，叫家长、写检查、做检讨。但这回的力度不一样，教导主任把叫过来的几个家长骂得狗血淋头，看得出来，纯粹是为了出气，估计还得开除几个。我当时心里就想，不就是个破学吗？老子不上了！

我主要是心疼我姥姥。无论什么时候，我处于什么状态，只要想起她，就不好受，跟堵了一胸口酸水似的。姥姥的命很苦，中年丧夫，一人把儿女拉扯大，又白发人送黑发人。事情发生当天是她五十五岁生日，我跟二妮还在上幼儿园，姥姥许诺过放学偷偷给我俩买零食，就坚持要去接，让舅舅妗妗和我爸妈先吃。等接我们回来时，胡同口堵满了人，消防车和警车停在路边，一片混乱。姥姥挤进人群，然后又挤出来，对我俩说，是咱家！

我看着那一片坍塌的废墟，觉得不可思议，人生头一次萌生出不真实的感觉，那么高的院墙，那么长的走廊，中午还好好的，到了晚上怎么就成一片废墟了？我们在医院待了一夜，不停地有人跑来跑去，大声讲话，然后有人领我们去太平间认领尸体，之后又坐车到派出所，警察让姥姥在一个纸板上签字。按照我的记忆，葬礼办得很隆重，来了很多人，几口棺材并列停放，灵堂后面挂着好几扇猪肉，有些我没见过的人一进门就哭。可姥姥说当时根本就没办丧事，只是由亲戚朋友操持着，把人拉到南山给埋了，我记得的应该是别人家的葬礼。我只能以她的记忆为准。那会儿我太小了，对悲伤二字还未完全吃透，他们的突然离去像一坛后劲十足的烈酒，越长大，越灼热。

我们搬进了菜园巷，那是二妮的家，因此认识了王鹏。二妮的姥姥家想把她接过去，我姥姥不同意，二妮也不愿意，她姥姥爱发脾气，还特抠门，过年时别人发压岁钱，就她发糖，还是那种傻甜傻甜的硬糖。我姥姥用锤子把我们家那辆炸变形的三轮车活活敲正了，乒乒乓乓的声音响了一天，又换了两个新轱辘就开始穿街走巷，塑料瓶二分，啤酒瓶五分，铝罐最值钱，一个一毛。有时候，姥姥会带上我和二妮一起出活，路上她就用悠长平缓的声音喊收——破——烂，我俩就在后面一边推着车，一边跟着喊。姥姥总会打断我们说，跟着我喊，你们长大了会变穷的！姥姥是个坚强的人，虽然在一些夜里，我能听见她的哭声，然后是二妮的哭声，最后三个人哭成一团。说真的，要是我，早挨不住了。

按说我应该争点气，让家里省点心，可我那会儿就是不懂事，不学好，脑子里装了一泡屎似的。姥姥和二妮来派出所捞我，她从布兜里哆哆嗦嗦掏出了一大把毛票，勉强凑够了两百块钱，民警看着都心疼。我哭了，大哭特哭。所以当学校又准备叫家长时，我实在不忍把姥姥叫过来，让那教导主任训斥。我扭头走出了学校，再也没回去过。姥姥宠我，没说重话，但看得出来她挺失望。我没在家闲着，直接去洗车行学洗车了。因为羞愧，真切地为自己感到愧疚。

洗车行老板四十出头，高高壮壮的，外号叫大憨，在镇上开了好几家洗车行，是个狠人。大憨离过一次婚，新娶了个二十多岁的女孩，管着我在的那家店，大家都叫她妍姐。妍姐是真会打扮，衣服没重样的，笑起来有股风尘味，很迷人，听说之前是在洛阳卖的。几个小伙子也喜欢妍姐，干活卖力，说话好听，整天围着妍姐转。我不一样，压根不敢看人家，有心没胆儿，跟她对视一眼心脏就怦怦跳，多看两眼就硬得控制不住，顶在裤裆里老半天消不下去。夜里总做梦，也梦不见别的，就梦见跟妍姐办事。妍姐看店里的人只有我不搭理她，就逗我，问我为啥不跟她说话，我嗯了一声，继续干活，她有些诧异。这是人格障碍的另一个临床表现，越喜欢谁，就对谁表现得越冷淡，怕被看穿，实际上内心极其渴望。

有一天晚上八点多钟，突然起了风，大雨倾盆而至。妍姐说最近街里闹贼，让我晚上留下看店，我说行，可没想到她也没打算回去。我们关上了卷帘门，煮了几包泡面，然后睡到了一块。打我关上卷帘门起，就明白妍姐的意思，我开始发蒙，像灵魂出窍，说话走路都慢半拍。第一回碰女人，激动，带电，是真的带电，麻酥酥的，顺着手指往心缝里钻，稍微动一下就像从山崖上往下坠，仿佛从这个世界里脱离出来了。完事后，妍姐一直笑，捧着我的脸笑。

时至今日，我都不知道该如何定义妍姐，她不算好人，甚至可以定义为婊子，但对我挺好，这就够了，值得我牢记她一辈子。后来我在澳门见过一个人，很像她，身边陪着一个男人，长了张包皮过长的脸，我犹豫了一下没去搭话，走了半条街才扭头去追，已经找不到了。

妍姐有经验，知道什么时候可以做，什么时候不能做，在哪儿能做，在哪儿不能做，没惹得任何人怀疑。那会儿王鹏上了职高，我手里有工资，总去找他喝酒，他总叫来一大帮人，半生不熟的。有次我跟他们喝酒时，图一时口快，把跟妍姐的事说了出来，起初他们不信，我就仔仔细细地讲，精确到每一个细节和感受，听得他们目瞪口呆。这话不知道被其中哪个小子传了出去，那天一大早，妍姐托店里一个小伙子来家里找我，说妍姐让我快点滚，大憨要废了我。我当时正吸溜胡辣汤呢，这句话像一记闷棍，打得我眼冒金星。

没办法，只能跑了。我去了安阳，一开始在车站附近的饭店打杂，我年龄小，又机灵，老板挺喜欢我，介绍我到北大街拜了码头，给人押车，运送假烟假酒。过了俩月，估摸着风声过了，我才敢给家里打电话，起先一直没人接，我有点慌，不间断地打，终于在一个晚上接通了。那晚二妮从医院回家拿东西，她跟我说大憨带人把家里砸了个粉碎，姥姥把所有的钱都赔给了他，然后就犯了心脏病，在住院。

我耳边嗡的一声，胸闷气沉。

"奶奶开刀的钱是我姥姥家凑的，你在哪儿啊？"

"还差多少钱？"

"医生说得安支架，还要四万！我昨儿听我舅舅说，他们不想救

126-

奶奶了！"

"我马上给你汇钱。"

"姥姥让你别回来，大憨说要杀了你！"

杀了我？

如果当时不是急着给姥姥凑医药费，我就回忆往镇跟大憨拼了。祸不及家人，我都已经跑了，有能耐你过来抓我，抓到了我认，但动我家里人，不合适。我找到当时的老大，说想挣快钱。老大问我敢不敢捅人，我说敢。他说让我去洗个澡，按个摩，吃顿好的，晚上过去拿东西。

老大给了我一把脏兮兮的短匕和五万块钱，没说名字，但我知道那人是谁。他们经常一起喝酒吃饭，称兄道弟的，一转身就骂娘。当时是秋天，草木凋零，文峰大道的夜晚迷蒙而嘈杂，我在电话亭里跟二妮确定她已经收到了钱，转身走进人群，寻找目标。

老大跟我套好了口供，说是那人曾经抽过我一巴掌，我心里气愤不过，就想报复。我捅了三刀，两刀小肠，一刀胃囊，捅得不深，没大碍，但人废了，乖乖交出了地盘。我被判了三年，因为未成年，在管教所服刑，算是幸运吧。服刑的生活很单调，吃饭、干活、整理内务，无聊得厉害时，我学会了织毛衣。用竹签削成的毛衣针，织的时候去管教那儿领，用完了还得还回去。宿舍门上还钉着一张纸，上面印着宿舍里所有人的名字、犯罪性质以及刑期。后来我总是梦见那张纸。

姥姥经常来看我，有时候也带着二妮一起来。她一次比一次老，每次都问我同样的问题，流同样的泪，每次都带很多东西，我不喜欢忆往镇的烧鸡，但她总带。我的人格障碍，从那会儿开始正式发作了。形容起来比较费劲，我……开始恨姥姥。也并不是真正意义上那种对立的恨，是细枝末节的恨，有时候她带的东西少，或错过了一次探监期，我都会很生气，对她刻意冷淡，甚至说一些不懂事的狠话，弄得她很伤心。其实我也很难受，但说不清楚为什么要这样。可能是怕被抛弃吧，觉得没希望，没人爱了，就用姥姥对我的爱来威胁她，企图得到更多的爱。

有一次，姥姥来探监只带了几包天方方便面，我对她发了很大的火。第二天早上，管教跟我说在车站见到了姥姥，她错过了末班车，没钱住旅馆，就坐在台阶上等，管教给她开了间房。那个管教姓沈，驻马店人，我给他磕了三个头，心里发誓要记他一辈子的恩。

服刑的最后一年，姥姥的身体不行，来得少了，她托二妮来看我。二妮就来过一次，是她刚考上了郑州大学商学院的时候。她看我的眼神有恨意，我问她大学里的事情她也不答，临走时突然质问我，我咋变成了现在这个样子！我愣住了，才反应过来原来二妮这么怨我。

我俩虽然一起长大，却活像两个极端，她比我懂事多了，从没让人操心过，说到底，还是脑子的问题，比我聪明，从小就知道自己以后需要什么，而我眼里只有当下。可能人性就是贱吧，总是关注半生不熟的人和无关紧要的事，到头来才发觉忽略了最亲的人。之前我还觉得我们是亲人，她肯定会永远理解我，爱我，就像姥姥那样，事实证明是我想多了。

我减了两个多月的刑期，也没跟家里说，出来后直接去找了老大，他摆宴席为我接风，让我继续给他做事，我看他旁边坐的兄弟全是生面孔，不时地交头接耳，很明显是在防备我。我拒绝了他，直截了当地说需要钱。

"什么都别想，吃完这顿，去洗个澡，按个摩，舒舒坦坦的。"老大的意思是，不帮他干活就没有钱拿。

那年我二十岁，身有残缺，无处可去，在小旅馆里住了几天，想事情，越想越乱，恨世界，恨自己，恨完了又觉得可悲。说真的，我有点想死，当时要有一把枪，就没后来这些事了。用枪顶住脑门，果断地扣动扳机是我唯一能接受的死亡方式，什么死在女人肚皮上、吃安眠药、跳楼，这些方式我都不喜欢，太拖沓，跟死亡这件事不匹配。可当时手里没枪啊，想死都死不成，就像在管教所无聊时学会了织毛衣一样，我挣扎了几天，自然而然地回了家。

姥姥自然是又惊又喜，开心得像个孩子，摸摸这里，动动那里，一趟趟地进进出出，买烟、买酒、买拖鞋，逢人就说外孙回家了，长得还更结实了。她还给二妮打了个电话，让我们说几句话，我接到电话时二妮已经挂了，我还是装模作样地说了一会儿。

姥姥在一旁听得很开心，她说："等二妮放寒假回来，咱家又要团聚了。"

我在家里待了几个月。每天早上，姥姥都把饭给我端到床头，再出门去捡破烂，拖拽三轮车时，脊背弯得像一张弓。回来时第一件事就是看我在不在，有时夜里两三点钟还会唤我的小名，然后说睡吧，睡吧……我想帮她，被她很强硬地拒绝了，于是我什么都没干，什么都没干，像一个在自己坟头蹲着的鬼。

过年时，一些朋友过来看我，他们变化都很大，谈笑间已不见往日的神采和亲密。他们说大憨把妍姐打了一顿，妍姐拿着钱直接跑了，大憨怒火攻心，得了肺病。王鹏也来了。服刑时，王鹏给我写过一封信，说大憨来我家闹的时候，他正好在家，拿着根钢管抽翻了两个，他的左腿轻微骨折，在家躺了半个月。信的结尾是：我去广州了，大憨的事没完。我读完那封信，定了目标，我得杀了大憨。我姥姥的心脏，我兄弟的腿，我那被砸碎的家，用他一条命来抵，我觉得挺合适。这想法维持了挺长时间，直到我给沈管教跪下磕头时，杀大憨的念头才慢慢消却，还是想开了，成熟了。

王鹏问我要不要弄大憨，我说，这事算过去了吧。王鹏肯定觉得我变了。还有一些亲戚，他们对我苦口婆心地劝导，明明毫无恶意的话却让我非常难过。二妮放寒假也回来了，我主动跟她说话，逗她开心，她还是不大理我。

除夕当天，豫北地区开始下雪，我站在屋顶望去，雪片纷纷扬扬地落下来，铺满了忆往镇。我用烟头点燃了烟花，那是一桶很漂亮的烟花，惊雷般在平地炸响，红色的光点蹿到半空，扩散成一个彩色的圆，照亮了我们家上空的一小片天。

我喝了很多酒，跟姥姥和二妮说想跟王鹏去广东闯一闯，姥姥除了不舍没有什么意见，二妮没有表态。她接了个电话，像在跟人争论什么，夜里她又悄悄出了门，我不放心，跟了上去，看见她跟一个男孩在胡同口小声交谈着，然后是大声争吵。我准备回去时，男孩开始推搡二妮，我追了他一条街，逼着他下跪磕了几个头才算完。回去的路上，雪下大了，二妮还在胡同口站着。

"回家吧，不冷啊。"

"你为啥要管我的事？"

"啥？"

"你为啥要管我的事，你害我害得还不够吗？"

"你说啥呢？"

"你除了打架还有啥手段？万一明天人家又找上门咋办？你能打一辈子吗？你知不知道你刚进去的时候奶奶天天哭啊！"

"你以为我愿意坐牢吗？我还不是为了你们！"我把左手手套摘下来，伸到二妮面前。我的无名指和小拇指都断了一截，是当时捅完刀子，被人按住活活剁下来的，剁完就冲进了下水道。

"你要不睡人家老婆，也不至于到今天这一步，要不是你家存的煤气罐，我爸我妈也不会死！说到底都是你们家害的！"

雪很大，落在我们的衣服上、头发上、眉毛上、睫毛上。二妮开始流泪，泪水融化了雪，脸上全是水，她的眼里恨意那么坚硬。我的血都凉了。

初一早上，我在院子里放了挂炮仗，临走前姥姥还在哭号："你们俩谁都别怨谁，都是我的错，我的命太硬啦！"

我去了新乡练车，拿到驾照后去深圳找王鹏。深圳，大城市啊。我一走出火车站，整个人像掉进了潮热的气团里，浑身不舒服。王鹏开了辆白色的奥迪 A6，穿着小西装，蛤蟆镜下咧着一张嘴，看着很得意。我把行李放到宿舍，三居室，一间房两张床，里面的几个人都跟我打了招呼，看样子都不像善茬。晚上去了黑玫酒吧，在后台等老板，男男女女的从我身边经过，我有点紧张，不停地抽烟。王鹏说老板叫李朝飞，洛阳的，人挺好，最重要的是王鹏替他挡过一刀。

我坐到半夜，睡过去好几次，有两个包厢公主看我面生，老塞给我零食吃，妆浓，普通话很别扭，要在平常我不太能看上这种女孩，可聊了几句发现她们都挺可爱。夜里一点多，王鹏气喘吁吁地拍醒我，说赶紧过来。我们到了一个大包间，人都散得差不多了，中间坐着一男一女，那男的就是李朝飞，女的是他老婆，夹着一根细烟，很优雅地抽着。忽然有种被面试的感觉，我更紧张了，下意识地把那两根残缺的手指握在手心。

李朝飞径直地上下打量我，王鹏凑到他身边嘀咕了一句，他点点头，指了指身边的座位，我赶紧过去坐下。

"你是安阳嘞？"

李朝飞一开口我就放松了，地道的乡音啊，都快感动哭了，不住地点头。

"之前犯过事？"

"捅人，没捅死，那会儿年纪小，也没重判。"我把话说得掷地有声，心想你不就是想要狠人吗？老子够狠！

李朝飞却摇摇头说："现在查得严，一般犯过案的都不敢用了，怕出事。"

我看向王鹏，他没啥反应，李朝飞的老婆开口了："小伙子多大了？"

"二十一。"

"好年纪，以后好好干吧，我跟老李的为人大家都清楚，不会亏待你。"

"谢玫姐。"王鹏捅了我一下。

"谢谢玫姐。"我噌的一下站起来，鞠了个躬。

大家都笑了，李朝飞递给我一杯酒："以后脑子机灵点。"

我接过来一饮而尽，李朝飞也喝了一杯，歪歪斜斜地站起来往门外走，王鹏又捅了我一下，我赶紧跟过去。

在卫生间，李朝飞问我驾照考得怎么样，我有些诧异，心想你心里都清楚，干吗还搞那一套。

"考过了，上路没问题。"

"以后你就给我开车了，我就一个要求，好好开，别出道。"

我愣愣地点了点头，觉得这人真复杂，话里有话。

不知道是李朝飞安排的，还是王鹏安排的，一个小妹跟我去了酒店，活真好啊，蹭、摸、舔、揉，我弄了三次。之后，我就负责给李朝飞开车，顶配的奔驰 E300L，一开始路不熟，他就给我指道，很耐心，从没发过脾气。几个月下来，我跟李朝飞也喝了两回酒，中年人好像都这样，一喝多了就开始吹，从小时候说到现在，一套一套的人生哲理，特滑稽。我也渐渐摸透了环境，李朝飞有两家酒吧、一家大型超市和几家装修公司。超市和装修公司几乎都是玫姐在管，而王鹏就负责给玫姐开车。我跟王鹏打探过其中的道道，他只说玫姐家有背景，别的再不愿意多说了，也不许我问别人。

"他们这种人，蹚的水深。咱们这身份说白了就是挡刀的，但你记住，能挡的就挡，不能挡的就跑，可别把命搭进去！"

道，王鹏都给我指明了，我也没啥操心的。大多时候，都在两个场子里跑，李朝飞上去应酬，我就在后台等，闲的时候也去喝酒，不坐卡座，啤酒随便喝。车座底下放着刀，一开始我挺紧张，每次进停车场都小心翼翼的，生怕突然窜出来一帮人。时间一长也就不怕了，心想该躲的躲不过，遇见了就跑，跑不了就拼，拼不过就求饶，有什么大不了的。

场子里乱，但乱而有序。那段日子我过得挺自在，一发工资我就寄给姥姥，急赤白脸地让她保证别再去捡破烂了，有两次她说漏了嘴，还是每天出去干活，我把她训得跟小孩似的，训完就开始内疚，想道歉。我知道，姥姥把钱都给二妮了，她上学要用，这也是我的本意，但彼此都没说透过。

我年轻，又得老板重用，在场子里混得挺开，交往过几个女孩，也试过真心相待。怎么说呢，大家都算风尘中人吧，了解彼此人生里较为不堪的那一面，所以都没长久。相识方式是一个基础，或者说，我们都还不够坏，还都期待走出边缘的生活。这是一个很现实的事情，哪怕是在图书馆相遇的两个坏蛋，也比在酒吧后台认识的两个有情人，看起来更可靠一点。

我开了将近两年的车，没回去过，心里还是憋着气，不知道怎么面对二妮，过年时托王鹏带过去一堆年货，姥姥就托他给我带烧鸡。我跟李朝飞去了次他老家，玫姐没露面，听说去日本旅游了。那才是真正的中国式家庭，热闹，李朝飞的家人没因为我是个司机就怠慢我，使劲劝酒夹菜，河南人就这样，好客，生怕你放不开。回来时又沿途逛了几个景点，我俩在岳阳楼喝了不少黄酒，李朝飞突然问我能不能帮他办个人。多么熟悉的一幕啊，我酒都醒了，用大拇指搓着那两根断残的手指，点了点头。

"您对我怎么样，我心里清楚，要办什么事，说话就行。"

李朝飞笑了笑，很复杂的笑，有点苦涩。他总是这样，在没有威胁感的状况下，让人摸不透。过了俩月，李朝飞都没再提过这件事，我以为他那天喝醉了，瞎说的。可他突然要我一起飞趟北京，去秦城监狱探监。我没进去，就在门口等，不到半个小时他就出来了，神情有点慌，一路上都不太说话。我有预感，他真的要我帮他办事。我心里打定主意，无论他说什么，我都先应着，等真要我办事时，我就跑。行李都收拾好了，等李朝飞的命令一下，我就去云南，听说那儿的蘑菇好吃。可李朝飞始终没开口，他莫名其妙地死了，死在家里，说是煤气中毒。

李朝飞一死，玫姐就把所有产业都盘了出去，拿着钱移民了。

然后王鹏让我跟他一块开赌场，我问他得多少本钱，他说前期的话三十万足够了，我又问他哪儿来的三十万，他笑了笑说，捡的。

赌场设在光明区的一栋筒子楼里，周边都是城中村，外地人多，比场子里还乱。我俩也认识了一些不着调的人，就一个个联系过去，套话不知道重复了多少遍，那几天说话说得缺氧。一起干事的除了几个小弟，还有俩女孩，就是我刚到黑玫给我零食吃的那两个，一个四川的，一个福建的，她俩也拉来不少人。四室两厅，大厅摆着几台最新的赌博机，花了大价钱从华强北买的，两个大房间里都摆了台子，玩梭哈和斗牛，我们抽水。一开始还找了托儿，勾引客人在旁边加注，后来人多了，位置都抢不过来。另外两个小房间是小四川和小福建的，玩累了，就进去放松放松，我们不抽她们的水，纯属商业互助。这俩姑娘感动得不行，主动做起饭来，每天都去菜市场买菜，做好挨个问客人吃不吃，特暖心。王鹏不知道从哪儿弄了一小箱叶子，谁输得多了，一声哥带着一根叶子递过去，风平浪静。这几项特殊服务加起来，能横扫深圳所有的小赌场，生意好得不行。

暴富的滋味，挺膨胀的，拉开衣柜门，一沓一沓的钱掉下来。同时也害怕，来往的人多，惹得邻居投诉，物业还上门警告过。干了一年，我跟王鹏一合计，决定挪窝。反正客户资源都有了，不如抓着真有钱的，施行邀请制，往上提一个档次，这样对谁都好。我们把小四川和小福建也劝退了，还是怕有天出事连累到她们。散伙的时候，她俩哭得跟泪人似的，我在桌上放了两摞钱，她俩就抱着钱哭，非要嫁给我跟王鹏，我笑得肚子抽抽。临走前还一起逛了逛万象城，我们虽然挣了些钱，但从没来过这地方，总觉得那儿特高级，走进去别扭。不得不说，在贵的地方花钱感觉真不一样，我们有点报复性消费的意思，跟王鹏一人买了两套衣服，阿玛尼的，给俩女人一人买了一个古驰包包，又吃了顿大餐，活像俩包了小蜜的富二代。

新地方选在梧桐山，装修的那段时间，我托老家的熟人办了通行证寄过来，跟王鹏去了香港和澳门。我喜欢香港电影，尤其是杜琪峰的，但这么一去吧，还真有点幻灭，跟小时候见了传说中的漂亮女孩一样。澳门好玩，我们住进一家赌场玩了一个星期，主要想学习人家的模式，王鹏写了大半个笔记本。然后姥姥打来电话，说二妮准备订婚，对象是她同学，家是忆往镇旁边一村儿里的，穷，但人靠谱。我想了想，就借着这个由头回去了。

我跟王鹏先飞到郑州，又搭车到了忆往镇，在新区的 4S 店提了辆大众朗逸，直接开到了订婚现场。姥姥看见我就哭了，我也想哭，但人多，不好意思，就使劲憋着。二妮化了妆，挺漂亮，妹夫一看就是个踏实的人，看见我拘谨地叫了声哥。亲戚问我干什么呢，我就说在深圳包工程，他们说很赚钱吧，我就点点头。王鹏比我还会装，说自己在搞金融，日进斗金，很多客户都是香港人，说着就把腕表露出来，那是在香港买的百达翡丽，见我盯着他笑，他脸红得猴屁股似的。跟二妮还是没说话，她不开口，我也不开口，散场时把车钥匙扔到桌上。

"外面那辆车，送你俩的。"

她嘟囔着嘴，头也不抬。

我不愿意回家住，跟王鹏在国宾大酒店开了套房，姥姥说我作，我把她也接来了，又去商场从头到尾换了一身儿，要不是我干的事见不得光，真想把她接走。

王鹏打听到了王婧的消息，难受了好几天。王婧没上大学，高中毕业后没几年就结婚了。忆往镇就是这样，很多家庭还是觉得女孩不金贵。王鹏是真喜欢王婧，但当年左腿被打骨折之后，觉得丢人，自尊心也强，一心想着混出名头后报仇，就那么走了，到末了也没说出心里话。王婧家在以前的纸厂家属院，一排很破的居民楼，我俩傍晚时过去，手里拎着东西，开门的是一个眼镜男，戾气很重，问找谁。

"王婧在这儿吗？我是她老邻居，好几年没见了，过来看看。"

眼镜男瞪了我们一眼，回屋去了，过了一小会儿，王婧走出来，穿着褪了色的吊带睡衣，缩着肩膀，头发乱糟糟的，脸上有伤。她看着王鹏愣了愣，叫了声哥。我从没见王鹏那样过，眼神跟死了一样。回去的路上，我说要不把那货揍一顿吧，王鹏摇头，我想也是，人家已经成家了，再怎么喜欢，自己也是个外人。

晚上，我俩在烧鸡街的夜市喝酒，旁边坐了桌高中生，一个女孩露着两条花臂，我多看了两眼，那女孩冲我吐了口烟，骂了句，看你妈呢！我笑了，王鹏心情不好，回骂了一句，对方直接摔了啤酒瓶，玻璃碴子崩了一地。就那么干起来了，那帮小孩真下死手啊，被打趴下了还不认怂，爬起来握着肉扦子愣往身上扎。那情况，要么也下死手，要么跑，我俩一对视，扭头窜吧，窜到宾馆，姥姥问怎么累成这样，我俩羞得一个字都说不出来。太丢人了。

这就是我的忆往镇。该放下的，不该放下的，都会如烟飘过。可我仍爱它，被迫地爱，我在这里生长，喝这里的水，吃这里的面，怎么能不爱呢。

后来，王鹏闪婚了，女孩有点像王婧，深大的研究生，也不知道怎么勾搭上的。俩人去欧洲度蜜月，我在梧桐山看场子。那会儿梧桐山还没啥人，上下都不方便，我们弄了两辆商务车，管接管送，不允许自己开车，怕被人跟踪。我给自己定了个规划，挣够三百万就收手，回到忆往镇随便做点什么小生意，安稳过一生。可人生要是能够事事如意，那还叫人生吗？

门被踹开的时候，我在二楼，听见楼下不对劲，推开窗户就跳了下去，关掉手机，往山上跑。躲了半夜，估摸着他们撤了，就顺着河准备下山。走到大望桥，前后都闪起了警灯，人不多，两辆车，四个人，就是为了堵我。那一刻，世界很安静，河风吹过来，芳草凄迷，我摸了摸后腰的枪，想拼一把。这个念头潮起潮落，身上发烫。我眼看着警察越逼越近，心里不停地起伏，一直退到桥栏杆那儿，悄悄把枪拔出来，丢进了深港水库，我认栽了。

说到底还是太猖狂了。我们刚搬到梧桐山时，在莲塘那边也有一个新场子，拉我们的客户，还砸了我们一辆车。我带着几个人摸到他们住的地方，一窝端了。拿的枪，用的刀，刀刀见血。后来那老板找我们谈，我跟他说："我是小地方出来的人，从小身子骨硬，命苦，跟我拼命，你值吗？"

那人什么都没说，走了。到头儿也不知道是不是他点的。

第二次蹲大牢，八年。

之前商量过，谁没进去就保谁，那几个小弟也够意思，没把王鹏供出来，其实他们供不供无所谓，都是打工的，判不了多长时间。我们都按规矩安排，也按规矩被安排。八年哪，发蒙，至今想起来都发蒙。当时就收手的话，那点钱也够我在老家花一段时间。刚进去的半年，啥也没干，净后悔了，但后来想开了。"后来"真是个神奇的词语，仿佛可以衔接一切变化而不突兀。没法想不开，要不然还能怎么办？去死吗？号儿里连勺子把都是塑料的。当我在刑警的注视下光着身子蛙跳的时候，就安慰自己，一切都会过去的，因为有时间。时间不会解决问题，但会让问题过去。

我在里面读了本书，叔本华的《作为意志和表象的世界》，是一个湖南的知识分子给我的，我进去的时候他还有十五年刑期，眼里都没光了。他说这本书能让我想开点。我很仔细地翻看了一遍，绝大部分看不懂，能看懂的也觉得没意思，唯一记住的一段，大概是说监狱里的夕阳和海边的夕阳没有差别，差别全是自我赋予的，这段话击中了我，仿佛触摸到了自我之外的什么东西。说不清。

这件事没敢跟家里说，王鹏只说安排好了，也没问他用的什么借口。他一开始俩月来看我一次，后来收得紧了，就托人捎东西，那几年吃罐头吃得恶心，人倒是胖了。不知道王鹏在外面干什么，会面和信件都有人盯着，不敢问，但估摸着，他混得不错，生了俩孩子，一男一女。有段时间我想过，要是王鹏被抓进来，他会把我供出来吗？反正心里挺怀疑的，怀疑一切人类，甚至怀疑世界的真假。

我的人格障碍开始加剧，整个人有种强烈的抽离感，尤其是放风的时候，地阔人多，干什么都跟做梦似的。我亲眼看见俩人在洗澡间打架，一个人掰折一段水管插入另一个人的小腹，拔出来时带着肠子，这么刺激的场面，按说我至少得心跳加速吧，可连个屁感觉都没有。有时候夜里醒来，我在此起彼伏的呼噜声中想事情，倒能想得心兵四起，满怀杀意。反正就是对生活失去了真实感，生命不咋鲜活了。

在里面没出什么乱子，减了一年刑。接风晚宴安排在晚装空间，现场很吵，吵得我忘了自己的存在，就坐在那儿发呆，别人敬酒我就喝，跟我说话我就点头。之前的小弟都不见了，除了王鹏和他老婆我一个都不认识。我不想说为了什么什么而付出了青春这种屁话，其实就算不为了什么，青春也留不住。就是快出来的那段时间，我开始惶恐，不知道出去该怎么生活，怎么面对这个世界。

王鹏问我要不要回家一趟，这事问到了我心坎儿里，我没吭声，他说我姥姥得了老年病，不咋认人了，前几年他都给家里寄钱，后来二妮就不让他寄了，二妮有了孩子。

"我没瞒二妮，照实话说了，这件事时间太长，瞒不过去。二妮怎么跟咱姥姥说的，我不知道。"

"估计是说我死外面了吧。那还回去干啥？不回了。"

新手机的屏幕跟手掌差不多大，我不太会用，就不停地拍 T 台上的模特，换壁纸玩。隔壁有一桌儿人，最边上是个穿米色西装套裙的女孩，说不清漂亮到什么程度，反正气质跟别人不一样，仿佛有光，看着舒服。那女孩起身去卫生间时，旁边那男的悄摸在她的酒杯里放了什么，这事以前经常见，我也不知道怎么了，站起来去卫生间堵住那女孩，说你的酒里被人放了东西。她很奇怪地看了我几眼，啥也没表示，接着喝酒去了。我站在原地跟傻子似的，有点尴尬。王鹏跟过来，拍拍我的肩说都安排好了。

　　散场时，我喝得脚软，俩女孩扶住我往车里钻，那女的又突然跑过来，说了什么我没听清。第二天早上，我在酒店的床上醒来，刚注册的微信里多了一个好友，名字叫夏芽。身边那俩女的还说，夏芽给了她俩一千块钱的小费，让她们好好照顾我。这就是我跟夏芽的相识过程，她给了我一些真实感，还给了我一些希望，在我百废待兴的人生初刻。我跟她交过心，我说接近她是因为她好看，她说接触我是因为我看着不像好人，以互相利用为基础，还挺牢靠。

　　深圳的金融公司多，夏芽在一家私募公司当业务员，卖理财产品，年化百分之四十，提成百分之十，公司倒是个大公司，维持了五年的庞氏骗局，崩盘时都上报纸了，一帮投资人坐在政府门口抗议。王鹏具体都有些什么生意，我没问，他也没说，给了我一间小酒吧，在东门，还安排了房子，在我头一次从火车站出来，看到的那座蓝色大厦里。可能是在里面待傻了吧，脑子跟不上，位置是那么个位置，但生意上的事不太能插上手，有些话到嘴边就是说不出来，王鹏老婆一个月过来算一次账，感觉有我没我都一样。

　　一天晚上，夏芽问我能不能解决麻烦，可以给钱，我想了想，带着店里的几个小伙子就过去了。那几个人就在夏芽家门口蹲着，看样子也是社会人，打了起来，完事还帮她搬了家。夏芽说都是以前的客户，老板跑了，公司倒了，客户拿不到本金，就来找她。王鹏听说了这事，把我叫出来教育了一顿，说我岁数都不小了，别再去管那些事了，我就盯着他看，看得他不好意思抬头。我怨王鹏，你倒是进步了，高级了，我在里面待这么些年，怎么跟你比？

　　后来夏芽又打电话给我，说还是有人跟着她，我使唤店里的人出去办事，有个孩子不愿意去，跟我犟，我抽了他一巴掌，他还想还手，我就没留情，把他干进了医院。然后才知道，那是王鹏老婆的表弟。我在医院走廊坐着，夫妻俩带着孩子来看病号，经过我时连眼睛都没瞥一下。

从那以后，我不去酒吧，也不打算跟王鹏联系了，去市场买了西瓜刀和小凳子，在夏芽家门口坐了一个星期，其间来了几拨人都被我吓跑了。这是我们关系的第二层，她给我归属感，我给她安全感。

夏芽手里有一笔钱，买房子够付首付，但她挑了几支港股，说稍微涨一点再买房结婚，去冰岛拍婚纱照，那会儿她刚三十出头。或许市场真的是公平的吧，几支股票一涨一跌，直接跌到了五分钱，又五十股合一股，再跌到五分，钱全打水漂了。夏芽急得哇哇叫，我看着电脑上的 K 线图，太阳穴突突往外蹦，实在是搞不懂这世界，怎么赚钱赔钱在一瞬间就完事了，连个水声都没有。

可夏芽是个要强的女孩，赔钱了就立马挣，天天往香港和日本跑，当起了代购。我就天天待在家里，每天六点半准时起床，在监狱里养成的习惯，改不了，起来先把家里打扫一圈，随便吃点什么，然后打开电脑玩 QQ 斗地主，玩一整天。时间一长，我俩开始吵架，她让我去找工作，我说我现在这状态，高不成低不就的，不知道干什么。

"去找王鹏呗，都是兄弟，说两句软话，他还能不留情啊？"

我俩的核心矛盾，从这句话就能看出端倪。她觉得能放下的事，我放不下。她所认同的生活方式，我做不到。

我那段时间确实迷茫，不知道干什么是一方面，另一方面也不知道该怎么面对家里，怎么面对接下来的生活，我加了二妮的微信，但没说话。同时，抽离感越来越强了，夏芽也发现了我在人多的地方总是沉默，就问我怎么回事，我只说我活得不够真实。这种感觉，不求别人能懂。

渐渐地，我的人格缺陷又开始在夏芽身上反复驰骋。有次我突然问她，你第一次是从前面还是后面啊？问这句话没别的意思，就是为了刺激她。这句话之后，我们俩冷战了半个月。后来一吵架，我就从这个角度攻击她，我说，你以前卖那么多产品，就没有为客户献身的时候？那晚在酒吧，我要不提醒你，你是不是就跟人睡了？她被我逼得用头撞墙，她撞完我撞，房东来收租时，摸着壁纸上的坑说，你们得赔啊！

一般情况下，吵完架是冷战，冷一段时间，就抱着哭，她跟我讲她的事，我跟她讲我的事，都挺不容易，互相抹抹眼泪，说再也不吵了，好好活着，然后还是吵。这是我俩的第三个阶段，相爱和折磨。

这么看来，一切都是必然的。她必然会对我失望，必然会打掉孩子，我俩也必然会分手。夏芽怀孕的事没跟我说，打完后跟我算了一笔账，说深圳这地方，从孩子出生算到上大学，大概要花费三百多万吧，你能养得起吗？

我俩分手的那天，也特不真实，天很闷，乌云压顶，我搬着两个箱子走到楼下，人都是飘的，夏芽在楼上大喊："你浑蛋！"

我又搬回了原来的住所，王鹏看过我几次，没提之前的事，也没话说，每次来都抽两根烟，留下点钱。我就靠着那点钱活着，几乎不出门，好像在等，可压根又不知道在等什么。直到去年的四月一号，我跟夏芽分手三个月，二妮告诉我姥姥去世了。我挂了电话后，忽然想起当天是愚人节，大家都在互相欺骗，尽管我觉得没人会开这样残忍的玩笑，再次确定这件事也相当地残忍和幼稚，但我还是愚蠢地又问了一遍，二妮很愤怒，她也骂我浑蛋。

我走到一个公园门口，茫然四顾，给夏芽打了电话。

"你吃晚饭了吗？"

"没有。"

"要不你过来找我，我给你做饭吃。"

"行。"

夏芽给我做了一盘西红柿炒鸡蛋，一盘酱油拌菜心，我大口地咀嚼、吞咽，活似一头禽兽。夏芽在一旁看着我吃，我跟她对视，她笑意盈盈的目光左右闪躲，立刻多了泪光，起身去了阳台抽烟。

我放了碗筷，走过去问："最近有什么安排吗？"

"我要结婚了。"

我看着楼下的万家灯火，很诧异。

"何南，你真的挺浑蛋的。"

我俩又沉默了会儿，回到屋里打开电视，开始喝酒。

"你必须得结婚吗？"我问。

"必须，必须结婚。"

"为什么？"

"一个人活着太难了，有个人作伴，总会好受些。"

我们再次陷入沉默，夏芽说她困了，让我在沙发上凑合一宿。我把她家里的酒都喝光后，不知不觉睡了过去，然后听见夏芽轻轻叫我，让我躺下好好睡。我说不用，扭头看天快亮了，就拉着她去阳台看日出，可朝阳赖在灰蒙蒙的云层里始终不露头，我们又开始做爱。

当我竭力冲出最后一击时，在她耳边轻轻说："夏芽，我姥姥去世了。"

她开始号啕大哭，不知道是为我姥姥，还是为我们俩。

我买了最早的高铁票，夏芽送我上的车。从鹤壁下车，又坐班车到了忆往镇。我先去了菜园巷，那儿已经完全变了，混凝土铺成的地面很平整，原来的老房子都改成了独栋小楼。听王鹏说二妮考上了公务员，在税务局工作，把老院子卖了，搬进了忆往镇新区的楼盘。

我出来菜园巷往南走，经过无水河时，看见有个早餐棚子，进去要了碗胡辣汤，一盘油饼，老板娴熟而热情地装碗端盘。我看他有点眼熟，有点像大憨，但不确定。我走过无水河，走过我的初中，走过种子公司往西拐，走过了双桥，看着仿佛熟悉的街景，往日种种一块块吸附在我身上，闷得我喘不过气。

我问了几次路，终于看见了一块仿汉式的牌坊，上面镌刻着

"安宁宫"三个楷体字，用这个名字称呼殡仪馆，怎么都觉得瘆得慌，潜台词像是在小心翼翼地祈求死去的人不要惹是生非，快快离开。往里面看，几栋平房的门窗瓦饰、檐端结构也都是仿古而建，也很怪异。门卫引我到了灵堂，二妮一家三口，还有她公婆以及她姥姥姥爷都在。姥姥的遗照摆在中间，遗照下面是冰棺和供桌。二妮的儿子已经很高了，看见我叫了声舅舅。前段时间，我想过带夏芽回来一趟，告诉姥姥我认识了一个很好的女孩，可我们的争吵太频繁了……

"哥，几点到的？也不打个电话，我们过去接你啊。"妹夫掏出烟盒递给我一支，又压低声音说，"人走得很突然，我们都没料到，所以就没来得及提前跟你说……"

"她走得难受吗？"

"不难受，老人家是个有福报的人，去之前清醒了一阵，叮嘱不让大办，也……也问了你。"

我在蒲团上跪下磕了头，推开冰棺门，姥姥的尸体冒着寒气，或许是化了妆的缘故，脸上有温润的血色。工作人员把姥姥抬上铁床，在我们的注视下，缓缓推进了火化炉，等出来时她变成了一堆白色的灰，还有几块骨头没有烧化。恍惚中，我应着旁人的指令，用夹子把那几块骨头拣进骨灰盒，工作人员把剩下的骨灰装了进去。我捧着骨灰盒走出安宁宫，坐上车，去往南山。在路上，我越来越觉得这是一场梦，扭头问二妮有什么能帮忙的。

"你家的房子，奶奶给你盖好了，但还没装修。她知道你不想回来，一直没告诉你。"二妮哭着说。

"她哪儿有钱盖房？"

"我出的钱，这钱不用你还。"她盯着我，眼睛通红，"我上大学的钱是你给的，就当还你了。"

"她还说什么了？"

"没了。"

在广州坐牢的时候我终于逐渐地明白，二妮并不是因为我的不成器和我家那个不成器的煤气罐而恨我，过去的事情无法令我们产生隔阂。真正的原因是如果我离开了忆往镇，就代表她得留下来照顾我姥姥，而我是一个混混儿，她是名牌大学生，远方更应该属于她。可我却自私地将远方占为己有，并糟蹋得不堪入目。到了南山，我们把姥姥安葬在离爸妈、舅舅妗妗的墓不远的位置，磕了几个头，又哭了一会儿，我拿着二妮给我的钥匙，一个人去往老宅，那个曾经令一家四口全部殒命的地方。我又涌出那种无处寄托的思念，正好夏芽打来了电话。

"姥姥的事怎么样了？"

"已经弄完了。"

"你也别太伤心了，以后都会好的。"

"夏芽，我想家了。"

"你不就在家里吗？"

"我们结婚吧。"

"别说了何南，你别再说了。"

我到了老宅，用钥匙拧开大门，里面是三间新建的毛坯房。我走进去，然后开始哭，像那晚的夏芽一样，号啕大哭，哭得五脏俱忧，呈深灰色，和这几间毛坯房融为了一体。

[人 格 解 体]

我看着，我，看着我。

噪点频闪，淹没镜面边缘的光，漫过肩头，无序地涌堵在眼眶周围。世界仅剩下这双眼，熟悉的阴翳和疲倦从中隐现，溢出电路板熔融的气味。

我是一个服务员，穿廉价的衬衫马甲，点单、洗杯子、清理呕吐物，严谨礼貌地迎来送往，像反复演出同一个桥段的演员。

这个地方叫雨乡，在文峰大厦的二十一楼。白领下班时，雨乡营业，客人进门前需要询问贵姓，是否预约过，强调只卖单一麦芽和特调鸡尾酒。通过冗杂自矜的仪式感，让土鳖们感到高级，是雨乡最独特的卖点。

来这里的头三个月，我记住了店内所有威士忌的品牌、口味和产区，熟悉服务流程，从 C 级吧员升到 B；后三个月背下了上百款鸡尾酒的配方，并经历了一场演习，从 B 级吧员升到了 A。

演习那天，Nick 假装身边有女朋友，抱怨店里最贵的酒不够贵；Pete 假装喝多了，让我下楼给他买啤酒；Tony 假装很欣赏我，非得互换微信；Anne 点了一份火腿，我假装拿给她，她说这明明什么都没有；老宋趴在吧台上，假装吐了一地，要纸巾，可我已经把纸巾塞到他手里了，他还是大声嚷嚷着纸巾，纸巾，纸巾。

"纸巾！"

噪点溃散，镜面昏暗，镜中灰溜溜的我，神情惶恐。散台区的一桌客人愤怒地招呼我，桌面洒了层红稠的酒水，一个男人举着沾着酒水的手。

我从小吧台抽出一沓纸巾递过去，说："不好意思。"

他愤恨接过纸巾擦手，用骂娘的语气吼道："纸！巾！你没听见啊？"

Nick从吧台过来，示意我跟他走到一边。

"没休息好吗？"

一句很电视剧的问候，欲抑先扬，我等着他接下来的难听话。

"还行。"

"在外场都这样，走十来个小时，谁也受不了，以后累了去库房坐会儿。"

"嗯？"

"老宋……找你没有？"

"还没有，估计明后天吧。"

"像刚才那桌，家里都是做生意的，有点钱，但自己拿不出多少。卡二那儿一来就点红酒火腿，说明懂这个，现在还聊得挺高兴，肯定还会点酒，没事多盯着那边儿。"

Nick刚说完，卡二的客人就扬起手，冲我勾勾指头，像是在逗狗。我拿起酒单快步走过去，侧身蹲到沙发边上，把所有乖巧都集中在脸上。

"请问雪茄都有哪些？"

"目前有高斯巴、大卫杜夫、哈瓦那这三个品牌。"

"有什么推荐吗？"

Nick轻轻敲了敲我的背部，一只脚跨到我面前，蹲着挤压下来，我只好起身走开，听见Nick在身后提着嗓子询问"请问您想抽淡一点，还是浓一点的呢"。这是Nick跟生客交谈时特有的腔调，像在嗓子眼里抹了润滑油，彬彬有礼，虚假无比。

Tony正在调酒，冰块撞出有节奏的马蹄声，甩着摇壶像是在求签拜神。"我要是你就抽他了，一来单抢得比谁都厉害。"他拿起滤网往巴洛克风格的高脚杯中倒酒，倒了一半，拿起杯子看了看，把酒往水池里一泼，"Pete，这个杯子缺口了，你看不见啊？"

Pete 迷瞪着换了个新的，把破杯子推给在吧台角落玩手机的 Anne。

"拿回家去吧。"

"拿这个干吗，都破了。"

"一百多呢，你家有一百多的杯子吗？"

"看不起谁呢？一千多我也不要。我今天涂的口红也一百多。"

"给你猜个谜语，女人腿长，打一个东西，跟口红差不多。"

"丝袜？"

"不是，再猜。"

"不猜，你直接说。"

"唇膏。"

Tony 把酒推过来，问我："你到底怎么想的？"

"嗯？"

"Nick！"Tony 压低声音说，朝着卡座的方向挑了挑下巴。

"大卫杜夫所罗门，两千八一支，提成两百。可以啊。"

我向来这样，真话全不说，傻话说一点。傻话是浅薄关系里的通行货币。

"上酒去，以后别老跑神。"Tony 把摇壶扔进水池，"哐当"一声。

在雨乡，能数出一百件不可以做的事情，也能数出一百件必须做的事情。这两类时而互换，标准由 Nick 决定，由 Tony 决定，最终由老宋决定。老宋代表着最高标准和绝对正确，如果他不正确，那么就是他改了标准。这就是雨乡，和其他很多庸俗的地方一样，对事又对人。

Tony 以为我会支持 Nick。实际上，我根本不在乎他们俩谁能当上店长，反正不会是我，让我当我也不当，我讨厌这座被雾霾围剿的城市。

上完酒，我夹着菜单在卡座间游走，搜寻桌面上的空杯子。Nick 又凑过来小声说："太傻 × 了，那桌的雪茄刚点上，就要切掉带走。我昨天抽了根，扔了都不剩下，那玩意儿一剩下就是个烧火棍！"

"你买雪茄了？"

"客人昨天忘下的，我藏起来了。"

我很想在他脸上戳几个洞，离开的念头又升腾起来。

Nick 拿了个纸袋，装好卡座的雪茄，绅士一般给客人开门，按电梯，电梯门合上时还微微鞠了一躬，回到吧台，签了张提成单，满脸得意。

Anne 终于听懂 Pete 的笑话，捶了他一拳。Tony 在一旁闷闷不乐。中年熟客和穿吊带衫的年轻女人，醉醺醺地钻进卫生间，即将留下一地纸团。酒水冰凉，烟雾缭绕，爵士乐荡漾，投影仪在墙上放映着雪茄广告，土耳其女郎身着比基尼，拿着粗大的雪茄，镜头从上至下，又从下至上，美好而遥远。我并不确信那是不是土耳其人，就感觉是。总之，这是个一切如常的夜晚。我如常地想逃离这里。

在雪茄余下的奶油味消弭时，几个着制服的人敲门进来，发出了一声轻轻的自我介绍："烟草局的。"

Anne 没应对过这种场面，近乎本能反应地说："那……有预约吗？我们只卖威士忌和鸡尾酒……"她越说越没底气，扭头看看 Pete，又看看我和 Nick。

"店里卖雪茄吗？"

烟草局的人问着，已经绕过 Anne，径直走向最里面的小吧台。小吧台旁边，就是雪茄柜。里面的雪茄市价十万，成本近三万。我们都放下手头的活跟过去，他们已经打开了雪茄柜，把雪茄一排排抽了出来。

"烟草资格证拿出来看一下？"

"这都是客人存在这里的，我们就是保存一下。"Nick 说。

"有证吗？"

"我们又不卖。"

"确定不卖吗？"

"我们只管保存。"

"检查一下，一共多少支。"

"这是我们的私人物品，请你们放尊重一点。"Nick 不愿意了，伸手要去抢。

这会儿工夫，Tony 已经钻进办公室，把老宋搬了出来。老宋的气场吸引了众人的注意力，他坦然而坚定地融入了战场，用一贯的缓慢腔调问："怎，么了？"

"烟草局的，你们有证件吗？"

"一直，比较忙，没来得及办。"

"平时售卖吗？"

"为了方便顾客，也会卖点，主要是跟同好们，交流。"

"这个不合法的，得没收了。"

老宋招呼我们："去，多拿几个纸袋，帮人家，装一下。"

雪茄装满了十几个袋子，老宋送他们出门，还亲自按了电梯，满口辛苦麻烦，对方只笑着点头，流露羞愧之色。

店里的气氛冷了下来，有两桌站起来要结账。老宋用高脚闻香杯倒了半杯格兰多纳十八年，从吧台开始，一桌桌敬过去，每一桌都送一排话梅酒，Nick 端着个大托盘，紧跟在老宋身后，赔笑脸，接下茬。

凌晨三点，客人散去，一切打理好，仅有吧台的吊灯亮着。老宋喝多了，坐在吧台中间抽烟，没有把香烟夹在指尖，而是用拿雪茄的手势倒捏着，这是他不开心的表现。我们在他身后站成一列。

老宋连抽完三根烟，终于开口："从今天起，店长是，Tony。"

Tony 的身躯抖了抖，干笑一声。大家都没什么反应。他试探着提议："我……请大家吃消夜去啊，宋老师一起。"

"今晚得宰你一顿。"隔了几秒，Nick 说。

十字街口，几辆卖炸串、馄饨、鸭脖的三轮车并排停靠，车后面用油布支了个三面挡风的棚，中间搁着蜂窝炉，一壶开水冒着蒸汽。桌子支在背风处，我们蜷腿围坐在小板凳上，套着塑料袋的碗，白烟升腾，看不清彼此的脸。Pete 先喝了一罐，又举杯跟大家碰，老宋浅浅喝了一口。

Tony 的女朋友回老家了，他打电话过去报喜，怕刺激到 Nick，刻意走到后面说。Tony 跟女友在培训学校相识，Tony 学调酒，毕业后来到雨乡刷杯子，被之前的主调欺负，女友学西点，毕业后在蛋糕店裱花，一有客人进门就弯下腰说"哗应呱拎"。两人谈了三年恋爱，女友趁着回家过年，跟父母商谈结婚的事宜。Tony 升上店长这个消息，让他更有底气催促女友："抓紧跟你家说啊，咱俩的事该定就定了。"隔着一层油布，我们听得清清楚楚。

Pete 把啤酒洒到了 Anne 点的麻辣烫里，气得 Anne 掐着他的脖子不松手，Pete 说："加了啤酒好吃，你闻闻，有石楠花味。"

Anne 趴到碗沿闻了闻："骗人，还是啤酒味。"

Tony 的笑声穿过油布，宝儿宝儿地喊着。之前这个时候，Tony 女友总站在路口接他回家。Tony 休息的时候，也会带她来店里，免费喝一杯酸甜类的鸡尾酒。那并不是个漂亮的女孩，Tony 说有的人谈不上漂亮，可就是能吸引你，你说的话她懂。

"Tony 对象，哪儿的？"老宋问。

"好像是商丘的。"Anne 答。

"商丘的贵啊。"Pete 说。

"我有个朋友就是商丘的，她家……"

"你知道我说的什么贵吗？"

"彩礼贵呗。"

"都贵。"Nick 冷冷地说。

老宋笑了笑:"也不怕 Tony 给你,穿小鞋。"

又来了一桌食客,两个女孩,驼色大衣套黑色蕾丝短裙,白色长靴质地不佳,划痕密布,廉价的风尘气吸引我们多看了几眼。

"你早点嫁人算了,你哥等着用你的彩礼结婚呢。"Pete 说。

Anne 不顾老宋在身边,抓起汤碗往 Pete 身上泼,汤碗被 Pete 推开,砸在地上,溅了老宋一裤腿。雨乡之前待过几个漂亮女孩,高傲,不与人说话,往往待几天就走了,只有 Anne 留了下来。她不美丽,但确实是一个鲜活的雌性,就算话题已然下流到无法再下流的时候,也只是踢打两下,唯有牵扯到无法改变的出身,才会真的动气。

Tony 挂了电话过来劝酒,我们都灌了些啤酒,使劲聊了聊店里的趣事。地上的碗被老板捡到垃圾桶里,汤水接着漫延。和以前一样,没话可说时,我们玩起了打圈,Pete 卡在我这儿总过不了,碰杯时又把啤酒倒在了炸串上。老宋缓缓起身,说太冷要先走,还问 Anne 要不要捎带把她送走。Anne 一听能坐奔驰,擦擦嘴,涂着口红就走了。

Tony 叹息似的说:"早知道选个好点的饭馆,妈的,这个点也确实没什么地方开门了。"

"海底捞还开门。"我说。

我们喜欢把清爽干净的网红设为壁纸,喜欢喝三泉精酿,喜欢二十四小时营业的海底捞。可是喜欢是向往,向往不应实有。所以,Tony 瞪了我一眼。

Pete 说:"我知道老宋看我不爽。"

Tony 说:"那你就不能少喝点?"

Pete 也瞪了 Tony 一眼,Tony 好像已经有了架子。Pete 启开最后一罐啤酒,走向那两个女孩,自然地坐下,微笑,碰杯,行云流水,好像他就是她们的朋友。每个休息日,Pete 都会去便宜的酒吧喝酒，每次都能带女孩回家。Pete 不帅，只是冷冷的，攻击性强，不像个好人，可很多女孩就喜欢这股劲。这源于 Pete 的天赋——不惧尴尬。不惧尴尬代表着敢于重复试错，尽管会被人骂傻×，但总能办成一些事，例如睡到一个不好看又没怎么见过世面的姑娘，而骂他傻× 的，正是那些惧怕尴尬的人。这些人为了避免尴尬，以最小心翼翼事不关己的态度活着，随波逐流，用最难以察觉的表情咒骂别人傻×，随时随地。我、Tony、Nick，甚至老宋，都是这样的人。

Tony 跟老板结账，为没喝完的啤酒和打碎的碗掰扯了几句，回家路上，他又跟女友聊起了语音。我和 Nick 在后面跟着，回头望望，Pete 跟那两个女孩也走出棚子，钻进了出租车。

"我迟早得把他拉下来。"Nick 小声说，但很坚决。

我忽然想起 Nick 承诺过当上店长就请我去推拿。吃饭和推拿，我更想要后者，长时间的站立，让我的每一处关节都盛满了痛楚，想到此处，肩头更加酸痛，于是叹气。

Nick 以为我在为他惋惜，拍拍我的背："时间长着呢，干这行，玩的就是人情世故。Tony 这样我是不服的，就算不把他拉下来，那也是平起平坐。"

"没事，慢慢来。"我活动着肩膀。

"我刚跟老宋发微信，问他为什么，他说我办事不体面。"Nick 停下来，竟已是满脸泪水，"今天早上，我去找我前女友，跟她说我要当店长了。她刚认识个男的，开了辆小跑，我气得想砸车，她也说让我体面点。"

Nick 蹲下来，捂着脸呜呜哭出声。Tony 回头看看我们，继续往家走。我也想走，但觉得不太合适，更不愿劝他，就站着听他哭。他好像哭了很长时间，我在哭声中恍惚起来。一辆出租车经过时，他站起来边擤鼻涕边拦车，车门砰的一声，绝尘而去。

路灯忽然灭了，天色像清散散的汤水，街上忽剩下我一个人，像梦，像隔着屏幕操控游戏人物。我向宿舍走去。我看着我，朝宿舍走去，推开单元门的瞬间，光泄出来，里面是一间明亮拥挤的教室，炙夏阳光斜洒在课桌和地板上，头顶的电扇咯吱咯吱转动，孩童在溽热里冲撞。

我坐在靠窗位置，面露委屈，母亲站在窗外，朝校门口微倾身体，试探地说："那我走吧，你要听话。"她从兜里拿出一张绿色的钱，隔窗撑开我的上衣口袋，塞进去，按紧纽扣，说："你拿着别花，我走了。"我明显已懂得钱的意义，捂着口袋，觉得有安全感。我看向讲台，有高年级的大孩子在黑板上画王八。前桌是个黑瘦小孩，在啃一个大桃子，他明显吃饱了，但又舍不得丢，只慢慢地煎熬地啃着。同桌是个流鼻涕的女孩，她也木讷地看着我，说："你妈又回来了。"我扭头，母亲又站在窗外，抬手拭额头的汗，钥匙圈套在小拇指上，哗啦啦地响。"把钱给我吧，你别弄丢了。"她说。我又把钱掏出来，隔窗递过去。可那两块钱的作用已经生效，我已不能再哭了。上课铃响起，一个老太太在讲台上拍了拍教桌，问谁看见了一个粉色书包。大家意识到那不是老师，又哄闹起来。母亲说："我走了，放学来接你。"

那天放学，接我的是姥姥，她说母亲去南方打工了，火车刚刚开过郑州，明天我把你送到全托院去。

全托院都是些乡下孩子，他们从水骨县各个乡镇来到忆往镇，从几岁到十几岁，个个灰头土脸，集中生活在逼仄的上下铺里。很快，我变得跟他们一样，不洗脸刷牙，油腔滑调，身上散发着脚臭味。周末时，全托院组织学生去澡堂，我们鱼贯而入，在充满泥垢皮屑和尿液的池水中扑腾。往常洗完澡，母亲会从南方打来电话，询问些生活上的问题，叮嘱我好好学习，最后总是强调她所做的一切，都是为了我。可我隐约知道，她在南方有了新家。那年母亲三十五岁，离婚九年。去南方之前，父亲偶尔回家，母亲总问，他们还有可能吗。那一回父亲次日离开，在母亲左脸颊上留下一掌红印。

姥姥育有五个孩子，两个夭折，剩下两儿一女。暑假时，我回到村寨，与两个舅舅的儿女，住在姥姥的大院里。村寨相当闭塞，山后有草药蛇虫，雨后生菌菇，偶尔还能听见狼嗥。姥姥做好晚饭，就带上矿灯、镰刀、背篓上山，捉些金蝉食用，或采些草药菌菇卖钱。夏夜里，我们不惜蚊蚋叮咬，反复调整天线的位置，看电视到很晚。等河南二套放完电视剧，姥姥也该回来了。可那晚她迟迟未归，我们都慌了。大哥吩咐二哥照看两个妹妹，我最淘气，怕二哥看不住，就带我上山找姥姥。出门之前，他从东屋翻出一把剑，那是姥姥去水氽县烧香时买的镇宅宝剑，磨刀石浸了水，月光下，大哥按着剑身磨了片刻，一只手提着剑，一手牵着我，走出家门。

　　天上明月高悬，凉风裹挟着草木味袭来，青蛙和蛐蛐在草丛里叫唤，能跟着大哥冒险找姥姥，我相当兴奋。一声狼嚎，引发此起彼伏的狼嚎。我的兴奋被胆怯覆盖，看向大哥，他目光坚定，腮骨突出。我见过狼，冬天的时候，地里的大白菜正在生长，白菜地里有一匹将死的狼。狼被视为村寨的不祥之物，何况是将死之狼。有人将村里的绝户头喊来，他像收拾一只兔子一样，把那匹狼翻过来，双手抟住狼的脖颈，猛地用力，那狼突然重重地弹起，把绝户头的手震开，隔得老远都能感受到那股力量。绝户头早有防备，像平日里掏一根烟、一把花生一样，熟稔地从口袋里掏出一把改锥，往狼身上扎了几下。后来绝户头娶了一个小他三十岁的傻女人，他用狼皮给她做了件背心，女人死于难产，生的男孩被我们唤作小绝户头。

　　月辉照泡桐，树影满地。我们走了很久很久，久到让我怀疑，我在行走中睡着了，后来的一切都是我在习习夜风的草木腥气里，想象出来的。其实，我仍在走。水从脸颊两侧滑落。屋顶的纱幔后面，灯光骤亮，好像星星。

手机闹铃响起，我从沙发翻下身，夕阳透过茶色玻璃迷人地消沉，给城市披了层落寞的外衣。我点上烟，看看头顶的灰色纱幔，又看看手机日历，确信姥姥已离世两年了。姥姥出殡当天，母亲从南方匆忙赶回，抱着刚漆好的棺材不撒手，旁人说，可惜了那从南方穿回来的白衬衫。

我洗了把脸，对着镜子，把衬衫塞好，走到吧台前面，跟他们站成一排。

Tony 把手放在背后，缓慢开口："客人吃剩的小吃火腿，不是不让你们吃，小心一点，别让人看见了，吃完擦擦嘴。是谁我就不说了，自己想。"

他已经适应了上班前的训话，但今天的情绪不对劲。之前，他在老家县城付了套首付，他本以为这就够了，可女友家里不想按揭，为此事他们之前闹过一次，解决方法是 Tony 带着父母跟女友道歉，并把二十年的贷款改成十年。

"店里明文规定，不许加客人的微信。客人为什么要加你微信，是因为店里给你铺了平台，出了这个门，你死在路边他都不扶你。也不说名字啊。"

彩礼要十二万。Tony 的父母咬紧牙关，接受了这个其实还算正常的价格。之后女友又要车，价格在十五万上下。

"也专心一点，店里给你发工资，是让你在那儿跑神儿的？爱幻想是吧，可以回家去啊，这里是人间，人间容不下幻想。都不说名字啊，自己对号入座。"

Tony 明白女友家里是想尽量减轻新家庭的负担，可他不愿因此把负担都转移给父母。如此下来，境况就成了那道选择题——要老婆还是要父母。他胳膊上文了摇酒壶，瓶盖连接处还有女友的姓名缩写。

"各就各位，散会。"

Tony 训完话，把自己锁进卫生间，对着电话重复着："我们没有仇，无论能不能成，我们都没有仇。我们没有仇，没有仇！你别逼死我！"

晚上的第一个客人，是周哥。他搬了箱无年份的山崎进来，还带了个留着平头的男人。我们接过酒，都过去跟他打招呼。很多人带朋友过来，就是为了让朋友看见这一幕，被人记住似乎是件很荣耀的事情。

周哥听见卫生间传来的声音，问："谁跟谁结仇了这是？"

"Tony 正分手呢。"我说。

"分手！他俩不都爱成狗了嘛。老宋呢？"

老宋呢？这是我们应对最多的问题，我们可以回答没来，休息，在忙，出去有点事，但这是周哥，安阳酒吧都用他的威士忌和苏打水，所以我们都如实回答："不知道。"

"我点瓶酒，嗯……百富 12 吧。"

Tony 从卫生间走出来，眼泡红红的，跟周哥打了招呼，过来小声吩咐："等会儿要是周哥买单，就照常打折，他朋友买单的话就不打。"

看得出来，Tony 铁了心搞钱。店里有规定，每个月超出的营业额，百分之三十归店长所有，可营业额高得离谱，一年之中，也就旺季能勉强超一点。新官上任三把火，大家都不想触霉头，都闷头干活。Nick 弯腰搬冰时，骂了一句娘，我假装没听见。

Nick 跟 Tony 是两种不同的经营理念，Tony 凭眼力挑人交往，专抓有潜力的客户，Nick 跟每个客人都交好，有时觉得他就是为了交朋友。

"擦碎个杯子要赔，熟人带个朋友来还杀熟，这事我可干不出来。"Nick 小声说。

"Tony 好像失恋了。"

"没见过这么势利的，等着吧，迟早得跟他干一场。"

"柠檬汁够了吧？"

"我要是忍不住动刀，你拦我一下。"

"周哥每次喝威士忌都不加冰，说浪费酒。"

Nick 还想说什么，见 Tony 过来，咬着腮帮子，嘴巴闭得紧紧的。

"Pete 跟你联系了吗？" Tony 问我。

"没有。"

"失踪多少小时能报警？"

"得两天吧。"

"这小子不会睡人家老婆被打死了吧？"

目前看来不乏这种可能，仅在雨乡，Pete 睡过的有夫之妇就不下十个，还捞了不少钱，号称文峰区少妇杀手。

十点之后，客人一连来了几拨。我顶 Pete 的位置去外场绕圈走。有个女的喝多了，问男的，你们什么时候认识的，给我说清楚。男的说，十一月九号。女的当场就崩溃了，拿起酒杯喝干净说，你他妈记这么清楚！一个学生说，这鞋吧，还就得买真的，真鞋烂得快，买莆田鞋你能感受到开胶的快感吗？还有个光头，左右两边吐痰，扯着嗓门嚷嚷着跟人打架的经过，抡着手臂不停复述自己的几个英勇时刻，我听了半个小时，才反应过来那是场密室逃脱的经历。

突然，吧台传来一声炸响，紧接着是第二声。

Anne 过来招呼我说："他俩干起来了！"

我挺期待他们干仗的，但现实却让我大跌眼镜，两人站在吧台中间对峙，几个熟客都帮着劝架，而之前满怀怒火的 Nick，竟然哭了，抽着鼻子，抖着嘴唇，很是委屈地看着 Tony。

"我让你别聊天了，说你几遍了？你他妈觉得聊天比调酒重要是吗？"

我期待 Nick 把自己的理由和想法说出来。大多人来这儿喝酒，就是图个说话的人，或者说找个人听自己说话。但我没想到，Nick 面对 Tony 的质问，竟然哇的一声，哭着钻出了吧台。

这么一闹，方才与 Nick 聊天的熟客，都结了账。周哥喊我过去问了两句，也要结账，他带来的朋友抢单买，凭我的经验，这个人是真的愿意买单。周哥每次送完酒，都会开一瓶酒，这是懂事的表现，店里打五折，表示你的懂事，我懂。可这次酒商的朋友抢先买了单，凭我的经验，这种有可能得罪人的事，还是要交给别人，但 Anne 也是个猴精，早躲得远远的。

我打了单子，递给 Tony 说："我去库房吃个饭。"

Nick 正在库房噙着烟头抽泣。我解开外卖包装，拍照，好评截图，加微信返现，一气呵成。

"Tony 这么下去，雨乡就没了，没理想了。"

"嗯。"

"我才是真正为这个店着想的人，他们都不懂。"

理想是个很暧昧的词语，无论干什么事，一披上理想的外衣，好似就因自我牺牲而高人一等。忆往镇无水河边上有两个烧饼摊，东西差不多，只是靠北的摊主比靠南的摊主会多放几粒黑芝麻，于是他总是向来买烧饼的人强调，自己的作为多么与众不同，多么有理想。

"你点饭了吗？"

"气得不想吃了，Tony 就是个傻 ×，老宋怎么……"Nick 把剩下的话咽了回去，叹了口气。

我们不会在背后说同事的好话，也不会在背后说老宋的坏话。

"烧饼加腊肠酥肉双拼，单点不送。"

"我要去找老宋，不干了。"

Nick 气冲冲走到门口，又停下，转身到卫生间冲了一把脸，探出脑袋问我："我要是现在找老宋，就是给店里添麻烦，对不对？"

我只好点点头，吃完饭，跟 Nick 又回到店里，换 Tony 跟 Anne 吃饭。凌晨两点左右，周哥和他朋友故意赖着不走。我们把蜡烛吹灭，关掉音乐，仅剩吧台的大灯，但这并不妨碍周哥和他朋友继续喝下去。Tony 悄悄跟我们讲了一大堆理由，来证明不打折的做法是对的，但实际上大家都知道，这瓶酒如果打折，就没有提成了，Tony 关心的是那几十块钱的提成。

我们收拾完卫生间，洗刷干净吧垫，摆好桌椅，聚在吧台干等着。Tony 有些后悔，趁着上水的空当，说刚算错账了，要把钱再退回去一些。周哥换了个人似的，一改平时称兄道弟的样子，没理 Tony。凌晨三点，人还没有走的意思，过一会儿就招呼我们加点水拿张纸，我们几个人就站在吧台边上，随时待命，笑脸相迎。实际上，我们是一帮非常孱弱的人，对客人笑脸相迎，对老板言听计从，对同事公私分明，对自己得过且过。与人正面交锋时，我们从来没大声说过半句话，面对种种刁难，唯一的武器也只有示弱。

凌晨四点半，Anne 忍不住了，倒了半杯起泡酒，过去跟周哥尬聊了几句，仰脖一饮而尽。

"周哥，今天开车来的吗？"

"打车来的，跟你们雨乡送酒，回去都是醉着的，从不开车。"周哥显然喝大了。

"还说帮你叫个代驾呢，这么晚了，怕不安全。"

"几点了？"周哥问。

"四点多了。"

周哥看看手机，吓了一跳："耽误你们下班了。"

"没有没有，反正我们回去也没事。"

Anne 把人送走，回来大大咧咧地说："Tony，以后遇到这种事，可以照价买单，再以周哥的名字送一瓶给新客人，这样显得咱们既有原则，还厚道。"

Tony 张张嘴，虚虚地哼笑一声："要走了，就是不一样，说话硬气。跟大家说一下啊，Anne 明天就不干了。"

"家里介绍了个对象，好像挺合适的。"

"以后闲了，过来看看大家。"Tony 说。

"你 Pete 哥知道吗？"Nick 问。

"我给他发微信了，没回。"

"我送你个东西吧。"Nick 从夹克口袋里掏了掏，拿出一个奔驰的车标，"正儿八经的，祝你以后能开上奔驰。"

Tony 钻进吧台翻了翻，拿出两瓶威士忌、一瓶百龄坛和一瓶威凤凰，价格便宜，少一两瓶也注意不到。

"别白等到这么晚，拿到宿舍，喝回本儿。"

我们都憋了一肚子火，回到宿舍，洗了杯子，就往肚子里灌，还凑钱把楼下售货机里的啤酒买光了。天亮时，酒劲发散，大家都醉了，在客厅横七竖八地躺着。

我还算清醒，躺在床上翻来覆去，纷杂往事混着劣质酒水涌上来，翻身下床，来到卫生间，弯腰一阵呕吐。我们每天都会把雨乡的卫生间打扫得干干净净，刺鼻的呕吐物，沾满体液的纸团，泛黄的尿渍，打扫得一丝不苟，可自己用的卫生间，却脏得不成样子，马桶里的黄色屎垢积了厚厚一层，毛发经常堵住下水口，积水会漫到客厅。

我哇哇又一阵呕吐，腰弯得更低，气味难闻，按下冲水键，在洗手池冲了几把脸，再直起身子，屏幕上是一片空白的文档。我敲打下一行有关寒冷的措辞，随即删除，又敲打一行，再次删除。夜已深，清风和蚊子过窗而来，我翻阅之前的文档，全是有关寒冷的描述。

忆往镇有一个雪糕厂，夏天时最忙，高中毕业后，我就在那里打工。冷库里零下三十度，进去前，需要穿上几层脏得发亮的棉衣，用麻绳扎紧。冷库的空气是苦的，大口呼吸会眩晕。雪糕被一箱箱地从门口的小窗传递进来，我们几个工人排成一排，呼出的气是一道笔直的雾。高级脆筒类的箱子最轻，平价冰棍的箱子最沉，放在空处，越摆越高。若是晚上没睡好，这个过程便会相当难熬，重量传到手臂，带着意识向下昏沉，沉入凛冽霜白的海洋。因为缺氧，我产生过许多次幻觉，最严重时感觉不到冷和重量，晃几次神，货便卸完了，摇摇晃晃地随着前面的人走出冷库，在夏天炽烈的阳光下，我们身披冬衣，霜气升腾，化成水珠附着在身，无比释然。旁人在盛夏时节，看到我们这些穿棉衣的人，也会呆一下。有个年纪最小的孩子说："这就是冰棍的感觉，我们是一排冰棍。"

我那时没有什么社会经历，写的作品都与冷库有关。写够一些，就去打印出来，坐公交一个小时，步行一个小时，来到村寨，读给姥姥听。姥姥总说，我最大的幸运，是二十年前母亲凭借一张好脸蛋，嫁到了镇上，而这恰恰是母亲的不幸。

母亲没怎么回来过，但一直担负着我上学的费用。初中以后，我一人回到忆往镇，独自生活。高中时迷上了网络小说，勉强考了四百分，可以上二本或者三本。母亲指挥我跟父亲要学费，她这样指挥过我很多次，都没有成功过。父亲从不拒绝，从不实现。

高中毕业那次，母亲非常生气地在电话里骂了父亲一个小时，骂着骂着就哭了。几天后，我在雪糕厂找了份工作。母亲托人捎过来一台老旧的笔记本电脑，那是她家里的孩子用过的。

母亲的再婚对象是城关人，平日里在杭州开小超市，很少回来，我只见过一次。那时我已在雪糕厂干了两年，母亲突然让我去城关村赶集。我们在垫着新土的门廊下，喝了些冰啤酒，我才得知他们的孩子已经九岁了，过了会儿，从门口又跑过来一个女孩，六七岁的样子，那也是母亲的孩子。吃完饭，集市收摊散去，母亲带我穿街而过，送我上公交车，又谈起父亲。

"你没事就给他打电话，就按我跟你说的跟他吵，一直打，别停，就是让他烦，把他往绝路上逼。这么多年，没有履行过义务，不是个东西！"

我从口袋里掏出两百块钱，隔着窗户递给母亲。我发现她穿了双破了边的粉色塑料凉鞋，脚掌上的肉溢出孔洞，很难受的样子。母亲愣了愣，在我的坚持下，把钱收下了，说这几年在南方确实很辛苦。

　　我没告诉母亲，其实父亲来家里看我几次，都是醉醺醺的。渐渐地，他开始向我借钱，好在有借有还。

　　姥姥听了我写的文章，问我什么是人间清冷之事。我指着她被兽夹弄断的左脚，说这个就算。当年姥姥上山被夹住了脚，找不到放兽夹的人，是县政府的某个部门，扛着摄像机过来，补助了三千块钱，给她截断了即将坏死的半只脚掌。

　　"写这些东西，能挣钱吗？"

　　"听说能。"我已经投了许多次稿，都没有消息。

　　"试试，能找到个好人家，就托人去说说，我脚不好使，镇上也不认识人，没法儿帮你。被褥倒是都弄好了，你们几个，一人两套，都弄好了。"

　　我们兄妹几个都四散打工去了，大哥一直说要结婚，却迟迟不见动静，大概是因为彩礼没凑够。

　　雪糕厂一个月只放一天假，给姥姥念完之后，我会在夕阳下，背着沉甸甸的惆怅，回到忆往镇。厂子里的人知道我在写作，总用半认真半打趣的语气，跟我交流，他们先佯装认真地探讨，等我也认真起来时，再缓缓表现出嘲笑的意味。

　　有一天，门卫送来一份快件，我看了地址，是两个月前我投稿的一家杂志社。那天进冷库干活，我特别清醒，几车货连续着，没停，换车时，我们会撕开最贵的雪糕箱子，拿出来吃掉，里面有整颗的果仁和巧克力。几车货装完，天已经黑了，我们走出来晾了好一会儿，才感受到夏天热烘烘的暑意。老板着急找丢失的狗，催促我们下班回家，我也想起那封信件，于是急匆匆地与同伴用铁链锁上冷库门。我拆开信封，里面除了我寄的原稿，还有一张信纸，言辞诚恳而亲切，大意是，风格不同，可另投。我回到家，仍面对着空白的文档，写一行，删一行，能感到时间在缓缓露出嘲笑的意味。

　　次日，我们在冷库发现了一具尸体，就是那个年纪最小的孩子，他平日里话最多，也最贪吃，在我们出来冷库之后，他又钻了进去。他整个人蜷成一团，裹着一层霜茬子，像混浊的白色雕塑，口袋里还有几盒八次方。我才意识到，那夜里我好像听到了身后传来的砸门声，可太着急阅读退稿信，说不清是故意，还是无意，没有理会。

我在去稿中，引用了那小孩子的话，"这就是冰棍的感觉，我们是一排冰棍"，后来编辑特地提到了这句话，赞叹唯有这句非常传神，有切身之感。那封退稿信，我读了又读，在温和的言辞里，读到了寒冷和悲鸣。

老板赔了不少钱，还把狗卖到了屠宰场，又有几封退稿信邮寄到厂子里。那些退稿信，被我用墨水涂满，贴在窗户上，像一条条黑色的死胡同。我置身其中，身上笼着空白文档的光，步伐不停，拖着胡同的尽头往前走，往前走，永远摸不到头。

"你在梦游吗？"Pete 仰着头说，"踩着我就过去了。"

走廊半亮着，我站在门口，尽头的窗户透着一道被拉长的光，末端虚弱地印在地上，已是淡灰色，身后的客厅因遮光窗帘挡着，黑暗里藏着浓郁的酒气。Pete 瘫坐在地，靠在邻居家的鞋架上，身上都是土，手脚软趴趴的。

"你又去偷人了？"

"我想喝酒。"

"我们都喝多了。"

"被出租司机打的，我没给他车费。"

"刚吐了，想起好多之前的事。"

"还有酒吗？"

我回到客厅摸到一个瓶底子。Pete 接过酒瓶，贪婪地倒进喉咙里："我现在什么都没有了。"

"你本来也没什么。"

"更没了，没了。"

"那俩女孩这么贵？"

"女孩不要钱，我跟其中一个做了，身材真好。做到天亮，非得让我去游乐场，又去玩到下午，感觉都快死了。"

"挺好的啊。"

"她说有个朋友喊我们过去，又去了一个店，一楼是酒吧，二楼是SPA，我在一楼等，她在二楼没下来，我趴着睡到下午，她还没下来。我有点生气，硬得难受，还想弄一次，就继续喝着酒等她。喝多了，玩了会儿手机，前几天Nick给我推荐的软件，赢了三百，然后输了，都输了。花呗，信用卡，好几个软件，都借了个遍，我上头了，上头了……老宋问我了吗？"

"他晚上没来。"

"我还以为他已经把我开了。"

"你平时少喝点，少跟客人上床，就算上了，也别说出来。"

Pete正视着我，眼眶有泪："我有酒瘾，一直想戒酒，一直想……"

雨乡过于烦琐的规矩，给大家蒙上一层不信任的底色，所以我不太相信Pete此时的动容。

"那女孩最后下来了吗？"

"没有，我手机没电了，晕乎乎地往回走，走一会儿，找地方睡一会儿，实在受不了，脚都磨破了，就打了辆车，没钱付车费，司机踹了我几脚。我真的发现了，所有的问题，所有所有，都是因为我有酒瘾。"Pete的嗓音更沙哑，号啕大哭起来。

"我请你去按摩吧，Pete。"

"真的？"他整个人似乎被提了一下，止住哭泣，"你真的请？"

我看向走廊尽头的光："我哪儿有钱，开个玩笑。"

Pete脱下脚上的青白色鞋子："这是刚买的，莆田鞋，质量不错，给你，你能不能到楼下给我买两瓶啤酒？"

"Anne 要走了。"

我明明没有张口，却发了声音。正诧异着，我的嘴嚅动几下，指了指客厅。

"我知道，我也打算走，老宋看不上我。我想去上海，上海总下雨，我喜欢雨多的地方。"

Pete 只是看着我，也没有张口，也奇怪地发出了声音。走廊尽头的光又亮了些，Pete 往后躺了躺，嘴里嘟囔着什么，没有声响传出。一切像声画延迟的影片。

"喜欢一个地方，喜欢下雨，才会认定那个地方肯定多雨。其实沿海城市的雨才最多。"

"你可以把我扶进去吗？"

"我刚已经给你拿过酒了，门不关，你自己爬进来。"

对话的声音消散之后，我看着我跟 Pete 无声地交谈了几句，站起来，退回客厅，绕过地上的人，还冲着门口勾了勾手指。

"嘭。"

木材磕碰的关门声，在我走进卧室前响起。

"嘶啦。"牛皮纸摩擦瓷砖的声音。

每当我想离开安阳，又缺乏自信时，就会掀开床板，下面是一层牛皮纸，抽出牛皮纸，下面是三个鞋盒，两红一白。

"哗哗哗。"

红鞋盒里什么都没有，白鞋盒里有二十万现钞，我称过，净重四斤八两。我把钱一摞摞倒在床上，二十摞，一排四摞，一共五排。

我坐在床沿上，拿起第一摞，搓数起来。来雨乡的头两个月，我都在弯腰刷杯子，双手粗糙僵硬，指节偶尔胀痛，因此数得很慢，但我相当享受这个过程。这使我相信自己留在安阳，留在雨乡当服务员，是选择，而不是被迫，与他们都不一样，我有离开的资格。

我数完一遍，又数一遍。这一遍，我会畅想未来，会想如何一张张把它们花出去，换成吧台、招牌、酒水、菜单、吧勺……

"嘶啦。"又是牛皮纸摩擦瓷砖的声音。

数完之后，我把钱放回原处，躺倒在床上。

突如其来的噪音中，夹杂着一句清晰的指令："到你了。"

我盖上被子，把枕头调整到合适的位置。

"到你了！"

我又翻了个身，并没有被这三个字打扰到。

"到你了！"

我看着窗帘透过来的光，缓缓闭上眼，看见一个戴口罩的护士，对着我使劲挥手："小伙子，到你了，进来排队。"

我站起来，跟护士走进一间房，房内沿墙摆了几台型号老旧的电脑，都有人在操作。我在门口的椅子上坐住，旁边也坐了几个人，护士一一点名，确定年龄，我们一一回应，声音沉闷，毫无生机。有人做完题，电脑空了出来，护士引着我们一一入座，我旁边一个小女孩，缓缓抽泣起来，接着，像一股水流冲破了大坝，她的崩溃化为猛兽，近似贪婪地哭泣着。

护士问她一个人来的吗，小女孩点头，护士转身又忙别的去了。那小女孩就这样哭着，无人过来安慰，大家都很快适应了哭声。

电脑上的题很简单，要求用直觉回答。我拿着报告来到另一栋楼，天暗了，仅有一间诊室门口排着队，还是刚才那些人。门没有关紧，能听见里面的对话。

"有什么症状？"

"有时候会突然手麻，心里很慌。"

"还有？"

"不开心。"

"继续，继续说，再想想。"

"没、没了……"

"有过轻生的念头吗？"

"有过。"

"活着这么好，干吗那么想啊。给你开点药，先吃一个疗程的，一个月后再来复诊，我周四的班。下一个。"

一个又一个的人进去，阐述症状，拿药走人。小女孩还在哭，像漏水的器皿，她停留的时间稍长，因为年纪小，医生似乎有些为难。

"什么症状？"医生问我。

"抽离感。"

"抽离感是什么意思？"

"感觉不真实。"

"详细点。"

"感觉，活得不真实，跟做梦一样。"

"多长时间了？"

"好像很多年了，记不太清。"

"抽搐吗？"

"手会抖，拿东西不稳。"

"目前做什么工作？"

"下周准备去面试酒吧的服务员。"

"哦，那给你开个便宜点的药。"

大厅的人几乎走光了，还是刚才那些人，拿着单子递进不同的窗口，一盒盒的药推出来。医生给我开了五种药，满满一袋子。天全然黑了，裹紧衣服往外走，门诊楼的发光字体投射下来，影子很模糊，抽离感仍附着在身上。

走到大门口时，一个身影挡在面前，是刚才那个小女孩，眼白有血丝，眼睑有层薄薄的干皮。

"不好意思，可以等一下吗？"

一瞬间，我脑子里划过几个邪恶的念头。

"对不起，可以吗？"

"不哭了？"我努力抛出一个不算尴尬的开场白。

她象征性地笑笑："你都开了些什么药啊？"

我拿出病历单递过去，光线不足，她吃力地看着："都是处方药，这个阿普唑仑我之前吃过，劲挺大的，吃三片就能睡着。"

"你之前也来看过吗？"

"在家里拿的，我妈之前在医院工作。"

"医生说这个一次只能吃三分之一片。"

"那个医生人挺好的，说我年纪不够，有些药最好让家人陪着来拿。"

"你直接找你妈不就行了？"我这才发现她只挎了一个小包。

"我妈去世了，大哥！不然你以为我为什么哭？"

"不好意思。"

"我能买你的药吗？"

"这个能乱吃吗？"

"都是安神抗抑郁的，他们都这么开。"

"那……"

"我给你一半的钱，药一人一半。"

"倒不是因为钱……"为了证明我不是看重钱的人，我改口说道，"我们分一下吧。"

在医院门口的花坛边上，我们蹲下来，把袋子里的药一一翻出摆好，四盒心神宁片、两盒乌灵胶囊、两盒丙戊酸镁缓释片、四盒丁螺环酮片、一盒阿普唑仑被分成两份，一份五十片。她拉开小挎包，各拿了一份塞进去，可实在塞不下，她望了望对面的便利店。

"我去拿个塑料袋，顺便请你喝瓶水，你喝什么？"

"矿泉水吧。就着水一起吃顿药，也算认识了。"

她放下挎包，走向对面。车流混杂，一辆公交车经过，挡住了视线。药盒中间嗡嗡振动起来，露着光，是一部手机，我拿起来看了看，来电显示的是"妈妈"。我拿着手机追过去，脚下不知绊到什么，一个趔趄险些摔倒在台上。

舞台，长方形的，身后是几米高的大屏幕，蓝灰背景色，明绿色字体，列着一些名字和奖项，台下有一排摄像机，摄影师来回走动，头几排坐满了，越往后人越稀，整个场馆呈圆形，至少三千平方米。我站在最右侧，灯光打在脸上，恍惚得很。主持人介绍了一个女人，前缀很多，似乎曾是一个很有名望的记者。随后，一队身着旗袍的女孩，端着奖牌上来，女人一一与人握手，递交奖牌。轮到我时她说，你很年轻。奖牌上三个金色宋体字：一等奖。

之后的几天，我配合比赛方拍摄宣传片，过程因疫情而困难重重。北京连续三天共确诊病例四十三人，进入一级战时状态，武警持枪把守高风险区，街上时有军车经过，口罩紧俏，源头又转移到三文鱼上面，日料店损失惨重。

作为主角，我大部分时间都在车上等待，等导演把一切布置好，我再走入镜头。他知道我不是演员，所以只需要我看着远方发呆，或者来回行走，偶尔安排人在一边念宣传片的旁白，让我给出一个忧郁的眼神。旁白是根据真实经历写的，大概含义是，我是一个对生活不满，又无力抗争的青年，于是我逃离城市，在家乡静下心来写作，并通过写作比赛找到了人生价值。

走在明暗交接的通惠河畔和崔各庄旁边的国道边上，在树下、路边、火车站驻足发呆。初来北京时，我经常陷入这种状况，因为迷路而奔走，因为不知去处而驻足。那时我渐渐领悟，人没有目的地又停不下来时，会反复徘徊。

晚上结束拍摄，回到酒店，新闻播报着首都的疫情，过了午夜，还会重播一遍，想着白天，我竟然在扮演自己，深觉不可思议。

最后一场戏，定在定福庄的一间快递员宿舍，重现我在北京住上下铺的场景。之前跟比赛方谈话时，我说晚上回到出租屋，坐在桌前看书写作，窗外总有一只黑色野猫经过。

"这只猫，象征着什么呢？"对方问。

"我不知道，说不清。"

之后我在脚本上看到，他们把黑猫理解为自由。自由是意象层面的爆款产品，如果不知某物该如何升华，那就可以升华为自由。

剧组找到的是一只橘白相间的自由，被一位阿姨从笼子里掐出来，它没有见过这种阵仗，直接蜷缩成一团。道具先后拿来了逗猫棒和猫粮，可那只猫只是趴在窗前，无论对面有什么，都不挪动脚步。这些天来，由于经费和时间超支，导演和监制的压力都很大，终于熬到最后一个镜头，自由却迟迟不肯配合。导演情绪有些失控，说了几句难听话。阿姨开始在自由身后拍巴掌，吼叫，这招很有用，导演示意大家都安静下来，然后等阿姨突然一嗓子，把自由吓得像蛇一样爬到另一边。

"你说你，谈话的时候，为什么非得讲一只猫啊。"导演笑着抱怨。

临近零点，终于拍摄完毕，大家没有收工的喜悦，匆匆装车离开。导演忽然想起，我的旁白还没有录，就在保姆车里架好设备，他先给我示范着读了一遍，说随意自然就好，念错了就继续念下去，可以剪。我念了几遍，情绪抓不准，他开始跟我聊点其他话题，试图缓解气氛。我又念了几遍，他摘下耳机，疲倦地叹气。

"行，就这样吧。"

我有些羞愧，拍了拍他："辛苦了，导演。"

"没事。"合作结束了，他没再掩盖烦躁。

我立刻想起，他是按天挣钱的，一天两万，挣得比我多得多，而我凭借难逢的狗屎运挣了他一个月的工资，就被包装成草根中的强者，幸运女神的宠儿。按理说，我才应该是被安慰的那个，最起码不该是被钦羡的那个。

拍完宣传片，比赛方把我赶出了酒店。我住进旁边的青年旅社，排了一个星期的队，拿到核酸检测的报告，得以离京。后来宣传片上线，果不其然，我以极其土鳖和待拯救的姿态出镜，结尾是赞助方的产品，一款有五个摄像头的手机。

我想忘记这段经历，可那段文案我已经会背了：

"我带着两千块钱和一身换洗衣服，来到北京。匹配工作和房子，忙于通勤和食宿，偶尔去附近走走，重复单一的生活，不觉一年已过。很多人来了又走，将北京更加符号化。它在语境里很遥远，是GDP和名人八卦；在现实里很近，是三千块一个月的单间和拥挤的十三号线。后来，我也离开了北京，回到豫北小镇……"

在北京时，我给一个无人机租赁公司工作，敲打伪原创的稿件，一天五篇。每天一睁眼，这五篇稿子就像大山一样压下来。我写了一年，写完了市面上所有型号的无人机，知晓它们的性能、价格、优缺点，熟练应用"挥舞着一把有四百五十年历史的日本武士刀，砍向一张倒霉的名片"此类的行业名句。有时候做梦，都梦见自己变成一台无人机，穿梭在格子间里，等待炸鸡时散发出焦煳味。

之后，我离开了北京。我不止离开了北京，之前之后，还离开过很多城市。在成都，写白酒的文案。在深圳，写理财产品的文案。在上海，写影视宣传文案。每换一个城市，都会回到忆往镇，小住一段时间，直到存款见底。我喜欢忆往镇，在那里我不必来回搬家。在其他地方，几乎每隔两三个月，都要搬一次，有时努力回想，完全数不清住过多少间出租房。有一年，我的工作很顺利，从实习生连跳三级，晋升到主编，租了间很贵的公寓，有个长而窄的阳台，忆往镇的房子也有阳台，我认为这是不错的巧合。没多久后的台风天，全市休假，进入戒备状态，我用胶带把阳台的落地窗粘成米字格。台风以震天撼地之势来袭，折断树木，掀翻车辆，雨水扑打玻璃，整栋楼都在晃。老家打来电话，说姥姥病重。我坐在沙发上，捧着热茶，裹着毯子，忽然意识到这些年的无处可依，各地辗转，数不清次数的搬家、火锅、宿醉，实际上都是以相同的方式在生活。台风过去后，我辞掉工作，转租房子，离开那个城市，并决定换一种活法。

姥姥临死前，尿了一摊血。舅舅们对遗产达成协议时，那摊血正好渗出来，殷红一片。葬礼在老家举行，出殡当天，母亲回来了，趔趄着进门扒住棺材。姥姥的棺材已放置多年，淋过雨，有一面生了霉，上了一层漆，黑漆蹭在母亲讲究的衣服上，成了全场注目的焦点。从院子到南地的墓坑，是葬礼的主舞台，舅舅和母亲是主演，其余人是配角，我们合演着一场悲情不舍的戏，给死去的姥姥看。

我与母亲已数年未见，曾听闻她在南方开超市发了财。城关村的人之所以富裕，就是摸清了在南方开超市的门路。门廊里垫土也是为了起新房子，她送我去车站穿的是塑料拖鞋，想必也是从南方带来的习惯，而非穷困。母亲列出一堆理由，什么南方住不惯，还是想回来养老。

我们并无过多交流，葬礼结束后，她也搬回了忆往镇，像小时候一样，一人一间房。我平时闷头写作，她经常不着家，回来也是电话打个不停，从谈话中得知，她在南方的家庭早已摇摇欲坠，已经打过很多次官司，准备跟别人搞投资。

我决心写一本大书出来，小半年时间，完成了一半，整个人的精神状态极差，再写不下去一个字，有时为了逃避写作，能在厕所蹲一晚上。大哥刚离婚，没正式工作，孩子上幼儿园，经常叫我去网吧打游戏。我们整宿整宿地玩，贪婪地抽烟。早晨走出网吧，阳光明媚，照在身上，死了一样的难受。有一次，舅舅找到网吧，把小侄子往大哥身上一扔，说你玩吧，只要能带着孩子，玩死你我也不管。于是，大哥找了份超市搬卸工的活，日结，提前一天通知，只在天亮前和夜里开工。

有天晚上，我在家待得难受，又叫他出来玩，玩到一半，他歪着头睡着了。我关了游戏，沮丧一会儿，新建文档，开始写东西。天快亮时，大哥醒来，问我馨馨回家了吗。馨馨是他前妻的名字，我说，没有。他说，让她回来吧。说完头一歪，继续睡去。文章已经成形，主题是姥姥的葬礼。准备保存到邮箱时，收件箱里有一封征稿邮件，声势不小，一等奖的奖金有五十万。我犹豫片刻，将稿件发了过去。大哥醒来后，着急去卸货，我问他还招不招人。

没承想，那五十万，真落到了我的口袋里。拍完宣传片，活动方履行合同打款，扣完税是四十二万。收到尾款时，我在青岛机场附近的一家三星酒店，接受最后一天的隔离。

之后，疫情缓解，我怀揣着从未有过的巨款，一路游荡，来到了大理古镇，走在石板街道上，内心澄澈，如梦似幻。完全不可想象，两个月前，我还在忆往镇的超市卸货。近百斤的货物，从货车搬到库房码好，一件五毛钱，十件五块，一百件五十，要挣够五十万，得搬一百万箱货物，能把忆往镇铺满。

我喝遍了大理的酒馆，看遍了各个时段的云，每晚都烂醉着回到民宿。某天夜晚，阵雨过后，我来到一家开在胡同里的鸡尾酒吧，推门进去，扫视店内的人，仅吧台坐满了人。如往常一样，顶着短暂的异样眼光坐下来，点了杯酒。无论在何地，独自买醉都需要些勇气。

那家的鸡尾酒并不好喝，用的是机器冰，化水严重，酸甜严重失衡。可我买醉的心态太过急切，忍着喝了几杯，醉意上头，也不觉得难喝了。我进门时就不自主地格外注意吧台最边上的女孩，她有一种难以强求的天赋——漂亮，而且很熟悉，好像见过。我转身去吧台点单的时候，又装作不经意地对视了几次，每次都超过一秒。喝酒时，趁着吧台集体笑起来时，我也假装好奇地扭头观望，发现她也在看我。

说不清自己是个什么人，有勇气独自闯荡四方，却不敢跟心仪的女孩打招呼。就那么硬生生坐着，好像下一秒就会站起来，走向她，可却迟迟未动。我继续喝酒，继续去吧台点单，重复与她短暂而合理的对视。接近凌晨，我醉了，女孩跟朋友们结账离开，而我只是看着，当她走出酒吧的那一刻，我决定把自己彻底灌醉。

书籍教会了我写作，漂泊教会了我生存，但从没什么教过我，该如何表达爱意。我又喝了两杯，老板的目光有些不满，没有人会喜欢酒鬼。于是我走出酒吧，长长的雨巷里，街灯朦胧，细雨斜落，恍然中，肩头被人拍了一下。我转过身，看见的那张脸，像揭开了另一层生活，从梦境里摘出了一瓣花叶。

"我……想了想，怕自己后悔，还是过来找你了。"

"我以为你走了。"

"我知道你还在。"

强烈的不真实感，自上而下，将我贯穿。我竭力克制。

她认为我在戒备，很急切地说："不要误会，我不是坏人，只是觉得你很熟悉。"

"我喜欢你，好喜欢！"我近乎歇斯底里地喊出来。

"什么？"

"我……我以为你走了。"

"我没有走，我回来了。"

"谢谢，谢谢。"

巷子的另一头，闪了两下车灯。

"我朋友还在等我，你明天还在大理吗？"

"在，你还在吗？"

"我也在，我们加个微信，明天再见好吗？我现在有些事。"

我扫了她的微信，头像是淡灰的纯色，昵称设置成空白，有些人喜欢这么干。

"我喜欢你，非常喜欢，你知道的，对吗？"我说。

"我知道，知道。"

"明天见，我等你。"

"你酒醒后别忘了我。"

她向另一头走去。夜风摇动桂树繁茂的枝叶，冷蕊寒香，浮影游墙。

我回到民宿躺下，感觉整个世界都在转。心里有事，睡不安稳，第三次醒来，窗帘透着青光。我拿出手机，跟她问候早安。她的朋友圈仅三天可见，背景跟头像一样，是灰色的。在等待回复中，我又睡过去几次，一惊醒就看手机，没有回复。又睡到中午，仍没有回复。我拨通了语音，没人接。如此心神不宁地熬到晚上，我又去了胡同里的小酒馆，喝到凌晨，电话已经打了十几个，还是没人接。我问老板是否认识他们，老板没理我。

我在大理又待了两个星期，绕着古镇找人，不停地给她发微信，查询近期的车祸凶杀等刑事案件，可她就像人间蒸发了一样，除了一个微信号，没有留下任何信息。我试着用其他微信号联系她，好友申请没有通过。有天晚上，我在酒吧喝多了，把一个女孩错认成了她，因此与人推搡起来，脑袋上挨了一瓶子。等我清醒过来，酒吧已经打烊了，老板问我碍不碍事。

"来杯波本。"

"还想喝呢？酒瘾这么大，自己开一家去啊。"

"可以，我有钱，我能开。"

他们把我架起来，放到路边。

"坐这儿好好想想，你的酒吧该怎么开。"

推开门，是一道背景墙，标识背光，绕过背景墙，看见长达二十米木质吧台，整齐摆着十四把蓝色革制沙发。吧台之后是同等长度的酒架，左边是配制酒，中间是苏格兰威士忌，右边是日本威士忌。调酒师在中间，两边各一个吧员，他们身着廉价的西装马甲，有人时佯装礼貌，无人时说着世上最下流的话。熟客喜欢坐吧台，方便与调酒师交谈。吧台下面是几桌散座，通常是情侣的首选，由一张欧式小圆桌和三把椅子组成，椅子也是蓝色，但比吧台的椅子矮许多，桌上摆着烟灰缸、椰油蜡烛、台卡、新鲜的百合花。四张卡座都靠着窗，多是熟客预订，长条沙发，桌上的烟灰缸和花瓶更大。在散座和卡座中间，是一个掩着承重墙的橱柜，放着客人的存酒和发光的水晶器皿。卫生间设有独立音响，循环播放纯音乐，马桶旁边的玻璃圆桌上有一本《鸡尾酒法典》，以及卫生巾、消毒湿巾、香水，洗手台有几款称得上奢侈的香水，装着镜片湿巾和黑色皮筋的白纸盒，以及总被醉鬼当成果冻的漱口胶囊。整个空间仅靠着隐藏灯带和烛光照亮，再搭配爵士乐形成的氛围感，给任何言行都披了层合理的外衣。

除夕当天晚上，来的几乎都是熟客。门口放了个红色抽奖箱，每个客人都可从中抽取一个号码，零点时会揭晓，奖品是格兰杰经典和话梅酒，以及几十块钱的代金券。也有客人发现，店里唯一一个女孩不见了，问了两句。雨乡的人来来往往，也时常有人问两年前就已离开的调酒师，没有人真正在意。雨乡唯一不可或缺的，只有老宋。他身着与平日不同的西装，在不同的客人间游走，每个人都在喊老宋，老宋。老宋慢条斯理地应对各种问候，始终维持一种令人舒适的得体感。

周哥也来了，带了一个女孩，经过上次的矛盾，这次大家必须得给足他面子。Nick很乐意地揽下了这项任务，调酒师没胆子打架，没胆子面对存款，但有胆子劝酒。在调酒师的世界里，把对方灌醉，是唯一的征服方式。周哥屁股还没坐热，就被Nick灌了两杯马天尼，刚缓过神，Nick又倒了两杯苦艾酒，故意倒得一杯多，一杯少，不等周哥拒绝，女孩先挑了那杯少的，周哥只好拿走另一杯。苦艾酒刚下肚，Nick又拿了一排子弹杯，分别倒了白水、柠檬汁、金酒，再加入少许番石榴糖浆染色，让周哥跟女孩挑。

幕布直播着春晚，贾玲和张小斐演了出尴尬的小品，歌颂母爱。我望着幕布恍了会儿神，犹豫了好一会儿，趁着没人点单，走到楼道给母亲打了个电话，我没有说话，那边也沉默了会儿，传来了很委屈的哭声。

"孩儿，你在哪儿啊？家里的水管冻爆了，地上都是水……"

那一刻我突然彻悟，这些年来母亲从未给我带来过好消息，与她有关的记忆，从没有一丝欢愉。

我挂了电话，到库房吃了两片药。Tony又在打电话，一会儿说我们不可能了，一会儿又说那你回来吧，眼里含着热泪。

零点时，老宋宣布了中奖号码，气氛达到高潮，然后慢慢冷了下来，人群退散。周哥已经喝得七荤八素，Nick又拿出两排子弹杯，在吧台下面全部倒上九十六度的伏特加，对周哥说其中一排是水，一排是酒，随便选一排。周哥彻底醉了，来者不拒，几杯烈性伏特加下肚，他没了意识。Tony冷着脸，架着周哥下楼打车。

店内仅剩吧台几个散客，一个人站在吧台前边，我起先没注意，瞥了一眼后，发现他也穿着衬衫马甲，背影非常熟悉。他似乎察觉到身后的目光，转身向右边蹲下去，像在捡什么东西。

"你看见了吗？"Nick招呼我过去。

我走到刚才那个人站立的位置。

"周哥被我喝挂了。"Nick很得意，"那女的看见没？身材真棒。周哥这钱算是白花了，回去也弄不起来。"Nick也喝了不少，沉浸在胜利的喜悦里。

"周哥结婚了吗？"

"他家里那个，哼，你去试试，能压死你！要不你觉得他平时为啥爱出来喝酒？"

吧台右侧的客人要走，起身时碰倒了杯子，鸡尾酒杯着地，应声而碎。我忙蹲下去捡玻璃碴子，捡了两片，觉得不对劲，向右边抬了下头，看见的仍是那个背影，他不像刚才双手垂立，而是捧着什么东西。他似乎又察觉到了我的目光，稍微侧了下脸，就要看到侧容时，忽然转身向窗边走去。我捡起碎杯，打算扔进后面的垃圾桶，两步走到刚才那个人站立的位置，恍若雷劈！那个人分明就是我自己啊！我僵住脚步，试探着向左边回看，余光扫到一个人在蹲着捡碎杯子，而他似乎也在打量我。我又向窗边看去，那个人已经推开了窗户，用手撑住窗沿，抬腿翻了过去。这是二十一楼。我捧着碎杯子，不自觉地走向窗边。

"砰！"大门被用力推开。

指尖传来钻心的疼，手被玻璃扎烂了。我缓过神，人已走到了窗边。

闯进来的是 Tony，他颤抖着说："周哥……周哥在楼下，吐血了……"

老宋率先冲出雨乡，Nick 跟几个熟客也尾随而去。

我跑到窗边看下去，才发现外面正在飘雪，雪花零零散散，地面已铺满了一层。一个灰影趴在大厦门口，头部有一大摊鲜红的印记。Pete 走到我身边，俯瞰着趴在雪地上的周哥，淡淡道："今天晚上，我一滴酒都没碰。"

这下，我终于能走了。我心想。

"我又一次搬迁，

纵使心中不乐意。

我羡慕鹳鸟，

它倘若迁徙，

知晓去往何方，

又将回到何处。"

我想说的是，我早就该离开雨乡了，离开这个被太行山脉和雾霾围剿的城市。

半年前，我从云南失意而归。世界对我而言，是失控的。我连自己的作息都掌控不了，在忆往镇着日夜颠倒的生活。

母亲的生意失败了。我在白天呼呼大睡，她在夜里长吁短叹。黄昏时，我们在客厅交会，将冰箱里不新鲜的食物，加热烹煮，作为我的早餐，她的晚餐。两个失败者碰头，必会产生一个倾诉者，一个倾听者。很不幸，我没抢到倾诉者的位置，于是母亲开始用受害者的语气，讲述前半生的不易，有关那个遥远而模糊的南方城市的种种。有人说，她离婚是因为打麻将，欠下了巨款，也有人说，他们夫妻俩都爱赌，被人做局骗了。母亲对此只字未提，在她诉说的苦痛中，丈夫占据着相当大的比重。她有三任丈夫，第一任丈夫，在我出生之前；第二任是我父亲；第三任是在南方开超市的城关男人。这三个人给予她的伤痛，仿佛用斜口刀深深镌刻在她的脑海里，纵横交错，互有关联。当讲述到我父亲时，她便会愤恨地看向我，似乎在等我给出解释，可每当我刚想说些什么，她就收回眼神，继续沉浸在悲伤的自述里。无论她以哪句话开启叙述，结尾时都会用同一句话：咱娘俩，相依为命吧。往往说完这句话时，天已经完全黑了。

漫长的夜晚，我打发时间的方式是面对着空白文档，不知所措。偶尔能写出点什么，也纯属废品。有些编辑看到了那篇写姥姥的文章，私信我约稿，他们叫我老师，给出不算低的稿酬。可编辑们看了我的稿子后，都极力找出些丰厚的借口，再消匿声响。这就是我，有点才华，但着实不算多，运气好能惊艳片刻，运气一过，立即泯然于茫茫众生。

伴随漫长夜晚的是母亲粗重的咳嗽，像有一把木槌在敲击她的胸口，有时三下，有时两下，咳到嘶哑失声，咕咚，灌下一口水，吐出一声悠长的哀叹。隔着两道木门，我听得一清二楚。

有天晚上，我听见她给南方女儿打电话，说北方太干燥了，自己最近过得很难，那边发出迟疑的"嗯嗯"声，母亲又问老二怎么不接她的电话，那边没了声响，母亲喂了两句，爆发出带有撕裂声的咳嗽，然后是哭声。从母亲的诉苦中得知，她为南方的两个孩子付出了很多。

天亮后，母亲出去买了很多菜，中午时把我从床上拽起来，餐桌上已经摆了一大桌菜，还有两瓶忆往大曲。像往常一样，她倾诉，我倾听，把白酒倒入喉咙，我等着她说出最后一句话，可她却迟迟不说，只是流了一会儿泪，问我什么时候去找工作。

"以后这世上啊，就剩咱娘俩相依为命了。"

她试图把希望寄托到我身上，这令我毛骨悚然，于是我喝完了剩下的酒，吐了一会儿，反锁上门，给云南女孩打电话。

从那天起，母亲开始催促我振作起来，她愿意去饭店打工，或去大街上摆摊；而我最好进入事业单位，当合同工，这样说出去名头会很好听。这几年，水骨县很流行这么做，考不上学的年轻人，纷纷进入事业单位当合同工，干最累的活，拿最少的薪资，只为相亲时能说上一句：我在××上班。这跟烩面馆里的中年男人喝"贵州迎宾酒"，一个意思。

二十多年前，母亲从村寨嫁到忆往镇，又从忆往镇去了南方。无论境遇如何，她都试图在能力范围内，选出最优解。可聪明的选择，并不能保证带来完好的结局。我仍然昼夜颠倒，足不出户，无论她如何劝导唠叨，我都无动于衷，然后，她开始咒骂。她终于开始咒骂了，用词和节奏没怎么变。接着，是威胁。她把我的书和被子扔出家门，我出去捡的时候，她还试图像以前那样，把我锁到外面。可那扇铁门年久失修，我拽着把手，硬生生拽开，锁舌崩裂火星，母亲看我的眼神，多了几分畏惧。

她平静地质问我：怎么办啊？你以后怎么办啊？

"我想上大学，没学费。"

她怔了一下，怒吼道："那会儿你根本考不上的！考不上的！我还不知道你！你还写东西，写出什么来了？不知道写的都是些什么乱七八糟东西！色情！低俗！"

又一周后，她在抽屉里发现了我的合同，上面的数额令她心动，隔着两道门，我都能听见她激动的心跳。合同上有我的笔名，随即，在母亲的宣传下，所有家人都知道我获奖了，并认为我是一个有前途的作家。这很令我羞愧。也有点好处，亲戚给我介绍了个对象，对方家境不错，第一次见面就问我获奖的事情，或许是因为那天的乌云太美，我觉得她有些像云南女孩。

我的亲戚们也觉得我得的毫无文学分量的写作奖项很厉害，我的舅舅和父亲那边的长辈，纷纷打来电话问候，并诉说这些年的难处，见我没什么反应，便直言借钱，随即得出我一点都不懂事的结论。父亲也给我打过一次电话，绕了半天，没提借钱，我也打马虎眼，挂了电话，他发来短信：杂种，断绝关系！

　　母亲占据着地理优势，她别坏了卧室的门锁，很多次，我从梦中惊醒，看见她披头散发地坐在床边，慈爱的眼神里有血丝，微挑的嘴角呼出臭味。她说自己需要二十万本金，以后挣的钱全是我的。自从她得知我有一大笔钱，说话超不过三句，必会提到要钱。我只期待大哥跟我借钱，可他醉酒后翻身把孩子闷死了，住在新乡的精神病院里，短时间内出不来。再被母亲这样折磨下去，我怕自己也会疯掉，就把钱给了她。后来知道，她补缴了自己的养老保险，来年就能领退休金了，还给自己买了重大疾病险，给我买了人身意外险。

　　得到了甜头，她变本加厉地榨取我剩下的存款，只要我在房间里发出一点动静，她就呼唤我，而这次的目的是——买房。她跑遍了忆往镇所有的楼盘，售楼员的每一套话术，都令她无比动心。她吸收售楼员的话术，结合自己的人生经验，用来说服我，并保证只需要交出首付，贷款用她的养老金还。

　　"买了房，你就自己住，我不跟着你了！"

　　我那段时间精神极度衰弱，时常混淆梦境与现实。还生出过掐死母亲和跳楼的冲动。我被这句承诺打动，稀里糊涂地又答应了。

　　我们去了一家深受母亲称赞的楼盘，她沉浸在丰收一般的喜悦里，说小区采光好，阳台不算面积，很多公务员都在那里买房，说不定还能找到有编制的对象。等我们到了地方，只看到一大片黄土铺成的地面。母亲指着售楼部的模型说，就是这样的，一栋两户，三层小复式，首付三十万，贷款一百万，还二十年，每个月还四千多，我给你拿两千，你自己拿两千。两千块钱，你在镇上干点什么挣不来？

"这房子太大了，我以后也不一定长住。"

"不在这儿住你去哪儿？外面买房更贵，你呀，就在这儿给我安定下来吧。"

"装修也得花不少钱吧。"

"慢慢来呗，谁家装修不是东凑西凑的？"她拿出手机给我看效果图，花花绿绿的，像十年前的美容院包厢，"就照这样弄，我都打听好了，十来万就能搞定。"

"你不是不住吗？"

"不住啊，你自己住。"

"那你管装修干什么？"

"行行行，你自己弄吧，我以后可是不管你了！"

"合同是今天签吗？"

"早签早心静，房价过段时间还得涨！"

"我出去抽根烟，你再谈谈，能不能降价。"

"行，这事交给我。"

我走出售楼部，打车到车站，坐上了去安阳的汽车。在安阳待了半个月，每天都给云南女孩打电话，给她发大段的消息，说开酒馆也许是个不错的选择。之后，我在一个本地的公众号上，看到雨乡在招聘。

面试地点在库房，面试我的是 Tony，一个被百度百科从头武装到阴茎的年轻人。

他一边往头上抹摩丝，一边说："来这儿都是想学东西的，想要挣钱？去夜店啊。你说是吧？"

"嗯。"我拿出药，咽了几片。心想这种蹩脚话术，早就不流行了。

"你感冒了？"

"补药。"

"吃完能一柱擎天吗？"

"差不多。"

"你袖口咋有血啊？"

"刚拿完药出来，碰见一个女孩被车撞了，我帮了下忙。"

"不怕人讹你啊。"

"她爸看着挺讲理的。"

"你什么星座？"

"金牛。怎么了？"

"没事。"他思索着，"我女朋友也是金牛，我是摩羯。店里水象星座比较多，人都挺好的。"

"店里有什么要求吗？"

Tony 想了想说："也没啥，嗯……对，你先做下自我介绍吧。"后来 Tony 说，这也是在网上看的面试官技巧，让面试者自我介绍，能表达主场优势。其实只要来的是健全人，能接受雨乡苛刻的条件，都能成为雨乡的廉价苦力。

我又咽下几个药片。

我是一个失败的作家，走过很多地方，与各种人相遇然后告别，人多时候，会生出严重的抽离感，医生说这叫人格解体。

我是一个服务员，全年无休，宿舍在另一条街上。我会在下午四点起床，五点到酒吧打扫卫生，六点在沙发上睡一个小时，七点正式上班，凌晨三点下班。

我是一个心存许多幻想，却总迈不开步子的无业游民，想在空气良好的南方，找到一个便宜而合适的店铺，有风雨，有大海，有期待的和超出期待的一切。

我各地寻找合适的店铺时，又跟 Tony 见了一面，他在绍兴一家新开的威士忌吧当主调，趁着老板不在，用大摩十五年做了杯古典，推到我面前，说这儿挺好的，挣得跟之前差不多，最近在看车，再过半年就能买了。我问跟女朋友怎么样了。

"还是吵架，一星期没联系了，可能下星期会联系吧，不知道。我现在可乱。估计到时候车买好了，我也不想结了。"他说着，趴在了吧台上，这个姿势在雨乡是绝对不允许的，"我挺想雨乡的。"

我两口咽下古典，回甘适中，苦精的植物味充盈，不愧是在雨乡经历过蹂躏的人。

周哥死亡当天，有两个人消失了。一个是陪他一起的外围，在周哥吐血的那一刻，她扭头就窜，另一个是 Nick。他跟着老宋和 Tony 把周哥送到医院，不停打电话告急，焦躁地走向门口，问对方什么时候能把钱送过来，接着就不见了。报了案，警察说得找到具体责任人才能做处罚，但老宋是跑不了了。周哥的老婆确实名不虚传，胳膊比我大腿都粗，差点没把雨乡掀了，还招来了几家媒体。我在抖音上刷到了采访视频，老宋面对着记者的采访，怎么张嘴都发不出声音，那视频有好几万个点赞，热评第一是：他在等着死者家属喂饭吃吗？

雨乡休业之后，还热闹过一阵，老宋的朋友们都聚过来，像开秘密会议一样出谋划策。刷到了抖音视频后，吓得再不敢过来。之后 Tony 请假，我和 Pete 陪老宋在店里，防着周哥媳妇带人过来撬门，当然，条件是任我们喝酒。

那些天，店里的窗帘紧闭，卡座点着一瓶蜡烛，桌上都是烟灰，地上扔满了垃圾，这在之前都是不可容忍的事情。我们开了店里最贵的一瓶高原骑士，有香料跟巧克力味。其次是格兰多纳二十一年，响十八年，喝到格兰杰十八年那天，有人敲门，老宋晃晃悠悠地去开，竟然是 Anne！

"我去，你们都喝上啦！"

Pete 张开怀抱："过来，让你哥搂一会儿！"

"滚，我是来给你们送东西的。"Anne 从背包里拿出一个塑料牌子，上面印着"禁止采访"四个红色幼圆体，"我在抖音上看到咱们店了，也不知道能干什么，那帮记者明摆着就是挑事，咱们店在这儿，又跑不了。"

老宋深受感动，头一低，抽泣起来，我们又叽叽喳喳地安慰，心里觉得，他跟之前不一样，不怎么体面了。

等老宋平复下来，Anne 说："其实，我过来也是跟你们告个别，我要走了，去杭州。"

"你不是要结婚吗？"Pete 问。

"那男的太窝囊了，我不愿意，但家里愿意，拿到彩礼我就跑了。"

Anne 说着，拉开衣服拉锁，给自己点了根烟。她穿着盗版的粉色北面羽绒服，这是许多中产学子的标配，可就像真伪不同意义，安妮和他们的北面，风景应该也不同。北面有严寒，北面有大洋，北面有幸福吗？

蜡烛晃了一下，Pete 揽住 Anne。

老宋抬起头问："你们想学调酒吗？我教你们，哪种酒都可以。得其利……得摇得有快，有慢，尼格罗尼搅拌时……候不能急，无论什么酒，辅料不能掩盖……酒味，最简单的做法，是多放点酒。说到底，没有最牛×的酒，只有最牛×的人！"

在往常，我们都相当乐意跟老宋学习，可此时，他的经验已无人在意。而且我发现，一直以来大家都误解老宋了，他并不是慢条斯理，他分明就是个结巴！

我掏出手机，习惯性地给云南女孩打电话。

"你在联系……Nick 吗？"老宋问我。

"对。要是这个电话有人接，我就走了，再也不回来了。"

"理解理解。大家都是，过客嘛。我……懂的。我！十五岁，去北京。住……地下室，吃白面条，没油也没盐，拉都拉不出来。在酒吧工作，洗杯子，六秒钟洗一个，指纹都洗没了。那时候，我……就想，想弄个自己的，王国。没什么，能让我，怕……怕的。没有！"

"我宁愿那个喝死的人，是我。"Pete 把头埋到了 Anne 的脖颈里。

电话仍没有接通，我又打了一遍。

"那时候，有个人，特牛×。他趴客人耳朵根上说一句话，客人就能，能充……十万块钱的卡，能把手表摘下来扔给他，还能……出门买一条中华烟，扔给他。到今天，我都好奇，他到底……到底都跟那些人说了什么。这么多年，我一直想，一直想，死活都想不通……"

Anne 动情了，拉着 Pete 进了卫生间。

"我还遇到过一个明星，唱《北方的狼》的那个，喝多了……嫌麦克风不响，摔到屏幕上，把屏幕，摔坏了。不赔，还使劲闹。他背后……有大佬，硬气。老板更硬气，叫了两个人过……过来，直接把枪搁在桌上，报了个名字。他直接……道歉，刷卡走……走人。"

老宋的手机响了，他接通听了一会儿，嗯了几声，挂掉电话，搓了搓脸庞，恢复了往日的平静："Nick 找到了，在他前女友，衣柜里，差点给人，吓死。"

"早该想到的，他就那点念想。"我说。

电话仍没有接通，我灌了两口酒，蜂蜜味的，接着打。

"你不用给他打电话了，也别走了，新店一开张，你和 Pete 都是店长，我用心教你们。"

卫生间传来肉体碰撞的声音和 Anne 努力抑制的呻吟。

老宋拉开窗帘，夕阳透过茶色玻璃再次迷人地消沉。

手机话筒停止声响，股间撞击的声响减缓，我饮完杯中的酒。眩晕中，手机收到来电，号码陌生。我明知这不可能是女孩的电话，可还是心悸得厉害，接通后，跟对方交谈了约有半分钟，继续喝酒。

夕阳完全抹匀时，我们重新走出文峰大厦，点了锅酸菜鱼，店内暖气充足，吃得热汗淋漓。Anne 和 Pete 互相喂饭，模样很淫荡。两瓶白酒下肚，老宋说话也没那么结巴了，问我是否愿意留下来帮他。

"得回趟老家，我妈死了。"

母亲的葬礼和姥姥的葬礼，除了死者不同，并无二致。守夜时，大哥提议我写篇文章，再挣他个五十万，见我无话，又愧疚地说也别想太多了。

"我好像跟她不熟。"我说。

大哥把手掌放在烛火上，炙烤了三四秒，我反应过来，抓下他的手腕。

他颤如筛糠，眼里尽是血丝，咬着牙说："对不起你们，我对不起你们。对不起。"

一直到天亮，大哥缓了过来，吃完药，回屋睡去。天气回暖时，我把镇上的房子低价卖给了舅舅，让大哥住了进去，也许可以帮他找一个二婚的女人，一起生活。

我先去了大理，遇见女孩的那家酒吧倒闭了，接着去了海口、上海、苏州，都不顺利。又从苏州来到绍兴，意外遇见Tony，他女友家在那儿投了个纺织作坊，自己就跟了过来。Tony听我说要开店，介绍了一个厦门的房东，店面建在一片白得不自然的人造沙滩上，海浪混浊如胶质，夕阳格外漫长。价格合适，我签了三年的合同，与装修工人艰难斗争一个多月，投入规模比预先想的要大。正式开业那天，厦门突发疫情，一夜之间，街道空空荡荡。我面对几个尚不熟悉的员工，讲不出一句话，大家自觉地散了。

我一个人在店里待着，三两天才来一个客人，活得很混乱，总梦见母亲在店里转悠，没有发声，但我知道，她在发表对物品摆放位置的见解，意见越来越多，梦里装不下，清醒时她也来。这是她的权利。母亲猝死于买防水材料的路上，生前购置的意外险，赔了一百三十万，受益人是我。随即，更多的人也过来了，姥姥，周哥，抑郁的少女。他们都不说话，径直地出现和消失。我喝光了店里最便宜的精酿和波本威士忌，喝多后，会习惯性联系女孩，告诉她近来发生的事情。

有天傍晚，大哥突然从门口走进来，他想说什么，却说不出来。我把他拽到沙发上，问他发生了什么，要不要喝点酒。他憋了老半天，说了两个字，好疼。我在沙滩上走了一圈，回到店里，见大哥已经走了，给舅舅打电话，得知大哥刚有些好转，出去搬货挣钱，被倾塌的货物掩埋，保住了命，但还没苏醒。

接着，是第二波更严重的疫情。厦门停止接待游客，社区封闭，两天测一次核酸，红头文件不断更新。偌大的店铺，仅剩我一人。夜晚的海潮，像一个黏稠的生命体，透过落地玻璃与它对视，心生惶恐。下雨，持续地下雨，屋顶漏水，彻夜难眠。

雨水过去后，台风和女孩一起来了。她剪了短发，站在我面前，衣袂飘飘，从混沌印象里勾起清晰眉目。这是个合理的答案。女孩来得最晚，停留的时间最长，甚至擦净了桌面的烟灰，捡走了地上的酒瓶，在沙滩上看日落，夜里睡在沙发上。

次日清晨，她把我拍醒，淡淡地问："沐浴露在哪儿？"

我看着她。

"没回消息是我不对，前段时间发生了很多事，很多。"

"你叫什么？"

"夏芽。"

"哦……夏芽。我不用沐浴露，等会儿给你买。"

台风卷积乌云，沙石扑打玻璃。我看见风，推开了门。我看着我，走向海滩。海洋似乎在瓦解着什么。缓缓上升，周围的一切解体粉碎，碎片纷纷扬扬，聚合重组，重构出原有的一切，将他包围。浪花扑过小腿，切肤清凉，他动了，转身走向店铺，夏芽站在门口，准备向他解释些什么，或者什么都不说。我飞到一定高度，顶到了层透明的结界，停下来，地上的一切仍越来越渺小，恍惚间，我听见他的声音：谢谢。我抬头，透过结界看到一双阴翳又疲倦的眼睛。

[寒烬事]

回来之前，我已做好死的准备，路上很平静，读了本诗，看了部电影。阿甘说生活是一盒巧克力，永远不知道下一颗是什么味道。这个比喻跟我的生活经度相同，但纬度不同。我也不知道下一颗会吃到什么味道，但可以肯定，绝不会是巧克力。可即便我做了最坏的打算，还是没能如愿以偿，现实还是在我身上演绎了另一种风格的不幸。我只能开脱地理解为这就是生活的魅力所在，是人生意义的一种。

父亲从外面回来，看见站在门口的我愣了愣，然后就像消化他人生中其他难以消化的苦难一样，坦然而艰难地接受了。

"从哪儿回来的？"他说着，从兜里拿钥匙准备开门。我忙挪到边上，活动了下麻木的双腿，跟着他进了家。

我说："从广东。"

他说："坐挺长时间的车吧？"

我说："一天一夜。"

他说："你妈没了，就快到百天了。你困不困，要不先去睡会儿？"

我说："还行。埋哪儿了？"

父亲说："镇上的墓园，专门请人设计过，修得很好看。你妈旁边那位置我都占好了，等我没了也埋那儿。"

我点了根烟，缓缓抽起来。

父亲又说："烟还没戒？"

我说："没。"

父亲说："今天早上起来我就感觉不对劲，心里一直慌，晌午回来检查了一下煤气。下午还是觉得不对劲，总怕家里着火，就提前回来了，平时我一个人在家没事干，都是到晚上才关门。"

我说："我想给我妈磕个头。"

我们来到镇上新建的墓园，小道很窄，两旁石碑林立，青松挺拔，他绊了一跤似的突然站住，指着一块碑说："到了。"

青色的合成石碑上镌刻两行欧楷，一行是母亲的名字，一行是日期。碑前有束枯萎的小白花，和父亲手里拿的一样，他说现在镇上不提倡烧纸钱，他过来就买花，电影里的西方人总这么干。我跪下来，朝墓碑磕了三个头，父亲把枯花收走，把新花放下。我又去傅虎的坟前磕了头，父亲点了根烟，放在他的墓碑上。然后是沉默和不知所措，我们就这么站着，站到余晖散尽，凉意侵袭，树影和碑影融为一体。

"走吧。"他说。

我跟在他身后，发现他的肩颈和腰杆依然平直，步伐急切，像要迎接着什么。我摸了摸腰后的斧头。

"苓苓在另一个区，去看看吗？"父亲指着身后。

"赶紧回家吧。"

又走了几步，父亲像是为了缓和气氛似的说："你还记不记得孬蛋？"

"记得。"

"孬蛋的坟也在那边，那货以前多厉害，去年喝死了，脑梗。"

父亲继续指着身后方向，我回头只看见一团浓郁的黑暗。父亲还是会那样，忘了从什么时候起，他就开始那样。我指的是，他总问一个我俩都很熟悉的人或事物，他明知我肯定会说记得，然后他就能继续挖掘记忆共同体背后的故事，我认为如此延伸出的对话毫无意义，可他依然那样。我怎么能忘了孬蛋，他原先是打猎的，家里有枪，背着水和干粮往山里走，出来时枪管上就挑着一串野兔，后来当了包工头，从政府手里接了不少工程，确实风光了一阵。他还杀了我的生父。逃窜的日子里，我时常后悔没弄死他，所以孬蛋把自己喝死了这事，多少让我有点愕然。

冬天是旅游淡季，路上没什么人，很难想象，我还能如此坦然地走在忆往镇。父亲在楼下买了两袋速冻饺子，我站在外面等他，如果小卖铺的老板看见我，我就过去打声招呼吓吓他，可他压根没往外看。饺子是小作坊生产的，不怎么好吃，吃完了饭，他去厨房刷碗，我绕着家里看了一圈。我家是两居室，镇上开发景区时按人头盖的安置房，一栋七层，每层三户，每户八十平方米。家里基本没变样，但细看的话，墙沿、柜脚、茶几漆层磨损得明显严重了。我从腰后抽出斧头，把挂着日历的钉子往里砸了砸，接着有人敲门，父亲让我去开，我刚碰到门把手，整张门直接脱离门框撞过来，一堆警察冲进屋，死死把我按在地上，咋咋呼呼地警告我不许动。我抬起头，一个黑洞洞的枪管，正对着我的眉心。

父亲在厨房没出来，我上警车时往楼上看了看，他的身影隔着纱窗，灰蒙蒙的，仿佛随时会散掉。我明白了，父亲为什么会给我煮速冻饺子，出门饺子进门面嘛，他知道我马上就走。我也有点后悔没直接下手，后悔没给母亲烧点纸，听说人死后魂魄还会在人间留三年，有人烧纸烧香什么的，那边的人就像接到电话一样，有感应。如果真是这样，我想对母亲念一句诗：没了生命，她独自活得深刻。这是我在归途中读到的。

母亲是客家人，据说祖上中过探花。她十九岁考入广东警官学院，大二辍学，失踪两年后又回到珠海，敲开了久违的家门。姥姥说她当时看起来很疲倦，像没睡好。姥爷死得早，我没见过，姥姥对母亲心心念念，寄托了一切希冀。她失踪的那两年里，姥姥四处托人打听，得到的消息是母亲去了东南亚，学坏了。母亲回到家后什么都不说，大部分时间坐在阳台上往外看，珠海的空气好，街道也漂亮，小时候我去过几次，姥姥家的房子很大，她说等我长大了就把房子送给我。其实姥姥一直有些怨母亲毁掉了自己的前程，曾托人捎话到东南亚要跟母亲断绝关系，后来她也等着母亲解释，可母亲始终什么都没说，只依靠着时间将过往译成潜台词，消解彼此的隔阂。

母亲本可以毫不费力地过上非常不错的人生。我在广深一带流窜时，白天窝在地下群租房，晚上去快餐店排队领免费的盒饭，大街上那些快乐精致的同龄人，总让我想起母亲。她如果好好经营自己的人生，说不定我也能那样活着，而不是这般徘徊在生死边缘，可她做错了什么呢？我说不清，估计她也说不清。

母亲在家待了半个月，忽然对姥姥说她要去省厅上班了，有正式编制，管档案，副科级。姥姥确定母亲的精神是正常的，惊愕又欣喜，可过了两天，接到一个电话，母亲又失踪了。电话是她的上司王石打来的，说体检结果显示她怀孕了。我无法给母亲当时的心理状态下定义，她始终令我琢磨不透，我只知道在火车站，她遇到了父亲。

那时候的火车站很乱，基本被两个大帮派盘踞。东北帮最横，几个人组团混上车，腰里别着军刺，一车厢一车厢地挨个劫钱，最钟意衣着讲究的香港人。西北帮多是捞小钱的，卖一些劣质小玩意，开小牌摊，跪地乞讨之类的，收入少，风险也小。

父亲跟我说母亲的样子在火车站很扎眼，年轻好看，衣着鲜丽，眼里透着不知道该往哪儿去的迷茫。一个黑溜溜的小孩拿着塑料盒凑过来要钱，母亲刚掏出钱包，父亲在一边说："骗人的。"

母亲看了他一眼，仍给了小孩两块钱，小孩接了钱，白了父亲一眼。

父亲说："你越给钱，这种人就越多。"

母亲说："我不想那么多，就为自己图个心安。"

父亲说："你才多大啊，就开始图心安了。"

母亲说:"那你多大,就开始不求心安了。"

父亲说:"我在这儿坐一夜了,给出去三十多块,再心安我就回不去了。"

那也是个冬天,有雨,岭南短暂的阴冷季节,父亲外面披了件棕色风衣,里面是件灰色夹克,只有裤子不普通,军绿色的警裤,他见母亲盯着他的裤子看,解释说:"本来没打算穿,但想着防贼,就穿了。"

母亲说:"假的防不住贼。"

父亲说:"真的,但也不管用,还是被摸走了一兜零钱。"

母亲说:"我是说人是假的。"

父亲说:"我看你人还是假的呢。"

母亲说:"我又没穿假警服,哪儿假了?"

父亲说:"给小孩钱啊,你也说了,办好事就为自己心安,是不是挺假?"

母亲说:"信不信我报警抓你?私买警服,够关你半年的。"

父亲从大衣口袋里掏了掏,把证件在母亲眼前晃晃:"是假证够关多长时间?"

母亲将信将疑,父亲掏出一张照片说:"你帮我看看那个人,和这个照片上一样吗?我一夜没睡,眼花了。"

母亲对比了一下说:"看不清。"

父亲说:"应该不是,他不会这么张扬,人也胖点。"

母亲问:"这人犯了什么案?"

父亲看了看墙上的大钟:"这是我徒弟,但还没弄上正式编制。还有俩小时车就到了。"

母亲说:"你就编吧,我看你那证也是假的。"

"我要弄假的也弄军官证,比警证好使,到哪儿都不用排队。"父亲打了个哈欠,"我跟你把事情详细讲讲,你能帮我一忙吗?不是大忙,说完我就睡觉了,你等会儿把我叫醒就行。行吗?"

母亲点点头。

父亲说："那行，那我长话短说吧，我徒弟想杀人，我是过来拦他的，硬座不舒服，又防着小偷，一直没睡好，估计他也是。他爹在县里卖凉皮，惹了一个开发商。想想都没意思。开发商的小蜜想吃凉皮，那开发商说凉皮不干净，我徒弟他爹就不愿意了，说自家东西最干净，从来没吃死过人。开发商嫌他说话冲，冲他摆摆手，不愿意搭理他。他爹也愣，也朝着开发商摆手。两人就这么呛上了，没几句就动了手，开发商身后跟着人呢，过来帮着打，就把老头儿打死了。这事在我们那儿一般都是私了，大家都觉得人都没了，还能怎么样呢？我徒弟不愿意，要打官司，我也支持他，可没啥结果，判了一个跟班，三年半，那开发商没事，照样开厂买地皮，就是不咋露面了。我徒弟摸准了他这几天来办事情，就想过来堵他，他手里有枪，从所里偷的，所长让我把他偷偷带回来，我们所长就要调走了，怕耽误自己。"

母亲问："你能拦得住吗？"

父亲说："试试吧，我不为别的，就是不想让傅虎……哦，我徒弟叫这个名，他年轻，路还长，我不能看着他把自己毁了，是吧？"

母亲说："有些事是注定的，就得自己受着。"

父亲说："我知道，我知道。人总难免出差错，但我觉得吧，解决差错的最好方法就是扛着它往前走，直到把它忘了……我撑不住了，过一个半小时，你叫醒我吧，谢谢你了同志。"

父亲一歪头就睡着了，母亲排队买了两张站台票，过了一个多小时，她叫醒父亲，两人一起排队进站。父亲睡了一觉，精神明显好些了，慢慢往前挪动，在人群里左顾右盼，没找到傅虎。到了站台，父亲刚看到开发商，傅虎就从人群中冲出来。

父亲拨开人群，握住傅虎的手腕说："别冲动，听我的。"

傅虎说："师傅，这事跟你没关系。"

父亲说："你都叫我师傅了，就跟我有关，有事咱俩一块扛。"

开发商说："你们痴线啊，阴魂不散的！"

父亲一个肘击砸在开发商的面颊上，傅虎的枪已经拔了出来，父亲拉开风衣挡在他身前，手在里面握住枪管，几乎是央求着说："为他这种人不值当，跟我回去吧，洗个澡，吃碗面，给你爹烧点纸，日子还得过呢。"

傅虎说："那我爹白死了？"

父亲说："恶人有天道治。"

傅虎问："天道在哪儿？"

开发商好不容易堵住鼻血，骂骂咧咧地说："法院都判老子无罪了，今天你动我一下，我告死你！"

他说着就抬脚踹父亲，母亲过来拦，他一把将母亲推倒，然后走到站台边上点了根烟说："还想杀老子？这么多年了，老子什么风浪没见过？"

母亲撑着地爬起来，眼前一道黑影闪过，径直撞在开发商身上，开发商掉下站台，后脑勺磕在铁轨上，"当啷"一声，众人皆是一惊，过去一看，开发商翻着老大的白眼，双脚溺水一般蹬着。撞他下去的是母亲施舍过的那个小男孩。站台上的人一片哗然，他们仨趁乱逃了。那开发商后来怎么样，他们没告诉我。

在火车站后巷的一家客家菜馆里，父亲用仅能动用的钱点了半桌不算寒酸的酒菜，傅虎大口吃菜喝酒，然后咧着嘴哭了一阵。父亲和母亲正式地互相介绍，说了各自的名字和年龄，对于父亲的其他问题，母亲无法作答，父亲只好作罢，临别时候父亲说他父母走得早，在一个叫忆往镇的地方上班，那是个小地方，老所长调走以后，他就是所长了，如果母亲想的话，可以随时去找他。

后来母亲去了哪儿，没人知道，但我可以肯定，我的名字就是她在那段未知的岁月里起的。我出生后，母亲给王石打电话，说孩子生下来了，她还说省厅的编制她不要了，把她调走吧。于是，母亲抱着不足满月的我来到了忆往镇找父亲，半年后，我学会在地上爬，他们结婚了，婚宴主菜是炸羊肉条，王石说很好吃，他当时在省厅又小升半级，一心等退休，他还说他的孙子和我同岁。

我就这样，在忆往镇落了户口，随母亲姓夏，叫夏悔。上学时，父亲总让我写成夏辉。这是两种截然不同的理解或期盼。忆往镇是个小地方，县不县村不村的，主要靠来往的长途车拉动经济。我的父母在这儿有威望，镇上的大小事，如需裁断，必须得请他俩之一出面，需要撑场面，就得请他俩共同出席。别家孩子在小卖铺吃辣片得花钱，一毛钱两片，我不用，如果不怕回家挨吵的话，我甚至可以跟老板要走一大包。父亲后来的失落，估计就跟这种落差有关。

每逢中秋，姥姥就从珠海过来看我，总带很多大家从没见过的点心，变着花样的好吃，一个平平无奇的酥饼里都有两层果馅，一口下去，我仿佛尝到了外面世界的精彩。到我要上小学那年，姥姥又来了，她仔细观察了家里的卧室、厕所，然后看了我的学校，说这儿的条件不行，要带我去珠海上学。父亲那几天跟个做错事的小孩似的，探头弯腰，姥姥说一句，他就应一句，还总用一种期待的眼神瞟我。这件事的结果是，母亲对姥姥说我们母子哪儿都不会去，父亲保证等我上大学就考到广东去。其实还是母亲的态度决定一切，姥姥临走前塞给我一个大红包。我拿着里面的钱去合作社买点心，但都不好吃，我因此怄父亲，他到处托人买广东的点心，然后母亲给了我一巴掌，一切才消停了。这一巴掌让我深刻意识到，我属于忆往镇。

总之，七岁以前，我活得毫无顾虑，潇潇洒洒。如果没有那场震惊全国，并在当地震荡二十余年而不平息的凶案，我或许会一直那样快乐下去，按部就班地营造一个平凡可靠的人生。可无论是生活的魅力还是人的魅力，就在于对方有无数种合理的可能性，我想竭力探清，得到的却只有失落，那便是对方呈现给我的幽默。

镇上有好几家汽修铺，其中一家姓夏，老夏他爹是个糊涂蛋，有回肚子疼，去当时镇上唯一的诊所——刁医生家里看病，可刁医生没在家，老夏他爹就自己抓了点药回去吃了，也不知道他抓的什么药，反正一直蹿稀，死在茅坑边上了。老夏就觉得是刁医生弄死的他爹，去找法院找警察都没用，大家都说跟刁医生没关系，老夏还是不愿意，整天叫他儿子小夏在诊所门口蹲着，一有人来看病就捣乱。父亲一开始还管，后来他们闹得勤，也就懒得管了，让他们自行解决。这两家商议的解决方法是，正儿八经地约一架，刁医生赢了，老夏就低头道歉；老夏赢了，刁医生就出老夏他爹的丧葬费。

刁医生跟我这样说过："我当时被逼得没办法，就只能嘴上占便宜，说要跟他拼命，杀他全家。当时也真有这个杀心，但一下也就过去了，第一回说狠话时还管用，后来他们也就不怕了，跟摸透了我似的。老夏没事就去我那儿逛，骂我妈，骂我媳妇儿，我知道他就是想要钱，可我不能给，没理由给。有好几次真想拿刀捅了他们，可我家是单传，我爹供我学医不容易，我不能就这么豁出去。"

忆往镇的北边是水氽县城，一直挺乱的，有洗澡的地方就有小姐，有喝酒的地方就有流氓，刁医生在那儿逗留了两天，想找打手，但没找到。回来的路上见有三个迷路的外地人，一胖一瘦，领头的是个高个，他们正好要来忆往镇找人，刁医生就捎上他们仨，还问能不能帮他打架，那仨人那会很爽快地同意了。刁医生挺高兴，他回来时买了把砍刀，就在车座底下藏着，已经准备好跟老夏拼命了。

三马车走到镇口时碾过一排路钉，车身不受控制，斜着飞进无水河里，幸好那会儿河里没水。路钉是夏家父子放的，防的就是刁医生。车里的四个人撞得七荤八素，刁医生心想糟了，还没打呢，士气先没了。可他没想到那几个外地人都是狠茬，看着老夏跟小夏拿着家伙走过来，就问刁医生仇家是不是他们，刁医生点点头。那三人中最瘦小的走过去，一拳打喉结，一脚撩裆部，两下把夏家父子收拾了，干净利落。两人都倒地后，刁医生拾起地上的铁棍劈头盖脸地抽打，直到把夏家父子打得满脸是血才作罢，然后回过头对三人说，要招待他们。

外地人说："我也要跟你打听个人，刘娅，你认识吗？"

刁医生说镇上没这个人，外地人就拿出一张照片，刁医生说："这不是夏芽嘛，我们镇派出所的。"

刁医生说完就后悔了，他瞥见那几个人腰上都别着枪，他问他们到底是干什么的。

外地人说："老哥，你的仇我们帮你报过了，接下来该报自己的仇了。"

刁医生觉得自己做错了什么。

事情发生时，父亲正在孬蛋家里训人。孬蛋用猎枪在山上打了只小野猪，这事在当时已经不允许了，父亲扬言要把他关到牢里去。忆往镇派出所的牢房更像是个象征，挨着办公大厅，长条形，焊着小铁门，里面有张槐木板，常常在吓唬小孩和取笑成年人的时候派上用场，偶尔关关喝多了闹事的过路司机，大多时候都被傅虎用来午睡。那一声枪响，很容易让人以为是货车的胎爆了，或发生了碰撞，父亲辨别出这是枪声，拿着孬蛋的猎枪跑到街里，听人说派出所杀人了，赶紧奔过去，老远就看见傅虎趴在地上骂娘，他的小腿中了一枪，有一胖一瘦两个人正试图用手铐铐母亲。父亲当即瞄着胖子开了一枪，土枪，范围大，胖子的肩头炸开了一片血口，疼得在地上来回打滚。剩下的两个人带着母亲躲进屋里，跟父亲对峙。父亲让他们把人放了，外地人又朝傅虎开了一枪，让父亲放下枪，父亲没有及时照做，随即傅虎中了第三枪。

父亲把枪扔得远远的，说："什么都好商量。"

等我在放学路上得知派出所出了人命，赶紧跑过来时，周围已经围了很多人。所里还有一个正式工，四十多了，还另有两个合同工，都在门口守着不敢进去，他们想拦我，但没拦住。小孩嘛，心里无畏，一头冲进派出所，办公大厅的门关着，地上的两个人都跟血瓢似的，傅虎一直往外呕血，我蹲在他身边开始哭。哭了一会儿，办公大厅的门开了，父亲和母亲让我走，但那个瘦子用两只手铐把我反铐了起来，还用一块脏布堵住了我的嘴。我受电视剧影响，试过用围巾堵自己的嘴，发现都能用舌头顶开，可那次我见识到了现实的残酷，脏布直接抵进了嗓子眼，恶心得很，又吐不出来。更糟糕的是我有鼻炎，不能用鼻子呼吸，所以嘴一被堵上，我就闷住了，拼命往里吸气，鼻腔里木头似的拥堵感往后挪了半寸，彻底卡死，脑壳炸了炮仗。没几秒，我有了死的感觉。傅虎知道我的病，一点点爬过来，三四米的距离，他几乎没有停顿，拖了一路的血条子。

扯下我嘴里的脏布后，他说："咋感觉你今天回来得有点早啊。"

我说："都五点四十了，我爸我妈在干啥？"

他说："我刚下饭馆吃饭了，给你带了条糖鱼，在后厨搁着呢。"

我说："你流血了。"

他说："真是想不到。"

傅虎死的时候也就二十五岁吧，那天正好去相了个亲。我眼看着他咽气，肚子里的血染红了一小片土地，殷红的血顶着土层漫延，像在寻找一个适合停留的形状，我连哭都忘了。派出所外面围了一圈人，有人朝院里扔石块，露出探险般的笑容，有人挥手让我出去，有人冲里面喊脏话，办公大厅的门一打开，所有人都猫下头，然后再缓缓地探出头。那是我第一次见外地人，他看起来很平和，有些书生气。

他问我："你就是夏悔？"

我说："我叔死了。"

他翻了翻傅虎说："对，他死了。"

我问他："我爸妈在里面吗？"

他说："他们没事，你要跟我走吗？"

我说："你救救我叔吧。"

接着又是一声枪响。我头一回近距离感受到枪声，我想起合作社买的橘子饮料，那饮料有点气，齁甜，一块钱三瓶，瓶身很薄，喝完了拧上盖使劲拧几圈，再稍微拧开点盖子，猛地一踩，就砰地发出一声炸响。那枪声和瓶子的声音差不多大，就是更沉，仿佛挂了颗铅球。当我又想到了体育老师手里沉甸甸的铅球时，外地人就扑到了我身上，孬蛋在后面打了外地人一枪。之后的日子里，孬蛋凭借着这勇敢的一枪，令方圆三十里的人刮目相看。孬蛋打完黑枪后就立马闪人了，那个瘦子从包里拿出一把微冲，冲出派出所大院打了半梭子，死了不少看热闹的，其中有夏家父子。

瘦子劫了一辆小货车，外地人抱着我坐上去，我听见父亲和母亲在里面喊我，但不见人，估计也被铐起来了，所里一共有五把手铐。我开始挣扎，外地人哄我说他们等会儿就过来了，他身后也有血涌出来，腥得我发蒙。瘦子问他东西埋在哪儿，他说了一个地方，顿了顿又说，还有一批货，那地方不好找。

出了镇子有一段路，瘦子停下来，对他说："下去吧，人多了，目标大。"

外地人斜着眼看他，瘦子又说："这样谁都跑不了，大强死了，你的仇也算报了，各顾各的吧。"

瘦子下车拉开车门，把我俩拽下去，开车拐进一条小路。

四野茫茫，仅存的霞光在天边涣散，风扑到身上，有点冷。我吵着要回家。外地人脸色发白，虚弱得很，他问我："你知道怎么回去吗？"

我说："不知道。"

他又问："那你知道怎么走出去吗？去大城市，去外国。"

我说："我姥姥家是珠海的。"

他说："你要好好上学，长大就别回这儿了。"

我问："是你杀了我叔吗？"

他说："是刚才那个人杀的，他也会死的。你的名字怎么写？"

我说："夏悔，我爸叫我夏辉，辉煌的辉。"

他说："夏辉好听点。夏辉，你愿意跟我走吗？"

我说："你送我回家吧。"

他指了一个方向说："你要是愿意跟我走，我就站起来，咱们去外面生活，我可以给你买很多好东西，你要不愿意，我就不动了，我不动就会死。"

我一听见死，又哭起来，他把我拉进怀里，脱下外套披在我身上，很暖和，我渐渐睡了过去，再醒来时，看见的是父亲惊慌的脸，警灯在我们身上闪烁，几个警察把外地人抬上了车。

之后的几天，忆往镇出现了一道诡异的风景线。主干道上扎了一溜灵棚，因为葬礼太多，显得宾客不太够用，人们就从街的这头祭拜到那头，每拜过一家，就响起一串火鞭，硝烟像雾一样弥漫在忆往镇。县里的领导和电视台都来了，搭台子讲了很多话，每讲两句就停下来，等大家鼓掌。父母遭到了严格的审问，我在刁医生家住了半个月，每天都哭，他一家人变着花样哄我。刁医生心里愧疚，觉得这事跟他有很大的关系。

一天夜里，父母终于从县里回来，把我从刁医生家里接走，我从他们的谈话中得知，王石也死了，是那个外地人杀的。镇上开始传母亲和那个外地人的流言，挺难听的。就是那时候，我开始恨忆往镇。我们家也面临着更严峻的现实问题。父母都被革职了，父亲去镇上的澡堂干活，放水、搓澡、刷池子。母亲足不出户，整天睡觉，夜里还会哭，一哭就收不住。时间一长，我和父亲意识到母亲不太正常了，她开始摔东西，骂人，莫名其妙地大哭大笑，还说有人要杀她。最终还是姥姥把母亲接走了，说去南方的大医院瞧一瞧。姥姥也准备把我带走，父亲几乎要跪下来求她，姥姥让我自己选，我觉得父亲很可怜，就留了下来。

母亲一走，父亲就开始喝酒，经常喝得不省人事，澡堂的人来家里叫他，说该干活了，池子没刷干净之类的，每句话后面都要加上一句"你以为你还是所长啊！"。过往的司机或镇上的居民去澡堂，也总是点名让父亲搓，挨搓的时候总嘻嘻哈哈地说："用点劲啊，所长！"面对外人的攻击和调侃，父亲像一头阉了的牛，只闷头吭唏吭唏地干活。有时他喝多了会跟我说话，一些很积极的话。中心思想是，我们家以后会过得比所有人都好。

那几年，我和父亲最大的盼头就是过年时去珠海看母亲。一路上很不容易，要坐三天两夜的火车，脚肿得鞋子都脱不下来。父亲依然敬畏姥姥，到了珠海也不会立即去姥姥家，而是找一家便宜的旅馆住下，去市场采购年货，再拎着大箱小包敲开姥姥家的门，满面红光地叫一声妈。第一次去珠海看母亲，姥姥领我们去了精神病院，母亲不太说话，很困的样子，见了我们也不怎么激动。我问父亲她怎么了，父亲说，妈妈病了，过段时间就好了。等我们下一年再去，母亲真的好多了，不但从精神病院出来了，还能和姥姥一起做饭。姥姥明言父亲现在的职业没前途，她愿意照顾我和母亲，给父亲点本钱，做个小生意。父亲手里的筷子一颤，婉拒了。

晚上睡觉时我问父亲为什么不愿意，父亲说："姥姥如果真想让我们在一起，就会让我住到家里，在珠海工作。她不愿意让我养你，不愿意让我见你妈了，你懂吗？"

我不太懂，我自从在珠海坐了公交车，就一门心思地想当公交车司机。

直到有一年春节，父亲没提去珠海看母亲的事情，那会儿县里准备把忆往镇打造成一个古镇景区，开发无水河和镇后面的山头，反正一切都变了，澡堂倒闭，父亲开始送煤气，开发商在这儿盖楼，周边的空地都盖上了工厂，无水河修起了长长的河堤，那件事好像慢慢被大家遗忘了。我花五毛钱买了一根烟花，放的时候没拿稳，一粒绿色的烟花飞到了一个孩子的鼻子里，他踹了我几脚。我回到家里，父亲正在跟刁医生喝酒，喝着喝着，两人就哭了起来。刁苓过来叫他爸回家，悄悄问我刚是不是挨打了，我说是，她说等着吧。

刁苓比我大五岁，没遗传刁医生懦弱的性格，是镇上第一个穿黑丝袜配超短裙的人，在忆往镇开的第一家网吧里，只要提她的名字，没人不知道。她找人把那男孩揍了一顿，还告诉我她在几年级几班，有事就去找她。从那会儿起，我就有点喜欢刁苓，就觉得她挺酷的。可没人教过我该怎么表达爱意，我吸引她注意的方法就是欺负她，在街里远远看见，总要过去拍她一下，然后做个鬼脸转身就跑，心里期盼着她能追过来。同学知道我认识刁苓，都挺羡慕，还有人说刁苓流过产，被刁医生捆到树上打。在我懵懵懂懂的少年记忆里，她只是纯粹地耀眼，但后来就不怎么跟刁苓说话了。原因是有一次我跟同学去县城打台球，远远看见了她，我着实太喜欢太激动了，就飞奔过去给了她一脚，把她给踹飞了。她气得冒烟，爬起来抽了我一巴掌，说了很多狠话，什么小兔崽子，有人生没人教之类的。从那之后，我再看见她就低头走。相比于刁苓的小打小闹，混得更开的是孬蛋，镇上的第一家网吧就是他开的，买了辆广本整天来回窜，那小×装得，一收一放的。他仍铭记着他那英勇的一枪，有次碰见我上网，就指着我说，他那年一枪打死的就是这货的爹！

　　反正日子就那么过着，我跟父亲的话越来越少。高一那年，从珠海传来噩耗，一个从没见过面的表舅说姥姥心梗发作去世了，让我们把母亲接回去。我跟父亲再次去往珠海，帮忙操办了姥姥的葬礼，母亲像完全变了个人，木讷得很，也老了许多。那个远方表舅说这些年来都是他在照顾母亲和姥姥，所以姥姥的房子应该归他，也有一些其他亲戚帮我们说话，但父亲并没有争取，带着我和母亲回到了忆往镇。母亲能正常交流，但总感觉哪儿不对劲，有次我们去县里逛超市买衣服，她拿起一条蓝色内裤冲我和父亲大喊："给你们俩一人买一条吧！"我父亲让她小声点。买完东西出去的时候警报器响了，保安在母亲的口袋里搜到了那条蓝色内裤。后来我们都知道母亲疯了，她好几次光着上身跑到大街上，也捎带着引起一阵风潮，大家又讨论起了那年的惨案。镇上还有一个疯女人，听说是生孩子生的，一怀孕就测性别，连续三个都是女孩，三个全打掉了，好不容易怀上儿子，生下来发现还是个女孩，她丈夫就把孩子送了出去，女人因此受了刺激，终于在疯癫中生了一个儿子。镇上的居民提及这两个疯女人，会以南方来的疯女人和生孩子的疯女人加以区分。

我恨极了忆往镇，一心想走出去，走出去的方法只有上学。我在县城上的高中，压力大，头疼，有段时间甚至怀疑母亲的病有遗传性。高考勉强考了四百分，报志愿又没报好，上了广州的一所私立专科，就是为了离家远点。上学走的那天，父亲把犯病的母亲用床单捆起来，去安阳火车站送我。他对我说，他卖血也要让我把学念完。

学校如我想的一样糟糕，开学第一天，辅导员就跟我们上了堂课。他说："知道为什么学校一进门就有个下坡吗？因为这里就是一个坑！你们来这里上学就说明你们的人生已经到谷底了，从此之后不会比现在更差啦！"

我们班四十几个人都是差生，自制力差，学习能力差，心理素质差，什么都差，是整个教育体系里最没有希望的人，但那一刻我们都被辅导员的话深深震撼到了，仿佛裹上了一层压抑的希望。

大学三年，我没回去过，不是抵触父母，我很爱他们，我是抗拒忆往镇。大学时光像一条灰色的河流，大部分时间我都用来睡懒觉、逃课、网恋、打游戏，还偷偷去学校后面的村庄嫖娼，那些丰腴的村妇总是散发着浓烈的狐臭。当我失落时，总想起辅导员那句话——从此之后不会比现在更差啦！那位辅导员在送走我们那一届后的暑假里，被一辆三轮车撞死了。

上学期间，我去找过一次王石的孙子，父亲说人家曾帮助过我们，应该去拜访一下。我从偏僻的大学出发，转了三趟班车，来到一片偏僻但整洁的别墅区。王石的孙子比我上学早，正准备考研，我俩喝了顿酒，他说那天保姆接他放学回家，从一辆面包车下来两个人，直接把他们掀了进去。他当时小，一直哭，保姆也哭，把那几个人哭烦了，等到了郊区的一片烂尾楼，对方几榔头把保姆敲晕

204-

了，特别响。他吓得只敢喘气。

一个男的问他家的电话号，他说了，那人打过去说："王领导，知道我是谁吗？"

王石说："我是王石，有事直说。"

那人把电话递给他，他叫了声爷爷。

那人接着对电话说："我是左旗啊，我没死，我回来了。"

他以为王石会带很多警察过来，电视里一般都这么演，但没有，王石就一个人过来了。等王石过来的那一个小时里，保姆醒过来接着哭，被水泥管打了两下，彻底没声了。

"左旗问我爷你妈在哪儿，保证说了就放我走。我爷犹豫了会儿，说了。左旗也算说话算数，当着我的面把我爷吊死了，没动我。那个人叫左旗，你知道吧？"

我摇摇头，说不知道。我回去上网搜索这个名字，才发现那件凶案只是被我们当地的媒体封锁了，网上有不少报道和帖子，大概脉络是说左旗的哥哥才是真正的大匪，在被警方击毙七年后，左旗才从东南亚潜回国为兄报仇，在警方的合力追击下被击毙。我还搜到了那个逃走的瘦子的报道，他被炸死在云南的一片山林里，被发现时就剩一堆骨头了，周围散着很多黄金，他姓满。后来王石的孙子还联系过我，我没回应，我俩不是一路人，怎么说呢，他过的是另一种人生，令我相形见绌。

我学的是新闻采编，毕业后当了两年文案，那活挺熬人的，日子过得也很寂寞无助，发烧到三十九度还得强撑着找小诊所输液，回到家整个人都虚脱了，感觉死家里了都没人知道。过年也没回去过，出租屋里四面空落落的墙让我心慌，待不住了就出去，隔着落地玻璃看别人吃年夜饭。父亲说家里拆迁了，准备搬新房，母亲也比以前好多了，实在不行就回来，可我还是不想回去。毕业的第三年，我进了一家医疗公司，从底层干了一年半，混到了执行主编，从而见到了一些黑幕，听起来挺瘆人的，但我不能说。

总之，心里就是不安，也觉得不忿，瞧不起公司那帮坏蛋，但更多的是想找点事做吧，属于自己的事。那篇稿子我花小半年时间才写完，将近两万字，如果发出去能给公司一记重创。我写完就辞职了，躲在出租屋里给各大平台投稿，基本上都没回信，正儿八经的媒体一般只用自家记者的稿子，一些非虚构平台回信说尺度太大，好不容易联系上一个南方系的编辑，说篇幅太长，发在了官网上，也没什么波澜。公司倒是看到了，打电话质问我，反正都撕破脸皮了，我就跟他们吵，他们也知道自己做的事见不得光，转而跟我打感情牌，说之前感情多么多么好，一起做了那么多事情什么的，我还是没理。直到他们说愿意花三十万让我撤稿，我意识到不太对劲了，他们愿意花三十万撤稿，也就意味着愿意花三十万雇人干掉我。我准备离开广州，去北京试试机会，票都订好了，正准备退房呢，就被劫走了。在罗冲围后巷一间放医疗设备的仓库里，他们敲断了我的左腿，让我给编辑打电话撤稿，那编辑离职了，费了点事才把稿子删掉。他们又让我拿母亲发誓不跟人说这事，我都照做了，他们这才把我送到一个黑诊所接骨，也没接好，从那会儿起我就跛了。之前我挺喜欢赵本山和范伟演的《卖拐》，没事就看一遍，之后就不看了，范伟是被忽悠瘸的，我是真瘸。

　　告也没处告，他们告诉我这是行业潜规则，大家都这么干，而且还拍了我的裸照，更重要的是，那三十万确实给到位了。他们都是老江湖，会办事，巴掌和枣双管齐下，任谁也挨不住，要再多关我几天，说不定我就得斯德哥尔摩综合征了。我就这么回了家，腿不能长时间曲着，买的卧铺票，在火车上偷偷摸哭了一夜。离开广州很久，我还是会梦到那儿，梦见站在路边等公交车，怎么都等不到，或者梦见从公交车上下来，找不到回家的路，醒过来看着天花板，要看很久才能确信身在何地。

　　六年多没回来，忆往镇变化太大了，山上景色清明，镇上很像城市里的民族街。父亲说之前没规划好，来点游客就使劲坑别人，现在好了，全体居民股份制，每家都开着自己的小店，态度好，游客也就慢慢多了。镇上拆迁分了三套房，还租给了我们家一间小门面，卖香烟饮料什么的。我编了一串借口，准备抵挡父亲的询问，可他捏了捏我的小腿，只说了三个字，不碍事。他四处托人给我找对象，忆往镇的经济一起来，人们就开始挑了，男方想找好看的，女方想找有钱的。那段时间我挺失落，也不出门，整天在家陪母亲，她不认识我了，但不妨碍我俩对话，我跟她说话老容易哭，她就摸着我的头，问我为啥哭。

我说："你还记得以前的事吗？"

她说："前天你爸炖的鱼。"

我问："我爸是谁？"

她反问："那你是谁？"

我看着她的脸，竟看出了一丝狡黠，怀疑这么多年她是装疯的，可再往下看就看不出来了。

我说："我是你儿子。"

她说："你是个瘸子。"

我忍不住问父亲，当年姥姥为什么一直不让母亲回家？

父亲说："你妈是独苗，是你姥姥的宝，当年她跟我说的话你都没听到，句句往我心坎里戳。她一直想着把你妈治好，在珠海给她寻个好人家。以前我没想通，现在想通了，你姥姥是一个很自私的人。"

我这条件，在忆往镇可以说相当一般了，没工作，腿还瘸，家庭复杂，最重要的是没正式工作，别人问父亲我在干什么，父亲就说之前在广州上班。广州，那个城市遥远的光芒成了我虚无的支柱。我不太愿意相亲，怕培养不出感情，媒人过来给我介绍对象，我就沉默。

有一次，一个媒人风急火燎地过来跟我介绍一个姑娘，十分感慨地说："你猜猜人家什么条件？你都猜不着。"

我问:"什么条件啊?"

媒人说:"二本毕业呀!"

过了几天,媒人来了消息说人家听了我的条件,说不合适。当时就觉得,我这辈子就这样了。父亲忙活了那么久,我连一个女孩的面都没见上,他就小心翼翼地询问我:"在乡下找个行不行?"

我说:"行,卡上还有三十来万,付彩礼够了。"

父亲很惊讶:"你还有存款啊!不早说。"

就这样,我的档次在媒人口里稍微提了提,又介绍了几个,终于见上了面,还有一个是我初中同学。怎么说呢,那些女孩倒不刻薄,反而很体贴,生怕露出瞧不起我的样子。反正一顿饭之后都没联系过了,成年人了,能看出彼此的意思。

过了这么多年,刁医生还是没释怀。他成了镇上医院的院长,来我家看过我两次,说把腿敲断重接一次,可以矫正过来,去北京做手术,很保险。我拒绝了,腿瘸了才能看清谁是真的亲,也不想受二茬罪。我起床就伺候母亲吃饭,然后两人一起看电视,跟她讲以前我和父亲怎么去珠海看她,她嫌我打扰她看电视,总骂人。父亲抽空回来做饭,偶尔忙的时候,就让人给我俩送饭,看得出来,这种责任感让他挺快乐。

那年春节前后吧,刁医生领着刁苓上我家串门。我二十六岁,刁苓三十一岁,离过婚,没孩子。好些年没见刁苓,一想起小时候暗恋过她,就有点忐忑。她一进门就坐到母亲旁边,挨着她说,夏辉小时候可孬了,成天追着我打。吃完饭,父亲让我俩出去走走,山脚下有篝火晚会。

我问她:"你还抽过我一巴掌呢,记不记得?"

她说:"你那一脚踹得我三天走路都是瘸的!你现在就是报应,看谁要你。"

我说:"那咱俩凑合凑合得了。"

她说:"想得美,追我的人可多了。"

我说："那你随便挑吧，算我一个。"

她说："你跟小时候不一样了。"

我说："这不瘸了嘛。"

我跟刁苓结婚这事，真不知道是谁吃亏。她辍学后去广西打了几年工，回来接着玩，跟一帮半大小子，挺乱的，之前忽悠了一个外地来的中学老师，她长得好，虚报了年龄，结婚后跟人玩还被抓到了，就离了婚。婚龄总共不到半年。镇上知根知底的没人敢要她，也就我了。我也是看在刁医生的面子上，这些年，说不清他到底是感激左旗帮他报仇，还是愧疚左旗给我家带来的伤害，反正一直帮衬着我家，自从他当了院长，母亲吃药没花过一分钱。

父亲卖了一套房，装修布置了另一套房，刁医生陪送了一辆奥迪A4，又跟镇委会申请了一间店铺，卖奶茶。孬蛋批的条子，他老了，不再吹嘘当年那英勇的一枪了。

刁苓很快就怀了孩子。按说日子这么过下去也不错，可还是那句话，人生啊……刁苓总出去喝酒，我也没管过，时间长了，家也不回了，我还不管。刁医生气得犯了一次心脏病，父亲也劝我多跟她交流，可我一劝刁苓，她就骂我是瘸子，杀人犯的种。总之，婚后的那两年我活得跟武大郎似的。我想离婚，提一次她就跟我打一次，发誓只要离了婚，她就抱孩子跳楼。说真的，我都怀疑那孩子是不是我的，父亲和刁医生倒是挺喜欢那孩子的，平时都抢着带。

弄她的那天，我刚从外地旅游回来，隔着门就听见家里有人。我到楼下买了把菜刀，在门口给刁苓发短信说快到家了，没五分钟，门就开了，我砍了那男的两刀，因为腿脚不便，被他跑掉了。刁苓也去厨房拿了刀，要跟我拼命，我把她按在地上砍了很久，很久。完事我洗了手，去西地的老坟那儿，给傅虎烧了纸。本来还想去家里看看父母，但走到门口抽了根烟，没进去。我还想杀孬蛋来着，没找到人。

我最后在南方的一个人才市场落了脚，那是个城中村，网吧和旅社都不要身份证，混乱肮脏，消费极低，有一套与外界截然不同的秩序，让我感到些许的舒适。我在地下室长租了一个床位，除了吃就是睡，偶尔找小姐过夜。身上的现金快花光时，就给人打零工，不挑活，什么都干。干一天活，回来躺五天，两天吃一顿饭，也不觉得饿。

最开始还是怕，一个塑料瓶子倒了都心惊胆战的，连续睡觉从没超过三个小时，神经衰弱，头疼。室友们都是跟我看起来差不多的人，二三十岁，眼里没光，跟我过着几乎相同的生活，但比我看起来快乐一点，因为他们会给自己找事情做，例如打游戏、看小说、喝酒……很快，在麻木自我的这条路上，我无师自通。我喜欢买一种叫作道口大曲的廉价白酒，和着碳酸橙汁先喝半斤，然后去网吧看电视剧，经常看得出现幻觉，似睡非睡地仿佛在跟着角色前进。

有一次夜里，我在网吧醒来，机子已经到时间了，旁边的男人正对着电脑屏幕打飞机，手在裤子里晃动得十分有力。我问他几点了，他说他快射了。我走出网吧把胃里没消化完的酒精全吐了出来。那天是除夕，广场上有十分钟的烟花表演。我仰望着烟花在空中冷冷散开，认定某一天我会被突然窜过来的刑警按在地上，押回原籍接受审判。

城中村在半年内连续出了三起命案，政府展开了一场彻查。来得很突然，群租房的房间被一一敲开，要查身份证，我躲进卫生间点上一根烟，隔着窗缝看见楼下有荷枪实弹的武警经过。如果有人敲厕所门让我出去，我就完了，我甚至想直接走出去自首，甚至想一死了之。这么想着，反而不慌了。我在厕所抽了半盒烟，直到一个室友敲门问我好了没，他要用厕所。我来街上，下着小雨，地面凹陷处积留着雨水，空气比往日要清新，警察正在撤离，如退潮般，我与一辆警车并行走到一家面馆，吃了碗青菜面，面条和生菜的气味充斥了我每一个细胞，是我吃过最有滋味的一顿饭。

那是一个值得纪念的日子。从那天起，我不怕了。当我正视过去，过去便不值一提；当我直面结果，结果便平淡如水。从那天起，我开始吃地西泮片，总梦见同一片柔软的海洋。直到我重新回到忆往镇，也是这么认为的，那起命案对别人而言不值一提，或许早被地方的警方忘掉了，我只要不犯案，不被抓，案底就不会露出来。我甚至想再过几年，就离开人才市场，试着开启一段新的人生。

我还想谈谈那几年的事情。什么人我都见识过了。有一个长得不错的小伙子，在网上交了女朋友，把女孩叫过来，晚上去公园溜达，专挑老年人下钩，到了没人的地方就讹钱。我亲眼看着那小伙子背着一袋现金走了，没带他女朋友。还有一个人，四十多了，不怎么干活，经常在夜里扛回来一些醉得不省人事的女孩，扔到床上就开始弄，我睡他上铺，咯吱咯吱晃得我睡不着。有一回他让我也来一次，我往下看了看，那是个很漂亮很白的女孩，长发掩着小尖脸，两条腿微微岔开，阴部若隐若现。他伸出一把手说，五十块，随便搞。这样的事，我可以一直讲下去。真正值得讲的，是一个卖盗版书的小伙子，他在一个好心人的资助下瞒着父母高考了三次，分数线始终在二本线上下徘徊，准备考第四次时，他慌了，直接逃到这里打零工，骗父母说自己已经大学毕业，在大公司上班。我认识他的时候，他准备攒钱考成人本科。我从他那儿免费读了不少书。他还有台老旧的笔记本电脑，记录了很多生活感悟，后来被人偷了，他很伤心，准备搬去别的地方，临走时给我了一本正版书，是一本流亡诗人的书。

在那些不人不鬼的日子里，我有很多时间可以思考，我想了很多事情。例如母亲，我觉得她的精神失常，很早就埋下了根。例如父亲，父亲的命运让我相信命运。例如科学，科学是确定未知的事实，以及推倒已知的事实。例如灵感，灵感是一道自我命题。例如夕阳，夕阳是世界生锈的理由。

活着像墙壁上游动的光影，看不清形状，做梦倒觉得很真实，有次梦见左旗回来了，要带我和母亲走，父亲躺在地上，身上全是血。我醒来哭了一会儿，终究还是没忍住，查找了父亲的微信，他没有设置朋友圈权限，我翻看了很久，得知两个重要信息，孩子上幼儿园了，以及母亲去世了。那一刻我就决定回去，杀掉父亲，然后自杀。但凡我们家有一个活得像个人样，活得稍微好受点，哪怕一点点，我都能接受。可我们活得都太没有尊严了，就算生命延续下去，无论发生什么，也都是在一张糟糕的画作上覆盖糟糕的油彩！在我的价值体系里，评价一件事值不值得做很简单，就看会不会因为做了这件事而感到后悔和羞愧。对于我想结束父亲的痛苦这件事而言，自始至终，我不后悔，不羞愧。我做一件事，并不代表那就是我想做的，行为只是我想法的外在表现，这个想法我不奢求别人懂：我杀父亲，是因为我爱他；因为我爱他，所以我想让他死。

几年时光，头一次走出人才市场，我像在烈阳下融化的野鬼，踩下潮湿的脚印，怀揣着流亡诗集和黄牛票登上了大巴车，路途漫长，我说过了，我很平静。

其实动摇过，在选凶器的时候就开始动摇。县城的五金店什么都有，不知道该选择锐器还是钝器。老板过来问我要买什么，我顺手拿起一把很重的单刃木柄斧头。

他说："这是店里最好的东西，一百八。"

我问："好用吗？"

他说："不好用你回来用这个砍我。"

我盯着他看了会儿，他斜着头也盯着我看。我付钱时想，如果不顺手，就回来结果了他。

本来打算一见父亲就动手的，就是怕犹豫。可还是没动手，在墓园那儿，吃饭的时候，他刷碗的时候，都想动手，都忍住了。给自己最后的期限是夜里，等他睡着以后，那样我俩都好受点。可我没想到的是，他在楼下买饺子时报了警，父亲还是秉持着他的人格。

我以为我必死无疑，做足了心理准备，可还是无可避免地被人生同情了。律师说我杀刁苓那事属于激情杀人，正常判的话，也就十年以下。可没承想，我身上还背着其他事呢。那是刚去深圳时，我打车去梧桐山玩，司机不满地嘟囔了一句梧桐山啊，我以为他不认识路，就用手机给他导航。

他嫌吵，就骂我："你他妈把那玩意儿关上吧，我知道路！"

他生活应该挺不顺的，开一天车，脾气确实容易暴躁。

我说："怎么脾气这么大啊。"

他说："我们东北人说话就这样！"

我锁住手机，随即又解锁，手机不断发出"持续为您导航"的提示音，他气得脸憋红了。在杨梅坑那儿，他停下车问我想干什么。那是辆老式出租车，不像充电式的，车内有监控，我掏出水果刀攮了他很多下。

捅完那个司机，我步行从小路上山，用了四个小时才爬到山顶，极目望去，云朵静止，城市静止，眼前的一切像块精致的沙盘。我袖口上的血，在山顶的水池子里洗掉了。警察封了路，排查来往的车辆行人，狭窄的山道彻底堵死了，我挤在 211 路公交车里，缓慢而安全地下了山。

被抓之后，我也不慌，就是有点难受，怕在法庭上看见父亲和刁医生，想死。手上这疤是我自己划的。前几天吧，我收到一封信，信上说：爷爷去世了。落款是夏南，笔迹很稚嫩，应该是刁医生让他写的。我都忘了那孩子的名字了，平时也没怎么想起过。我掰碎了勺子把，用尖尖儿在手臂上写了他的名字，对不住他，他以后的人生应该也挺难的。

我不知道父亲怎么死的，你们也别告诉我，也别因为我的坦诚而对我有丝毫怜悯，我该死，早就该了。不知道我有没有这个权利，庭审的那天，别让我看见熟人，就这么点要求。

我从没拥有过真正的美好，所以无畏失去。

我不后悔，这一切。

[求 子]

　　沈娣从后窗望出去，黑黢黢的白杨林，半片月光也没有，像是窗子上涂了层黑漆。她收回徒劳的目光，又问了一遍赖滑州："你到底听见没有？有人在哭。"

　　"你这病什么时候能好啊？"

　　"我没病。"

　　"咔嚓"一声，赖滑州拉灭了灯，把沈娣拽上床，粗鲁的热气扑在她脖颈间。一阵摸索后，沈娣像被触动了身上的某个机关，剧烈地战栗起来，牙齿上下碰击，像上了发条的玩具。她抓着赖滑州脊梁上的肉，指甲嵌进去，往皮肉里摇动，赖滑州疼得后脑勺发凉，扫开她的手。沈娣战栗得更剧烈了，发出忽轻忽重的鼻息声，赖滑州伸手去摸，摸到了一脸热泪。他翻身躺下，像在深呼吸，又像在叹气。

　　"你轻着点，别让孩子听见！"

　　沈娣战栗的频率渐渐放缓，泪水凉凉地流完最后一滴，松开手里的枕巾，指节僵硬，仍在轻微地发抖。屋后面种了一片白杨林，枝繁叶茂，一遇到风就呜咽。她闭上眼，静听着，女儿在隔壁房间梦呓似的哼了两声，赖滑州也发出轻微的鼾声，一切都归于平静。她突然睁开眼，下床走到窗前往外张望，几朵灰云流走，月色胧明，林中仍是什么也看不见。

　　东屋靠着门廊，开门声吵醒了赖氏，含糊不清的抱怨从里面传出来。沈娣打着手电，跟着焦黄的光圈，亦步亦趋地走入林中。她确信听见了哭声，起起伏伏，时断时续，消在风里，又借风而至。月色比刚才稍微亮些，她在林中转了半圈，四周空旷，地面平坦，但哭声就在耳边，她抬头看看天，枝叶在风中呼扇，像被一双无形的大手抚了一遍又一遍。手电的光移到一棵最粗壮挺拔的桐树上，缓缓向下移，在约有一人高的树身处照到了一个东西，沈娣忙走过去看，那是一个挂在钢筋上的褟褓，而钢筋深深地钉入树身。沈娣把褟褓捧起来，婴儿又哭了，哭声仍像从别处传来，奶香气却扑鼻可闻，她把手伸进褟褓探了探，是个女孩。

大美、二美早上起床后，发现家里多了个孩子，高兴得在屋里转圈跑。原来的褟褓已经湿透了，沈娣用毛巾给婴儿擦了身子，换了新的褥子，打开一罐奶粉，夜里喂了两次，早上喂第三次时，女婴仍吃得像头小狼，咬着奶嘴吮吸，好长时间才缓一口气。沈娣喊了两声赖滑州，没回应，她掀帘走出去，看见赖氏跟赖滑州在院角那儿说话。

"老赖，以前买的那袋纸尿裤放哪儿了？"

沈娣没想到，她这一开口让两人都吓了一跳，赖氏打了个哆嗦，头也没回就往自己屋里钻。

"你们娘俩说什么呢？"

"那个……妈说要回去了，我等会儿送她。"

赖滑州的不自然让沈娣恼火了："我这是救了一条命啊，也算是积德的事，碍着她哪根筋了？"赖滑州连忙把她推回屋里去，沈娣接着说，"你们不用怕我把孩子留下，你连咱家这俩还养不起呢，我心里有数。"

"老家真的有事，一个亲戚家里办事，妈得给人回礼去。我给小姜打过电话了，他等会儿就过来处理。"赖滑州把一袋纸尿裤从床底下翻出来，探身看了看那女婴，讪讪地说，"这孩子，有点像你啊。"

赖氏在门外喊道："沈娣啊，我先回家了，等忙过这阵，我再来看你们。"

"行嘞妈，让滑州送你去车站。"沈娣冲赖滑州摆摆手，"去吧去吧，把俩孩子送学校，一人买俩小包子。"

赖滑州蹬着了摩托车，尾管咳了两口黑烟，大美、二美坐在前面，赖氏坐在后面，挎着一个掉皮的黑旅行袋，四个人缓缓出了门，蔫巴巴的发动机声越来越小。沈娣给女婴垫上了尿布，又抱起来对着镜子仔细看了看，真觉得有几分像自己。

小姜是派出所的片警，经常在附近走街串巷，他家里人为了去驾校学车，托的是赖滑州照顾，教得尽心尽力，都是一把过。遗弃婴儿，这案子说大不大，说小不小，小姜还带了一位女同事，一块开着警车来的。沈娣带他们去林子里转了一圈，讲了时间和经过，又回到家里沏了茶，女民警把女婴搂到怀里拍着。

小姜把从树上拔下来的钢筋塞进证物袋里说："想得还挺周到。去年也有个扔小孩的，直接扔到河边草地里，被虫子爬了个不成人样。"

"这孩子的家人，能找着吗？"

"在医院出生的孩子都有档案，得先去医院对一下脚纹，就是太费事，也不一定是咱们县的。"小姜说着话，伸手到兰草盆里搓捏着一片叶子，"要是查出来是别的辖区的，就得移交了。但这种扔孩子的，都故意跑得很远，我估计啊，是外地人，最后还是得送到市里的福利院。"

"你们家东西挺全啊，奶粉尿布都有，也准备要孩子吗？"女民警说着就笑起来，"我刚生了孩子，还说过来给她喂奶呢。"

沈娣把奶粉、尿布，连着几套小孩衣服都装进塑料袋里："这是给我家老三准备的，没用上。"

小姜给女民警使了个眼色说道："沈姐，情况我了解了，那就先这样，我带孩子走，等有消息了我告诉你一声。"

临走时，小姜又悄悄地跟沈娣说："被丢掉的孩子啊，八成都是有大病的，也别太上心，各有各命。"

"这孩子看着挺好的……"

小姜跟女民警一走，沈娣感觉心里顿时空了一块，她拖了两遍地，扫了一圈院子，把屋里的物件挪过来挪过去，一抬眼，临近中午了，又赶紧骑上电动车去接女儿放学。大美、二美回到家里没见到女婴，都是一阵不高兴。

赖滑州晚上回到家，没提孩子的事，他喝了酒，洗完脚就睡了。夜里，赖滑州的手又摸到了沈娣身上，她打了个激灵，熟悉的失控感涌上来，遏制不住地发抖，意识蜷缩成一团，身体像是别人的。赖滑州把枕巾盖到沈娣脸上，强硬地扯开她的内衣，木床咯吱咯吱叫个不停，最终，他还是停了下来，趴在沈娣身上，等她慢慢归于平静。

"干得跟个木头一样。"

沈娣用枕巾擦干眼泪，狠狠摔到地上，推开了赖滑州："你就当我有病吧。"

"我就想知道，我什么时候才能有个儿子。"

沈娣的心一下子软了，钻到赖滑州怀里，贴着他说："我也尽力了，只怪咱没命养。"

"要是这样，我还是去外地那驾校上班吧，挣得还多点。"

"睡吧，明天再试试。"

忆往镇有条河，是运河衍出的分支，细细弯弯地绕着镇子流了一圈，又向北汇入渭河。河边草木长盛，滋生了数不清的蛇窝，每逢炎夏之际，每天都能看见各色的蛇扭着波浪线一般的身子，追着人咬。河岸一带的人家见惯这些凶恶的小蛇，没有惧意，被咬到了就去河里捞一把苦草，揉碎了敷住伤口，拔下蛇的尖牙，任其自生自灭。"河边人"在小镇的语境里，是某种勇敢的象征。

沈家在河边住了几辈子，到了沈娣她父亲这辈儿，成了独苗，于是就有了沈娣的名，"娣"的意思是女孩已经有了，接下来就给她来个弟弟吧。沈娣的兄弟比她小两岁，等她兄弟长到四岁时，她的父亲在家门口被一条小蛇咬了脚脖子，那小蛇通体灰黄，有浅浅的三角图案，不怎么吓人，家人都没在意，夜里，她父亲抽搐着呕了两口，就死了。此后，沈娣的母亲出去干活，沈娣专门照看弟弟。那时候姐姐带弟弟是最常见的事情，家家户户少则两个孩子，多则五六个，都是大的领着小的，在路边坐成一排，喂饭擦屎，寸步不离。

　　三年守孝一过，沈娣母亲为解决家里惨淡的光景，结交了一位外县的卡车司机，带着儿子去了男方老家结婚，让沈娣留着看家。家里搜干刮净，只有小半袋麦仁，沈娣每顿抓一小把下水煮成粥，没半月就断粮了，饿得趴在床上不能动弹，还是邻居端过来一碗饭，续了命。大家都说沈娣母亲不会回来了。可沈娣母亲还是带着儿子和她的新男人回到了河边，挨家挨户给人发喜糖花生，逢人问就说，因为沈娣无人托付，河边的房子荒了也可惜，所以还是得回来住着，请大家继续照顾照顾。

　　街坊都说沈家风水有问题，沈娣的后爹也没长命，他为省过路费，就走没路灯又窄的乡道，连人带车扎进了沟里。那会儿沈娣已经长大了，束着跟其他女孩一样的马尾辫，但看起来就是爽丽可人。给沈娣说媒的人很多，她见了几个，挑了在林业局上班的老王。沈娣没学历，安排不了工作，两人谈恋爱时就说好了，老王腾出家里的门面房，给她在街口开家小卖铺。沈娣结婚的同年，她的彩礼被用来翻新了家里的房子。

　　沈娣的小卖铺附近有家属院和独院住宅，卖的虽然是小东西，但收入也算稳定，她还添了台豆浆机，把泡好的黄豆打成豆沫，早起的人都排队买回去熬豆浆，还夸她家的豆沫很浓郁。小卖铺开了几年，沈娣生了个儿子。老王当时正准备升副科长，他翻了翻字典，选了个"凯"字。

　　镇上的小型超市也逐渐多了起来，还开了一家大型连锁超市，每天都搞活动，东西又全又便宜，这一下子就显得小卖铺不值得去了。沈娣索性关了门，考了驾照，开出租。小镇的出租车也刚刚兴起，是个体面的职业，女司机是最少见的，沈娣仗着胆子大，拿三万块钱，去出租公司提了辆捷达就上路了。

王凯很喜欢沈娣的职业，上下学都有出租车接送，觉得在同学面前有面子。可老王却一天天消沉下来，他日思夜想的副科长被一个空降的研究生顶了缺。他找领导谈了几次，礼也没少送，可他的高中学历在研究生面前实在太孱弱了。老王在单位受了委屈，回家就喝酒，他本来就爱喝，不节制地喝了半年后，把脑子喝出了毛病，整个人阴沉沉的。沈娣跟他吵过几次，两人也动过手，沈娣力气不如老王，可下手准，一开始是不相上下，后来回回都把老王按到地上打。

他们离了婚，沈娣恨透了老王。沈娣恨老王并不是因为还爱着老王，也不是因为她没得到王凯的抚养权，而是他们离婚那天，老王找了熟人，五分钟就领了离婚证。钢印盖在离婚证上，缠着绷带的沈娣和鼻青脸肿的老王都是一副生气模样，非常滑稽。这让沈娣觉得这些年为这个家操劳得不值得。

沈娣又回到了河边的娘家，母亲对她说："女人呀，就不能太要强。他刚被一个研究生顶了缺，本来就不高兴，你这边直接买车出去拉活了！你看看这街上哪儿有女人开出租的？你这么刚强，让他的脸面往哪儿放？"

"我还不是为了那个家？"

"可人家念你的好吗？这么大年纪了，被人撵回娘家，要邻居问起来，我该怎么说？你弟这也快结婚了，酒宴的钱还没攒够呢，想着让你出点，你倒好，直接离了！"

沈娣的兄弟在一旁搭腔："没事没事，姐，你别看我，我不用你管，真不用，我一点都不着急。当着那么多人的面敬酒，多傻呀！"

沈娣卖了车，给兄弟凑够了彩礼。沈娣卖车是她母亲的意思，她还是觉得开车是男人的事情，女人做男人的事情就显得太野了。再者也是为了断掉沈娣的收入，好早点寻到下家，不然的话她平时出车，周末带王凯出去玩，不知道要把自己放到什么时候。

兄弟的婚礼办得很体面，十几辆小车排成一队，打头的是辆奥迪，后面都是本田或者大众。在宴席上，兄弟兴冲冲地挨桌敬酒，喝大了，吐了一身。沈娣把王凯接过来吃酒席，王凯说老王给他找了个新妈妈，还带过去一个大他很多的姐姐。

"你要听大人的话，看他们要揍你了，你就来找妈妈，可记住了？"

王凯笑嘻嘻地说："你不在家，就没人揍我了，不写作业他们也不管。"

就是那时候，赖滑州托媒人给沈娣家里捎信，说想见一面。赖滑州是沈娣学车时候的教练，一见面就看上了沈娣的模样，他比沈娣小好几岁，没结婚，只是人有点驼背，显得窝囊。但赖滑州心里明白，沈娣是二婚，也就不能太挑。两家人一起吃了顿饭，赖滑州的母亲不太能看得上沈娣，嫌她生过孩子，离过婚，沈娣的母亲也看不上赖滑州，嫌他是村里出来的，家里不宽裕，可两家人谁都没挂到面上，就这么稀里糊涂的，就到了结婚的地步。

赖滑州平时还好相处，唯一的毛病就是多疑，总怕沈娣背着他有人，刚结婚那阵能为一个陌生的电话号闹半个月，中午再忙也要回家一趟，有时还会假装出差，半夜再突然回来。赖滑州最怕沈娣跟老王旧情复燃，因为每逢周末沈娣都会给老王打电话，把王凯接到家里来，看着他写作业。只要王凯在家，赖滑州扭头就出去，这么躲了几回，他也不再忍了，买了只白条鸡，在厨房里剁了，刀刃碰击案板的声响像放炮仗一样。王凯察觉出敌意，惶恐地扯住了沈娣的衣服。沈娣把王凯送回去，就隆着肚子回到了娘家，她已经怀孕六个月了。

这件事成了一场拉锯战。赖滑州牵挂着沈娣肚子里的孩子，沈娣忍着母亲和弟媳的话里有话。沈娣母亲先去找了赖滑州，说了些软话，又跟沈娣说，她都是二婚了，还怀着人家的孩子，这么闹下去没什么意思。赖滑州提了些水果来接沈娣，两人站在河边说话。无水河不似以前了，水位降了许多，草木稀疏，毫无生机。

赖滑州说："只要你给我生个儿子，我就让你见王凯，还会对他好。你以前给老王生过儿子，也应该给我生一个。但儿子没落地之前，你不能再跟那家人有联系，不然你就对不起这个家。"

沈娣摸着肚子，望向河面，沉默了良久，回了一个字，好。

沈娣说话时望着水面出神，河水汩汩地向北流淌，河风刮过荒草地，合奏出苦涩的音调。

第一声啼哭，安然地降临了。赖氏早早地从老家过来伺候，来时用红曲米煮了一篮子鸡蛋，看生的是女孩，又悄悄藏到床下半篮。赖滑州给孩子取名叫大美，满月酒办得还算体面，摆了二十桌，来宾听了名字都觉得好笑。大美的满月一过，赖氏就走了，但鸡蛋忘了拿，等被发现时蛋黄都绿了。

临走时，赖氏对赖滑州说："缓缓劲，再要一个。"

"查得紧，不好弄啊。"

"没事，有我呢。"

"您能顶什么用啊？"赖滑州笑了。

"我拼了这条老命，也能给你保住，你就要吧！"

等大美长到一岁时，计生办的班车一天两趟在乡镇间穿梭，偷生的人跟计生办斗智斗勇，赖滑州决定再要一个。

沈娣一发觉自己怀孕，就收拾行李，先在娘家待了小半年，计生办的人上门找过一次，沈娣又躲到了乡下赖氏家，可邻里为了奖金，悄悄把她举报了。计生办的班车开到家门口，赖氏拿着一条竹竿横着门，撒泼使混，等被人捆结实，沈娣和赖滑州已经翻墙跑了。赖氏被关进了拘留所，家里被贴上了封条，大美跟她姥姥住在河边，夜里总吵着找妈妈。

最后，沈娣还是托着死去后爹的面子，去他老家生下了孩子，仍是个女儿。两人带着新生儿，一路奔波回到了家，沈娣在路上不舍得买吃的，饿得发晕。赖氏塞给沈娣一个冷馒头，就跑出去跟邻居大声抱怨，她撩开衣服，拍着肚皮说自己亲自生也该生出个带把儿的来了。沈娣又感受到了跟老王离婚的不值得，她想哭，可真正能肆无忌惮哭出来的只有孩子，哭得嘹亮、健康，透着新生儿茁壮待放的生命力。

超生的罚款要好几万，赖滑州觉得眼前一片茫茫然，在驾校教车时看着远处的房子、汽车、天空，都显得很不真实。他一阵东拼西凑，借遍了能借的人，交了罚款，给沈娣上了避孕环，这才算把孩子的户口办了下来，叫二美。二美没有办满月酒，熟人们都登门拜访，听了这名字，仍是觉得好笑。

有人问："老赖，你家要再生个老三，该叫什么啊？"

赖滑州说："再生个老三，又得罚好几万！我就得卖血、卖骨髓了。"

如此又过了几年，赖滑州拆东墙补西墙，身上的债仍是那么些，就让沈娣去黑诊所取下了避孕环。

他总趴在沈娣身上说："债多了不愁，来吧！"

话是那么说，可这个家已承受不起同样的风险了。沈娣听说有一种测孕纸能鉴别胎儿性别，就买了几包，等月事一延迟，就在试纸滴上几滴尿液。按照说明书，如果显示出一浅一深两条线，那就是女孩，沈娣就会去计生办拿两片药，吃下去，过个三四天，就会在上厕所时流出来。到大美、二美先后上了幼儿园为止，沈娣用了三包试纸，每次都是一浅一深两条线，她吃了三次药，上厕所时流了三次，血糊糊的一片。终于在第四次时，试纸显出两条深浅相同的线。计生办的政策抓得已经没前几年那么紧了，赖滑州提前跟片区报备，让沈娣在家生下来。

赖氏听说沈娣怀了儿子，喜气洋洋地从乡下过来，拿了一只雪白的乌鸡、一罐宁夏枸杞和一包红枣，从肚子微微隆起，一直照顾到临盆在即。医院的大夫建议剖腹产，沈娣说剖腹产是坑钱的，不就是生个孩子嘛，多大个事，都顺产两个了。分娩的时候，沈娣难产了。医生要家属签字，改成剖腹产，赖滑州觉得医生这是坐地起价，僵持了一会儿，听见沈娣在里面嘶吼起来，匆匆签了字，一管麻药下去，没了动静。

沈娣醒过来，口舌间像烧了一团火，腹部平坦，刀口在隐隐作痛。赖滑州没在身边，赖氏搀着她上了一回厕所，喝了点水，饥饿感缓缓浮上来，但她硬忍着不言语，只问了两句孩子和赖滑州。赖氏说是个男孩，在保温箱里放着，赖滑州去借车了。傍晚，赖滑州开着辆面包车来接沈娣，她隔着保温室的玻璃看了看，也看不出什么。沈娣回到家里，自己煮了两袋方便面，一口气吸溜完了，她故意吃得很响。赖氏估摸是躁得慌，第二天端过来一碗肉汤，炖的是两朵小猪耳朵、一根小猪尾巴，又软又糯，连骨头都是酥的。

"吃吧，大补的猪娃，这东西还是吃了才不算亏。"她刚说完，就被赖滑州狠狠瞪了一眼。

"什么时候把孩子接过来，在保温箱里放着也不是办法啊。"沈娣说。

"过几天才能抱出来，医生说没发育好，要观察观察。"

"叫什么呢？"

"先叫老三吧，让我再想想。"

沈娣在家里养了几天，刀口长得差不多了，去医院拆线，顺便看老三，可赖滑州等她拆完线就拉着她回家了，说孩子长得跟个小黑老鼠似的，怕她看见心疼。每当沈娣提出要看孩子，赖滑州就往后拖，粗糙的借口被沈娣怼回去，他也不回嘴，眼看老三就要满月了，沈娣大概预见到了什么。

夜里，沈娣跟赖滑州说："你别骗我了，老三到底在哪儿呢？是得了什么病？"

"你大出血，医生说只能保一个，我跟妈都想着还是保你。"

沈娣心头一麻，感觉被一把长剑穿了个透心凉，蒙着被子哭了一会儿，又问："埋哪儿了？"

"装在坛子里在城隍庙放着呢，还请了盏长明灯，算是消灾了。"

赖滑州掏出手机，让沈娣看他拍的照片，屏幕的光有些刺眼，画面很糊，勉强能分辨出一个皱巴巴的婴儿，顶着一撮稀疏的胎毛，闭着眼像睡着了一样。

"像个讨债鬼一样。"沈娣捧着手机，眼泪落个不停。

"可不就是讨债鬼嘛。"

沈娣胖了，她忽然发现自己全然成了胖子，整日懒懒，心力跟以前差了许多，手上没劲，有时会做梦吓醒，梦见老三来要奶吃。家里还有两个孩子需要照顾，于是赖氏就住了下来，婆媳俩时常闹别扭，唯一的默契就是说话都绕着夭折的老三。

日子就这么过着，赖滑州还特地把王凯接过来一次，让大美、二美管他叫哥，逗得王凯咯咯笑。沈娣看着他们其乐融融的样子，就知道赖滑州还是想要儿子。可她也说不清自己怎么了，年轻时对那事还有点念想，现在彻底断了，赖滑州一碰，她就想哭，止不住地发抖。赖滑州要是硬来，她就能把牙咬得咯吱咯吱响，胸口突突地抽搐，她去医院做了脑 CT，什么也查不出来，也吃了赖氏找的土方，吐了几次，再不碰了。赖滑州回回试，回回叹息。

赖氏走后，家里的事又全落到了沈娣身上。大美上一年级，二美还在上幼儿园，正是淘气的时候，她照看起来虽然疲累，但不用再担心跟赖氏生闲气，心里又觉得轻省不少。

水产店新运来一批花蟹，在水盆里张牙舞爪，两个孩子看了觉得新奇，蹲着不肯走，沈娣想着平日里赖氏买菜都是挑蔫巴巴的便宜菜买，少见肉腥，一狠心，挑了两只大的。回到家，赖滑州用刷子把螃蟹刷干净，放进了蒸笼，一边跟女儿讲吃螃蟹的心得，一边调起了蘸料。

沈娣收拾烟灰缸，见里面有两根玉溪的烟头，就问他："舍得把玉溪拿出来，谁来过了？"

"你能买螃蟹，我就不能抽根好烟啊？"

"你看你那德行。"

沈娣把烟灰缸擦干净放回茶几上，又发现沙发旁边的兰草叶多了几条新鲜的折痕，她想了想说："我来时看见小姜了，他来过了吧？"

赖滑州"嗯"了一声，顿了顿说："他说扔孩子的人找到了，派出所接到报警说一个女的住旅店不给钱，到那儿一问才知道，之前还带了个孩子，正好给对上了。我不是怕你不好受嘛，就没想跟你说。"

"找到了是好事，我有什么不好受的。小姜说怎么处理没有？"

"还能怎么处理，批评教育呗，要是把大人抓起来，谁领孩子走？"赖滑州用筷子蘸了点汁水，送进大美嘴里，又蘸了一下让二美尝了尝，"鲜吧？这是外地的吃法儿。"

"我总觉得那孩子，像是老三托回来的。"

赖滑州把手里的碗摔了个粉碎，急匆匆走过来压着嗓子骂道："你这个臭嘴能不能闭紧点，孩子都听见了！整天老三老三的，你病迷瞪了吧？"

赖滑州突然发这么一出火，把沈娣吓住了，大美、二美跟过来，怔怔地看着他们俩，一脸的迷惑。

沈娣头一回见到老三，就是在城隍庙。那是座在百十里外都有名气的杂庙，供三清、钟馗，也供观音、佛祖。城隍庙有三进院落，三座露天香炉都熏得焦黑，老三的骨灰盒放在二进院的侧室里，里面贴墙放着一排骨灰盒，由一个算卦的道婆看着，道婆供的像叫无生老母，大家都不知道这是哪家的神仙，只听说来头很大。老三的骨灰装在一个奶白色的瓷坛里，小小的，捧起来没什么分量，坛口贴了个黄纸条，写着"喜乐平安"四个连笔字。沈娣头一回看见这个坛子，哭得几乎背过气去，怎么也不能接受自己怀胎十月就看见了这么一个坛子，赖滑州说，认命吧。

每逢初一、十五，人们都扎着堆来城隍庙上香祈福，住在庙里的出家人会排队绕着庙走一圈，香客就跟在后面。自从老三供在庙里以后，沈娣每个月都会按时去，一是看看老三，二是拿出香油钱，别让长明灯灭了火。这份支出单笔来看并不多，可要连着供五年，总的算下来也不少了，意外的是赖氏竟没有嘟囔这件事。

跟赖滑州吵完架的第二天，沈娣又按例给了香油钱，道婆在草纸本上找到老三的名字，"赖三"，给一个正字添上了一横。

"我最近还是能梦见他，做梦时觉得吓人，一醒过来又觉得心疼。"

"小孩都爱找娘，不碍事的。"

"可能是果报吧，我以前流过孩子。"

"没成形的胎都没有魂儿，不能算你的孩子。再说，你家老三有神牌加持着，都保佑着你们家呢。"

道婆是常跟人打交道的，明显都是拣着软话说，但仍让沈娣觉得贴切，她又摸了摸冰凉的坛子："我想把他请到家里去，不知道合不合适？"

"家里？"道婆在意了起来，"怎么说，这也是阴气重的东西，怕会破了家里的风水呀。"

"长明灯还在这里供着，在庙里祈福，坛子放在家里，行吗？"

"那……行吧，地方我给你留着，还可以再送回来。"

沈娣把坛子放在了原来赖氏住的屋子，心里暗暗给自己立了规矩，每天起来都要给老三上香。可能是捧回家的时候碰到了，坛口的纸条有点想脱落，沈娣又熬了一勺糨糊，准备粘上去时，心里一动，她想打开坛子看看老三的骨灰。这个念头一闪而逝，她自己也觉得诧异，把纸条摘下来在勺子里蘸了蘸，重新贴了上去，回身准备出去时，勺口挂住了坛子，一顺给带了下来。清脆的炸裂声在她脚边响起，碎瓷满地，灰烟腾起。沈娣的脑浆咕嘟咕嘟冒了几个泡，双腿一软跪倒在地，本能地把骨灰拢成了一个三角形的小堆，愣了愣，才哭号出来，又忍不住地战栗起来，手心一握，握到了一个硬硬的物件。她摊开手看，是一颗发黑的牙齿，一颗弯弯的成人大小的牙齿，她捏起来仔细端详了片刻，确信这不可能是一颗婴儿的牙。

小姜这几天很发愁。遗弃孩子的人虽然找到了，可那女人什么也不肯说，孩子冻了一夜，又突然发起了高烧。去往医院的路上，他对沈娣说："姐，你也养过孩子，试着跟那个人聊一聊，看能不能问出点什么。现在这医药费，还有那孩子的吃用都是我们垫的，领导也催着我赶紧解决，这么撑下去不是个办法呀。"

"有没有可能，这孩子不是她的，是她偷的，或者是买的？"

"那她为什么又要把孩子扔了呢？唉，说不清，反正那女的跟脑子不清醒似的，憨憨的。"

沈娣跟着小姜来到住院部，孩子在病床上睡着，那女人四十上下的样子，形容枯槁，坐在床边打瞌睡，那天沈娣见过的女警察坐在陪护床上。沈娣过去摸了摸女婴的小脸蛋，又推了推那女人，女人看着她，神情厌倦。

"你这孩子，是我捡到的。"

女人眼中露出一丝惊慌，随即移向了别处，沈娣知道她能听懂自己的话。

"这个人，你认不认识？"沈娣掏出一张赖滑州的照片，举到女人眼前，女人没有开口的意思，沈娣又拿出一张全家福，指着赖氏说，"这个人呢？是不是她把孩子给你的？"

"嫂子，你说什么呢？"小姜问。

"大姐我求求你，要是的话你就点点头，我不为难你。我求你了……我就怕他们把我孩子卖了，我给你跪了大姐，求求你说句话，这孩子到底是不是你生的？"

"嫂子，你起来，咱有话好好说。"

"这不是她的孩子，是我家老三！"

"你家老三是半年前生的，这孩子才两个月大呀！"

小姜的这句话像一根针扎醒了沈娣，她脑子一凉，愣住了。

小姜严厉地对那女人说："我跟你说，你要是遗弃孩子，还有得救，但要是涉嫌买卖人口，这可就不是一两句话的事情了，现在给你最后一次机会，给我说实话！"

那女人显然被吓住了，哆哆嗦嗦地说："孩子……是我生的，我不敢带回去，她爹会杀了我们！"

"好，话已经开了头，就别装傻了，现在给他打电话，让他过来领人！"小姜把手机扔给她，又安慰沈娣说，"嫂子，老三都走半年了，虽然这事……"

沈娣把那颗牙拿出来，搁到小姜手心里："你看这是什么？是小孩的牙吗？"

小姜看了看，肯定地说："这是小猪的牙，小猪一生下来就会剪牙，你看这个豁口，就是被剪掉的。"

"小猪的牙？"

"对。"

沈娣弯腰呕了一地。

沈娣从医院出来，去菜市场买了一只螃蟹，青底白纹，个头很大，提拎来到了老王家，开门的是他后娶的老婆。

"王凯在家吗？"

"他上学还没回来，你是……他妈？"

沈娣把螃蟹递过去说："你跟王凯说一声，他妈没忘了他。"

赖滑州一连接到了三个电话。先是小姜打过来，说沈娣把那孩子认成了老三，看样子不太正常。幼儿园的老师又打来电话，说孩子还没被接走。赖滑州从驾校借了辆车，刚把孩子领上车，就接到了第三个电话，沈娣打来的，声音却不是她。

"滑州啊，沈娣疯了！她要杀了你老娘呀！"

"什么？"

"你把老三弄哪儿了？"沈娣的声音冷冷的。

"你敢碰我妈一下，我饶不了你！"

一声沉闷的碰击声，像是菜刀劈断了一根排骨，听得赖滑州浑身一哆嗦，接着响起了赖氏撕心的号叫。

赖滑州又开车向老家驶去，他买了两个烧饼，两个孩子吃完了在后座打闹了一会儿，就睡熟了。他把窗户微微开了条缝，点上一根烟，吐纳之间竟有种解脱的感觉，仿佛自己一直在等这一天的到来。赖滑州自知有很多缺点，他没上过几年学，长得不好看，家里很穷，这都是他自卑的成因，但正是这种自卑支撑着他从乡村来到县城，不惜没日没夜地操劳，买房、娶妻、生子，偶尔回头想想这半辈子，他已然知足。他眼角溢出点泪花，又狠狠吸了一口烟，沈娣打来电话，问到了没。赖滑州说到村口了。他已经很长时间没回老家了，家里原来有一个大院子，后来荒废了，就又另起了一个小院子，很逼仄，他总觉得这不是自己的家。

天黑了一会儿了，村里的闲人围在路灯下聊天，看见有车子路过，就探头张望，有人喊出赖滑州的名字，他摇下车窗，扔过去几根烟，后悔没有把那半盒玉溪带上。到了家门口，大美、二美还在睡着，他脱下外套，给她俩盖上，把窗户留了个缝，下车，推开了自家的大门。

院子的灯没开，清散散的月光洒下来，地面宛若铺了一层白银。堂屋的门开了半扇，他侧身走进去，能听见吃力的呼吸声，等视觉渐渐适应了周围的黑暗，他看见沈娣在椅子上坐着，手里拎着菜刀，赖氏被绑着双手，吊在了大梁上，双脚微微悬空，那吃力的呼吸声就是她发出来的。

"你怎么才来。"

"把妈放下，我的命赔给你。"

"你的命不值钱。"

赖滑州忽然动身，抬脚踹过来，沈娣早有防备，往旁边撤了半步，挥刀划了一下，锋利的刀刃割开了赖滑州的毛衣，他低头看看自己的衣服，又抬头看看沈娣，不敢相信。赖氏开始含糊不清地咒骂起来。

"老三是个女儿，你那测孕纸根本就不准！"赖滑州说。腹部伤口由凉变热，他用手捂着，痛感和血水渐渐地往外涌。

"你妈跟我说了，我知道老三是个女孩。"

"那你知道她有病吗？血管里的病，医生说要活命得输一辈子的血，再加上超生的罚款，把全家卖了也不够！不送出去，咱们全家一起死。"

"别说我现在不信你，就算你说的是真的，让她死在我怀里，我认了。你说吧，老三在哪儿？"

"滑州，别告诉她，等她给你生个儿子再说。"赖氏的声音像被砂纸磨过一样。

沈娣用刀背狠狠磕在了赖氏脸上，从鼻孔流出了两道细细的血流，赖氏呛得几乎要死过去。

"洛阳！洛阳的人家，有钱人，就差个女儿，愿意给老三治病，你把刀扔了，我带你去找。"

沈娣略微动容了几分，随即把刀横在赖氏的喉间："你骗我！"

"我求你了！"赖滑州双膝跪地，哭着说，"我知道有一个地方能验血测性别，香港进口的机器，准得很，只要你把儿子给我生出来，以后我就什么都依你。"

沈娣嗤笑一声，手中用力，在赖氏的脖子上割开了一个小口。

"妈。"

大美的声音从赖滑州身后传来，她牵着二美的手走进来，两个人的眼睛忽闪忽闪的，打量着周围的一切。

"为什么不开灯？"大美接着问。

赖滑州一把掐住了大美的脖颈，站起身，举到半空："把刀给老子放下！要不我摔死她！"

"你敢！"

赖滑州把大美往地上一丢，"扑通"一声闷响，大美从地上坐起来，冲赖滑州疑惑地眨眨眼，哇哇大哭起来。沈娣像是心头挨了一鞭子，晃了神，赖氏抓准机会，如虾米一般蜷起双腿，往前一送，把沈娣蹬倒在地。赖滑州抄起条凳在空中狠狠抡了一个弧形，砸在了沈娣耳朵根上。沈娣趴在地上隐约听见赖氏的咒骂和女儿的哭声，她撑起身子，感觉又被什么硬物击中了，她再次挣扎着爬起来，感觉脑袋像一个壳子，不断发出空洞的回响。

此后，邻居们很少见沈娣出门了，偶尔见到，她也仿佛换了个人般，衣服总是不整的，头发也缺少打理，别人跟她搭话，她就冲人痴痴地笑。赖滑州仍是每天按时上下班，赖氏仍住在挨着门廊的东屋，帮扶着家里的杂务，接送两个孩子上下学，只是话比以前少了很多。有天傍晚，沈娣突然光着身子跑到街口，在泥坑里打滚，身上尽是些瘀伤，大家这才确信，她是真的傻掉了。

这件事一过，赖滑州一家更加闷头做人，不跟旁人多说半个字，直到将近一年后，赖滑州喜气满面地挨门挨户发喜帖，是很高级的金红色硬纸卡，上面写着"××台启""恭请光临"之类的话，地点定在华良大酒店，场面很足。

赖滑州有了一个儿子。在满月宴上，没人问沈娣怎么样，赖滑州很快就醉了，赖氏穿了一件红色呢子大衣，说自己偏要老来俏，被人灌了几杯白酒，也有些醉意。

有人说："赖大妈，孙子满月，给大家唱两句呗。"

赖氏捂着脸笑了笑，也就真唱了两句，唱得摇头晃脑，安然自在："刘大哥讲啊话，理太偏……"

[蓝　道]

一九八〇年，王志杰二十出头，在开封火车站摆牌摊。一张小桌上放三张牌，两红一黑，让人压钱选黑桃，押一赔三。乌泱泱的来往人群，不乏抱有侥幸心理或自觉聪明的憨种上钩。

王志杰会先让人看准牌面，再把牌盖上，快而单调地变换几回位置，眼力正常的人都不会跟丢。接着用右手同时夹起两张牌，黑桃在下，红桃在上，迅速一甩，看似甩出的是下面的黑桃，实则甩出的是上面的红桃，然后立即停手让人选牌。

这招利用的是人的视觉误差和惯性思维，套路简单，但百试不败，差的时候一天挣二三十块，好的时候能上百，属于无本暴利。直到千禧年之后，这个套路仍在广东、福建等地流行过一阵，也因此臭了大街。

王志杰入这行有两个原因，一是赌博之风在他老家盛行已久，人们吃完饭就凑在一起打牌，从小耳濡目染；二是因为他本宗的一个表哥。表哥是改革开放后率先富起来的人，就是因为玩色子把纺织厂给输了，后悔得差点喝农药。这件事轰动了全县，也让王志杰的心开始躁动，如果能把表哥的厂子赢到自己手里，得是件多么美好的事！

他瞎琢磨了几天，想到的办法是把色子从中间切开，装上吸铁石，再用大吸铁石悄悄在底下控制正负极。他跟几个邻居实践了下，管用，赢来的几块钱让全家人好好吃了两顿肉，尝到甜头后更有了劲，把纸牌、色子、牌九、麻将的各种玩法学了个透，经常跑十几里地找老人讨教些简单的玩赖技巧。三年后，王志杰横扫县里的大小赌场，陡然而富，坏处是在当地也混不下去了，屁大点的地方谁都听过他，说他是职业老赖，不跟他玩。

王志杰在开封火车站的最高纪录是一把赢了五百块，当时的茅台酒八块钱一瓶，最知名的奢侈品是环球牌的722收音机，八十块一台，是普通工人三个月的工资。输钱的人当场就瘫了，第二天领过来一个目光阴鸷的侏儒，走路一瘸一拐的，上来就压了两千块钱，全是十块一张的票，摞了两沓，周围的人迅速围起一个圈。侏儒拿出钱时就说了，王志杰输了赔不起的话，一根手指头抵一千块钱，意思也很简单，想让王志杰把钱吐出来。但王志杰欣然迎战。

侏儒要先检查牌有没有问题，他拿起三张单薄的扑克牌来回翻了翻，又在太阳底下照了照，说没问题。王志杰知道此人不容小觑，不再用往日的套路，只是十分花哨且迅速地挪动那三张牌，背面的花纹扰得人眼睛也跟着发花。

足足挪了半分钟，他笑着对侏儒说："哥，你选吧，我要输了直接把手给剁了。"

侏儒看了看牌面，十分笃定地说："我要说这三张牌全是红桃，没有黑桃，你不会有意见吧？"

这侏儒用的也是手法，他在检查牌的时候，用指甲在黑桃的背面划了一个不起眼的记号，而牌桌上的牌都没有记号。王志杰的笑容凝固，渐渐冷了脸。

侏儒准备把桌上的钱收起来时，王志杰一把抓住他，另一只手掀开中间那张牌，赫然是一张黑桃。周围的人哄地发出阵阵惊呼，眼里全是钦羡和诧异。王志杰双手合十，连说了几句对不住，手刚碰到钱，人群里就钻出来两人把他按到了桌上。侏儒在他袖口里掏了掏，夹出了一张牌。

"你这人不老实，玩诈，你说咋办吧！"

赌桌上的人，心理素质必须得好，首先不能被人吓着，王志杰咬着牙说:"你心里清楚,咱玩的就是诈,你敢玩我敢接,这叫斗法,谁也别怨谁!"

侏儒没回话,扭头走了,一个坚硬的家伙抵住王志杰的后腰,他被人掐着手,揪着头发,塞进面包车,拉到了郊区的一座厂房里。里面有一桌人在打麻将,地上扔着把刀,跪在地上的王志杰慌了。

侏儒走到一个留着平头的刀疤脸身边说人给带来了,这货就是耍赖,估计是去南方专门学的。

刀疤脸扬了扬下巴:"这些天捞了不少吧,过庙拜神你没听过?"

王志杰把挎包拉开,零零整整的钱票散落在地上:"大哥,我这手艺是我瞎琢磨的,纯手法,也不算骗人,要不是给我爸凑手术费,我是真不敢在您这儿摆摊,本来明天就打算收手的。"

"这手艺真是你自己琢磨的?"

王志杰点点头。

"行,今天算是你这手艺救了你一命。"说着,他捡起地上的刀走过来,"说吧,左手还是右手?"

王志杰看完了这个开头,好像很满意。

"虽然不是很深刻,但也还行吧,跟真事差得不多。"

"您要是觉得行,那就开始让人在网上发了啊,到时候什么贴吧、天涯一搜全都有。"

"要注意分寸,人可以踩点红线,但可不能往中间那儿踩。"

我点烟的手抖了一下,忙说懂。

二彪捧着一摞钱走进来,"扑通"一声跪在王志杰脚下,我起身出了办公室,虚掩上门。一对夫妻在门口张望着,我露出笑脸迎上去。二彪已经开始号了,哭得捶胸顿足,嘟囔着"谢谢王大师、感激王大师"之类的话,王志杰则轻声劝慰,不急不慢的。

那对夫妻露出疑惑的神情,我忙说:"也是个苦命人,打牌借了一屁股高利贷,王老师就教了他几招,今天这算是来报恩了。"

他们点点头，继续往里头张望，二彪正把那摞钱往王志杰怀里塞，王志杰则往外推。

"咱今天来，也是有事？"

女人一张口就有了哭腔："本来家里过得好好的，就怨他玩牌，门面房、车子抵给人家还不够，现在家门口还有人蹲着呢。这日子，还不如死了轻省。"

"人生嘛就是起起落落的，时运不好地上有钱也揣不到兜里，时运好了挖个坑都能挖出黄金，这事谁说得准啊。"

二彪走出来，一米九的个头，哭得跟个小孩似的，王志杰把他送到门口，两人又握了握手。

"走吧小子，路上小心点，捞回本就行了，可别再上牌桌了。你记住，十赌十骗，不赌为赢！"王志杰把这句话说得极具大师风范，转身走过来冲那对夫妻做了一个请的手势，三人进了办公室。我掏出手机，夏芽发来了十几条微信，催我去接她。我走出公司，二彪正在电梯口抽烟，眼睛还红红的。

"等着吧，老子迟早转行当演员去，我妈死的时候也没这么哭过，下回谁爱哭谁哭。"

"谁让彪哥演得确实好呢，把老头儿的演技都带起来了，唬得那俩人一愣一愣的。"

电梯到了，我们走进去，他问我："放老头儿一个人在公司行吗？"

"嫂子刚打完美容针，让我去接一下。"

二彪的手机响了，声音刺耳，铃声的歌词是"黑夜给了我黑色的眼睛，我却用它来寻找光明"，多好的诗啊，就这么被这些憨种给弄毁了。

"喂，我不是说过嘛，别在村里写，村里一天才有几个人啊，写在乡道旁边的墙上，让坐长途车的人一扭头就能看见！你没长嘴不会商量啊，没长嘴还没长脑子啊？天黑就带两人过去，谁拦捅谁，几个种地的都搞不定你就别混了……别提赌术揭秘，反赌戒赌中心！反赌戒赌中心！给老子记住了，你要想进去别牵扯到我。"

二彪挂了电话，冲我嘟囔："现在这帮小崽子，脑子里除了女人就没别的玩意儿了。"

同行的一个小伙子碰了碰二彪："大哥，你能把烟掐了吗？电梯里不能抽烟。"

我趁着二彪没开口对那人说："知道这谁吗？这是彪哥，你在金水区打听打听，谁不知道彪哥想干啥就干啥。"

二彪被我这句话堵得脸都绿了，鼓着腮帮子，两道烟雾从鼻子里喷出来，目光发狠。我很开心。

去美容院的路上正是晚高峰，十分钟的车程堵了半个小时，夏芽又催了我两次。她年纪比我大点，三十出头，在三流艺术学院学表演的，后来去香港混了几年，二十八岁跟王志杰结了婚，典型的老夫少妻。王志杰许诺夏芽，要是能生出一儿子，名下的产业就都归她。但不知道是王志杰不行了，还是夏芽不能生，三年了，一点动静都没有。夏芽看起来也不着急，每天早出晚归，变着法地花钱，一天能发八条朋友圈。有人说炫富是因为自卑，如果真是这样，夏芽这人真是自卑到骨髓里了。

她估计等着急了，把车门狠狠一关，不看我，也不说话。

我说："你可别为这事生气，气出了皱纹，美容针不就白打了嘛，一来一回白折腾！"

夏芽扑哧笑了出来，捶了我一下，不笑还好，这一笑眼角瞬间多了几条细纹。女人就喜欢听瞎话。

"把你送到家我还得回去，老头儿在公司谈客户呢。"

"我要想回家自己就回去了，还用得着等你一个小时？"

"悠着点吧姐姐，老头儿好像有点知道咱俩的事了。"

夏芽媚眼一斜："怎么，你怕了？"

"我怀疑是二彪跟他说的。"

"他哪儿有这个脑子。"

"反正不太对劲。"

"我今天不想回去，要老头儿问，我就说去打麻将了，他还能到你家来堵我们呀？"

"要是被撞见，就真没说法了。"

"撞见就撞见了呗，还要什么说法！"

"再咋说，我也欠他半条命。"

夏芽伏下身子，拉开了我的拉链，下体被湿热紧致的环境包裹，我抓紧了方向盘，倒吸一口凉气。王志杰，这就是你吃斋念佛的下场吗？我看着左手那半截小拇指光滑的指肚，想起前两天他问我佛经上反复提起的"娑婆"是什么意思。我上网查了查，对他说娑婆就是堪忍，意思是人一生下来要面对各种苦难，人生也就是一个持续受苦和忍耐的过程。

夏芽摸到了那份稿子，抬起头问我："这是什么呀？"

"老头儿的宣传稿，找枪手写的，回头发网上去。现在都什么时候了，还靠着在村里刷涂料等客户上门，迟早得饿死。"

夏芽坐直身子，把稿子拿出来，就着外面尚未褪去的天色，饶有兴趣地看了起来。

王志杰的两只手都被按在地上，刀疤脸握着刀，重起重落，一刀劈在他的左手腕上，留下一道白印。王志杰捂着手哭号了两声，发现不怎么疼，一睁眼，手还在，刀疤脸在冲他笑。

多年以后，王志杰还是能回忆起刀背砍在手腕上的感觉，他脑子里就一个念头：再也不玩牌了。但这个念头来得深刻、迅速，消失得也快。

刀疤脸跟王志杰成了合作伙伴，玩麻将，刀疤脸负责组局，王志杰负责做牌，赢的钱王志杰拿三成。很快，王志杰的名字又在开封的圈子里传开了，有人请他到澳门去，那是他第一次走出河南省。

他跟人坐火车先到了深圳，在蛇口坐渡轮到了澳门，渡轮上都是准备去赌钱的内地人，有几个人围成圈打牌。王志杰看着那些人投入的神情，有种超然的感觉，他已经看不上这种地摊牌局了。

王志杰在澳门先游玩了两天，吃早茶，逛赌场，还做了一个泰式按摩。二十世纪八十年代，澳门的何鸿燊跟叶汉闹得正欢，被称为赌王之争，王志杰问客户这两个赌王擅长玩什么牌，同伴笑了笑，说他们已经不靠玩牌挣钱了，主要靠投资。王志杰不以为意，不上赌桌赢钱，还称什么赌王？就是一个商人呗。

王志杰在澳门的赌桌上正常发挥，赢了十万，自己得了五千，从澳门回来之后，正式走上了老千生涯。他又去了广州、香港、新加坡，赚的钱越多，他就越谨慎，邀请人的实力、赌场的环境、牌具的真假都要反复留意。过了几年，他回老家娶了媳妇，盖了三层楼，还请了帮道士在祖坟前做了三天法事。他一下子成了当地的头号名人，一些夸张的传说应时而生，口口相传，至今仍是当地人茶余饭后的谈资。

王志杰最后一次出远门，是一个出手阔气的福建老板介绍他去泰国。还是老规矩，无论输赢都给钱，一天一万块人民币，在当时算是天价了。王志杰答应下来，结果见到接机的泰国人就感觉不对劲，他头一次见到那样的打扮。几个大老爷们儿都留着又粗又长的麻花辫子，花衬衫上破了很多洞，一咧嘴两排金牙，让人看了恶心。

在泰国玩的是二十一点，王志杰没有失手，但也没敢多赢，怕庄家不高兴。最后一晚，他在酒店接到了一个电话，泰国人说想跟他聊聊，他说把钱打到账户里就行了，但对方坚持让他过去。王志杰忽然想起开封火车站那次黑吃黑的经历，心里发怵，想了想，悄悄逃出酒店，订机票回了国。福建老板跟他说泰国人就是想吓吓他，以此吞掉他的劳务费，但他仍是后怕得很，从此不再出国了。后来王志杰彻底明白，这是福建老板做的局。

二十世纪九十年代初，南方兴起一些高科技产品，王志杰带着老婆孩子来到郑州，利用新产品给人做局，收做局费，也利用这些东西在民间赌场上玩。做这行当，眼要冷，心要硬，手要狠，目的是把对手往死路上逼，或许赌桌上的钱是他们一辈子的积蓄，或许他们出了赌场的门就会跳楼，因此毁掉一个家庭，但蓝道上的人面对这一切不幸时，必须要不为所动。心软是种病，染上就戒不掉。

一九九三年，王志杰的两个孩子在幼儿园午睡时遇上火灾，被活活烧死了。老婆因此得了抑郁症，说肯定是被他骗过的赌徒干的，从新买的楼房顶层跳下来，死得不成样子。王志杰办完妻子的葬礼，患了肾炎和肺积水，在医院住了几个月，然后人就变了，天一黑就害怕，觉得屋子里全是人。他回到老家跟父母同住，经人介绍又娶了个老婆，但喝完酒老动手打人家，把老婆打跑了。后来，他就信了佛，出钱把老家的破庙扩修了一遍，在功德碑上刻了自己的姓名，字体是粗笨的隶书，看着很踏实。他又缓了两年，来到郑州成立了反赌工作室，那年他三十七岁。

夜里，我被手机的振动吵醒，是二彪，夏芽在一旁发出哼哼声，我走到卫生间接了。

"老头儿被抓了，赶紧过来！"

我坐在马桶上，愣了一会儿，把夏芽叫醒，让她赶紧回家等我电话。凌晨三点，是郑州这座城市最可爱的时候，成群的楼宇蛰伏在黑暗里，路灯散着焦黄的光，我把车速渐渐提到一百多迈，车身微颤。我点上一根烟，深深吸入肺里，说实话，我有点慌。公司有营业执照，还顶着一个民间协会的名号，下面有人，上面也有人，按说我不该慌的。

我认识王志杰是在某卫视的一个节目上，名字很唬人，叫二十一世纪赌王大对决，节目请了三个人现身说法，劝人戒赌，一个叫马钢，一个叫尧云，还有一个就是王志杰。

那几年政府树立反赌典型人物，马钢钻了这个空子，上了很多综艺节目表演千术，因此名气最大。节目的最后一个环节是让三个人一人抽一张牌比大小点，马钢为了突出自己，洗牌时偷了张黑桃A，并在顶牌给另外两人留了红桃A和方片A。尧云年轻时失去了双腿，性子怪僻，洗牌时把顶牌的A全换成了2，还假装无意掉了张大王，意思是马钢藏的黑桃A不管用。王志杰则顺水推舟，说在两位大师面前甘拜下风，拿走了一张红桃2，尧云随即也拿走了一张梅花2，规则一下子从比大变成了比小。马钢事先没有料到这招，黑着脸拿走了黑桃2，他牌面的花色最大，但在尧云重写的规则下却是输家。

这些人早年间都是赌徒，但比常人聪明，知道练技术，也知道及时收手，披着政治正确的外衣开反赌工作室，其实只是换了种模式，从亲自赌变成了教人赌。我托人打听后知道，马钢算是半个魔术师，主业是卖千术道具，尧云的双腿也不是因为出千被人打断的，而是被火车轧断的，到处做励志演讲。至于王志杰，我只知道他是技术流人才，模样和个头都很平庸，扔人群里就消失不见，但眼里总不时地露一些杀气，这一点很吸引我。

那是二〇〇八年，我刚输掉了忆往镇的烧鸡店，心下一横，又卖了父母给我买的婚房去郑州找到了王志杰，交了二十万学费。头一次去，碰见二彪演戏，我也被唬住了。临走时王志杰退了我两万，让我当本钱，他说我有天赋，喜欢我。

等我回到县城之后，又自己练了两个月，之后，呵……

这行大体上分两种玩法，一种是做牌，到别人的场子赌；一种是做局，自己设场子赌，需要跟人合作。我身边的朋友都是赌徒，我不信他们，在县城里把他们赢干了，就一个人去乡里的赌局，打一枪换一个地方。乡里赌局的流行玩法是推饼，节奏非常快，一晚上能有上百万的流水。赢这种低端局很简单，只要在洗牌时做大牌，再把色子打出想要的点数，让大牌发到自己手里就行。我平均三把牌里来这么一次，给自己定的规矩是赢到两万块就走人，可很多时候都控制不住，赌兴上来人就跟疯了似的。

赌徒的信仰是运气，他们相信在无序的命运里暗藏着有序。一个朋友觉得我财星高照，介绍了个老板给我认识，让我去信阳代赌，一天七万，无论输赢都给钱。我以为是几个有钱人组的私人牌局，想了想就答应了，还夸下了海口，谁知道给我领到了一个废弃的军区加油点玩炸金花！荷官边抽水边发牌，玩的人多，看的人更多，头顶上就是监控，我也压根没机会洗牌，而且那种黑赌场都有完整的分工，有老手盯着防人出千，有人在门口放风，还有人准备随时抄家伙。我当时是个初学者，在技术和心理层面上都有些勉强。

头十几轮，我给经手的小牌和大牌下汗，再配合别人看牌时的微表情推断他们手里的牌组，三分手法，七分心理，算是较为高级的千术，相对而言，能维持一定的优势。或许我运气是真的好，碰上一把都有记号的牌，我选择闷牌，迫使别人下双倍赌注。请我来的人也相信我，把带来的几十万都押上了。这种赌法在赌桌上时常出现，玩的是胆量，敢跟就博一把，不敢跟就飞，让别人收底。

桌上同样有一个闷牌的，跟赌场签了个条子扔在桌上，开了我的牌，三个A，最大的豹子，周围的看客发出山呼海啸一般的惊叹，我飘飘然。但等对方一亮牌，我脑子轰的一声就炸了，竟然是专杀豹子的2、3、5！我的邀请人出门就是一阵干呕，我知道自己被人看穿了，刚想站起来就被掐住了脖子。荷官跟拿2、3、5的那个人都是赌场养的老千，而且道行都比我高，一个洗给我下汗的牌，一个当场换了牌，我都没注意到。

他们收走了我的手机钱包，把我扔进一个小屋，第二天又把我绑到了一间农房里，问我千术是跟谁学的，我说出了王志杰的名字。他们显然认识王志杰，一个人出去给他打了电话，听不清具体说了什么。又过了一天，王志杰跟二彪来了，我的左手小拇指已经被削去了一截，如果他们不来，我可能会付出更大的代价。

在车上，王志杰对我说："以后你跟着我，别再赌了。"

南仓是我们租的仓库，平时周边几个市区的货都是从那儿直接发。我到的时候，人基本都齐了，除了二彪，都站起来跟我打招呼。地上躺着一个人，身上都是脚印，大口喘着气。那对假装夫妻的便衣就是他介绍来的，按说，这还是我手下的人。

"他就是个厞货，打他有啥用？"

二彪闷闷地说："上面的人电话都打不通了，一帮鳖孙儿就知道要钱，关键时候屁用也不顶。"

"律师那边怎么说？"

"建议等庭审下来，通过法院那边的关系给弄出来，可这么一弄就复杂了，一张嘴就要三百万！公司里也存了点道具，不应该出问题啊，老头儿跟市长的合影还在那儿挂着呢。"

"那市长进去半年了！"我们的律师在白道吃得很开，他既然让走法院的关系，就说明公安这儿是打不通了，我想了想，问二彪，"公司账面还有多少钱？"

"新区那俩场子凑一凑，应该差不多。"

"场子停了吗？"

"还没停。"

"赶紧打电话让他们散！还有，把这仓库里的货都拉走。"我盯着二彪说，"世道变了，有人想铲掉咱们，懂吗？"

二彪眼珠转了两圈，一跺脚，骂了声娘，招呼着大家开始往车上搬货。

我拨通夏芽的电话，故意把声音放大："嫂子，老头儿出事了，你赶紧到仓库来一趟。"

我又跟律师通了电话，确定了之前的猜想，这趟水很浑。等货装好了，我让他们先找地方藏起来，叮嘱最近不要露面。仓库里顿时空了下来，就剩下我和二彪，天微亮时，夏芽到了，这娘们儿竟然还化了妆，我恨不得抽她一巴掌。

我对她说："这回上面定是铁心弄咱们，但具体情况还没摸清，我就怕老头儿在里面扛不住审问全招了，先想办法跟他见一面，这事得你去，我和二彪犯过事，不能露面。"

夏芽一直点头，然后掏出一张卡和一个 U 盾："这是上个月老头儿给我的，说密码你们俩知道，也不知道里面有多少钱。"

二彪在老头身边待的年头多，账面的钱主要是他打理，他伸手去接，夏芽却绕过他递给了我，二彪讪讪收回手。我怕卡被冻结，开车来到最近的网吧，网管说包厢最多坐两个人，二彪骂了他一句，网管瞪他，二彪就抽了他一巴掌："你打听打听，谁不知道我二彪想干啥就干啥！"

我们锁上包厢门，登上网银，在看到余额的那一刻，呆住了。一连串无序的数字，有一根手指头那么长，我从个位开始数，数了一遍不敢相信，又数了一遍，足足八位数，37250000 元！我们三个人面面相觑，谁也看不出谁在想什么，突如其来的砸门声吓了我们一跳。

"里面的人赶紧开门！"

老头儿这是什么意思？他是知道自己要出事，让我们用这钱来捞他吗？三千多万，摞起来得多高啊。警察会不会追查这笔钱？应该不会的，王志杰这么谨慎的人，一定把这钱洗过。

"快开门！你不是想干啥就干啥吗？"

二彪冲门外骂道："给我滚！"

我最近时常觉得很累，想换种生活，又不知道自己还能干些什么。去年我爸得肝癌死了，我妈让我回去结婚，我说再等等，像是心里有数，其实我压根不知道自己在等什么。刘德华在《无间道》里说他想当个好人，好人怎么当？什么样的人才是好人呢？三千多万可以让我当一个好人吗？

外面的人似乎想把门踹开，二彪打开门，抓住一个人就往死里打，后脑勺也挨了一玻璃瓶子，夏芽出去拉架，说她愿意赔钱。

我继续注视着那串数字。

给夏芽银行卡，给我们俩密码，很明显，老头儿这是想让我们仨互相制衡。如果分给二彪一千万，他愿意让老头死在监狱里吗？他看起来很忠心，可我看起来也很忠心啊。夏芽肯定会同意的。她经常嘲笑二彪傻，实际上她的脑子比二彪更不够用，目光太短浅。要是老头儿真的知道我们的事，等他出来后会不会做了我？关键是，这笔钱，我真能吞下去吗？

"你们给老子等着！"二彪捂着脑袋走进来，掏出手机要打电话叫人，"你愣着干啥呢？"二彪问我。

我看着二彪，想探探虚实，又一时不知道怎么说才合适。"别把警察引过来。"我有气无力地说。

二彪想了想，把手机放进裤兜："等过去这一阵，老子断他一条腿！"

夏芽在外面跟他们理论，声音很大，我的头很疼。

我刚上赌桌时输的并不多，但是就想捞回来，有时候把本捞回来了，又想多捞点。我输的最大的一把牌是三十二万，牌面不算大，但想赌一把。那天夜里我回到家，觉得脸上很烫，睡不着，老是想这个事情，几次都想到厨房把手剁了。后来我把店面又赢了过来，我爸临死前说他怕我死在外面。我说没事，有个人一夜赢了八百万，现在还好好的。那个人就是二彪，后来他在澳门又把钱输进去了。

两股酸劲从肋下往上蹿，到了心口合成一股劲，流到小拇指光滑的断残处，很烫。我看着那根残缺的小拇指，到底要不要赌一把呢？

附录：

[姑 姑 的 葬 礼]

向往之所是泡沫殿宇，望之绝美，触之即碎。例如月亮，例如死亡，例如在圆月银亮时，守着透析机听氯化钠和脉搏轻轻颤伏，这与浪漫无关。

姑姑靠躺在病床上，头歪向一边，脸上印着层虚弱的苦痛，透析机规律地嘀嘀作响。我放下水果，坐到陪护床边，她有所察觉，偏过头哼叫半声，眼睛微微睁开又缓缓合上，留下一条缝，似睡非睡。

这是姑姑大病的第八年，起初她还可以做点家务活，出门散散步。二〇一四年的冬天，我到她家串门，她坐在椅子上拄着拐，机警地扫视四周，却是什么都看不见，臃肿的小腿一按一个坑，久久不能复原。我那会儿才意识到，她竟已病得如此之重。

姑父走进病房，跟我打招呼，姑姑听到我们谈话，扭头试探着叫我的名字，眼中满是不确定，我让她赶紧休息，不要提劲。姑姑又把头扭过去，胸口剧烈地起伏了一阵，像是为了缓解说话所付出的气力。我问姑父这次是怎么回事，姑父说刚带着姑姑从郑州回来，本想在郑州治疗，可姑姑做 CT 时躺不下去，哭闹得厉害，怎么哄都不行，转到县医院后，才哄着她勉强做了 CT，可平躺了两分钟就喘不上气了，直到现在也没缓过来。

我俩来到走廊，内科楼有股浓郁的医院味，那是种消毒液混合久不流通的空气形成的苦味，走廊两边摆满了病床，病人们眼睛混浊，表情漠然。

　　"又添了新症状，轻微脑梗。治脑梗的药跟治肾脏的药犯冲啊，她心里烧得慌，又不能多喝水，怕尿不出来。现在就是活受罪，那也没办法，熬吧。"

　　姑父又从口袋里掏出一张化验单，展开了给我看，病状是右前列腺钙化和肝结石。

　　"这段时间我老感觉尿不干净，也去检查了一下，医生说也得输液，我打算去诊所输两瓶就算了。"

　　姑姑的病是遗传性糖尿病，打了多年胰岛素，后来患上尿毒症，插了管子，两天透析一次，时间长了，器官衰退，惹了多种并发症。她的身体像摇摇晃晃的反应场，在药物和透析机的作用下勉强维持平衡，如果没有这些，她一天都熬不过去。

　　我看望完姑姑两天后，她去世了。我有些错愕，没有悲痛。当时姑父和表哥看情况不对劲，赶紧回家开车准备往老家送，等返到医院时人已经不行了。表哥哭着说，最后连句话也没说上。姑父的老家距离县城有四十分钟的车程，他们家买的那辆五菱面包车开了好些年，最初用来给人送农药化肥，后来用于往返家与医院之间，最终也是用这辆车送了姑姑最后一程。

　　灵堂设在一处荒废的院子里，或许是姑父幼时的住所。屋里的积尘有半寸高，两根木头撑着房顶，墙壁上污痕一条条向下凝固成流淌的形状。屋里没有电，从隔壁扯过来一个插线板架起两个灯泡，一个照死人，一个照活人。

　　我们打开后备厢，抬起姑姑往屋子里走，她的肚皮露出一块，姑父伸手探了探温度，像哄孩子似的说回家了，秋萍，咱回家了。换寿衣时姑父才反应过来，慌忙让人找线，说是要把透析的管子扯出来。那根透明管子埋在姑姑的大腿内侧。

透析是死亡的警示牌。其实县医院早已经拒收过姑姑，认为如此下去并没有意义，可姑姑仍去透析。她活着很痛苦，但还是很抗拒死亡。我曾在透析室看见一个八九岁的孩子，身上插了个管子，睁着水灵灵的眼睛，不哭不闹。表哥问我知道透析是怎么一回事吗，我摇头，他说："就是把你的血放出来洗一洗再放回去。"我登时汗毛倒立。

姑父上过农业大学，也当过兵，在一个叫枣村的地方开了间农药铺，娶了姑姑，据说姑姑当年是忆往镇某条老街上有名的标致女孩。酷暑之际是他们最忙碌的时候，早上五点起来，夜深了才能睡下。姑姑年轻那会儿能吃能干，骑着机动三轮车去濮阳进菜籽，到村子里送农药，早上去，晚上回来，无论货摞得有多高，她总有办法用绳子捆得稳稳当当。之后她总提起这些事，感叹曾经的力量。

农药铺挣了钱，他们在忆往镇的某职工家属院上买了套三居室，不忙的时候就住在那儿，我也经常过去找表哥玩。幼时的县城没有暖气，一过冬，我们就生煤球炉。有次我和表哥从卧室打闹到客厅，不知谁撞了一下，一记沉闷的撞击声在屋内回荡，炉子和管子都倒了，未烧完的煤球滚出来，水壶里的温水洒了一地。我俩意识到闯了祸，赶紧收拾残局，弄得屋子比原来还要干净，可姑姑回家时还是发了脾气。原来是我们拖地时把水洒到了鞋垫上，鞋子再一踩，就结了泥巴。在姑姑的追问下，表哥编了几个蹩脚借口，最后供出了事实。

她气恼地吼道："把炉子弄倒了就弄倒了呗，你们为啥不能直接说？"转眼，火就消了大半。

小时候，我总是摸不准姑姑的脾气，她能容忍我们某些方面的顽劣，又会因为一些我们注意不到的细节吵得天翻地覆，但脾气发完就散，转脸又因其他事发怒。后来姑姑在生病之际劝我说，少吃外面的辣椒，那都是毒素；而姑父则说，注意身体，气性不要那么大。

姑姑骂得最多的就是表哥，她总能找到骂他的由头，关门声音大，弄倒了水杯，叫他没有及时回应，火气噌的一下就蹿起来，倾尽所有词汇和句式攻击他。我观察过表哥挨骂时的表情，近乎于麻木。在姑姑的咒骂下，表哥开始离家出走，长则一个月，短则两三天，没钱了就回家挨骂，找机会拿钱接着消失。有时姑姑住院，孩子也需要照顾，姑父一人忙不过来就满世界找他，电话经常打到我这里。

　　表哥初中辍学，赶上非主流风靡县城，去理发店当学徒，也留了个象征潮流的发型。可几年下来，他并没学出手艺，推平头发回家里帮忙，偶尔偷钱跟朋友出去花，被抓住了就挨骂，但不会挨打。姑姑私下跟我说过，毕竟不是自己的亲孩子，不能打。姑姑不能生育，表哥是抱养的，表哥得知此事后并没有什么反应，也许早就知道了。

　　为了给表哥娶妻，姑姑姑父又在镇上买了套四居室，一楼，还带个院子。表哥结婚那天来的人都赞叹他们家好看，有人说这辈子要能住上这样的房子，那就太值了。

　　表哥婚结得比较早，小地方的风俗就是如此，早成家，早生子，早离婚。离婚的前奏是争吵。表哥的儿子不满一岁时，我陪他夫妻俩给孩子打防疫针，俩人在路上吵了起来，表哥发脾气，掉头回了家。姑姑当众狠狠骂了表哥一顿，又拿出五百块钱给表嫂买衣服，表嫂被这种暗藏玄机的偏袒弄得下不来台，俩人在路上又吵起来，表嫂拉开车门拎着孩子说："你不停车，我就摔死他！"

　　我赶紧让表哥停车，目送表嫂坐上班车离去后，跟表哥又回到家。姑姑断断续续地骂了表嫂一下午，声音洪亮。晚上，表嫂打电话让表哥去她的亲戚家接她，一到家她就收拾东西要走，姑姑端着饭菜进来。我说别端了她不吃，姑的声调顿时就高亢起来："她吃不吃是她的事，我得给她端！"她语气很凶，末了却有委屈的哽咽。次日，她领着表嫂买了几件衣服，相谈甚欢。

表哥和表嫂在离婚后还纠结过一段时间，坐下来谈过，也像之前那样吵过，最终结果是孩子留给表哥，两人彻底散了。日后，姑姑魔怔了一样，逢人就骂之前的表嫂，连说带演，语气表情都很生动，骂着骂着就哭，哭完了再重新骂一遍，若旁人不劝她，她能一直哭骂下去。尽管她已愤恨到如此地步，却还是低三下四地求前表嫂回来继续过日子。这份理智一直维持到她病入膏肓之际，主要表现在她发脾气的对象仍限于表哥和姑父，对旁人都是客客气气的。

　　在那间脏旧的破屋里，姑父跟他的兄弟们商议后决定，停棺三天，一切从简。屋子的入口太曲折，为了方便祭拜，我们合力把临街那面墙，砸出一个门洞。冰棺也运来了，脏兮兮的，花纹俗气得瘆人，塑料盖子满是划痕。我们把姑姑放进去，用被子盖住头脚。忙完这些，已是深夜，姑父张罗去吃饭，大家都推辞，他很执拗地不愿让人走。所有人都觉得姑父很不容易，从姑姑生病至今，他端饭擦屎，寸步不离，面对姑姑的暴躁总能以柔化刚。数不清多少次，他在夜里把犯病的姑姑扛到车上，送到医院进行抢救。

　　停棺的第二天，灵堂的房顶安置了喇叭，两个低矮破旧的气柱蔫巴巴地立在门口，供桌上的遗照微微褪色，慈善地看着供盘里憔悴的果品。冰棺前放了几块青砖，夹着根白色蜡烛当长明灯，火盆焦黑，冒着呛人的白烟，两旁是叫不上名字的亲戚。我们之间已极少来往，红白事是见面的唯一理由。

　　灵堂周边人来人往，男人们坐在后院抽烟忙活，女人们站在街边说笑，等到说累了，就走到遗像前，收住笑容，蹲下来捂脸假装哭号，抬起脸时又一副开心模样。棺材两边的孝子也是如此，一听见外面的鞭炮响，就在焦黑的火盆里面烧几张纸，众人跪伏身子，哭号两声。双方都被既定的礼节所驱使，敷衍的态度使葬礼成了拙劣闹剧，大家都在演戏，而观众只有一位，就是躺在冰棺里的姑姑。

　　吃饭的地方在灵堂外的街边，一张方桌配四条长凳，从食堂打包的凉菜和熟食到了，帮忙的妇女扯开塑料袋，下手把菜抓到盘子里。一瓶瓶啤酒和劣质白酒被打开，喧闹声和酒肉的气味一混合，人群更自在了。

一些乡亲用过酒肉，走了一半，剩下的仍围在周边聊天抽烟，不多时，也渐渐都走光了。哀乐停息，路灯也灭了，灵堂里只剩下自家亲戚，在互相劝慰下也纷纷离开。表哥睡在冰棺旁的被子上，嫂子和侄女睡在躺椅上，姑父带着侄子睡在床上。后院仍有人在喝酒，一直喝到深夜，姑父的兄弟跟一个同族弟兄吵了起来。

姑父和表哥去劝架，众人一劝，醉酒的人吵得更凶狠，几乎要动起手来。村子里的男人想要得到快乐，最便利的途径就是喝酒，而代价是失去理智。葬礼上的酒是我另一个表哥负责买的，他对我说："现在村儿里人喝的都是 68° 的，根本不用买什么好酒，七十块钱一箱的就行，既实惠又得劲！"

这一切流俗，令我胸口发闷。二〇一六年的冬天，我从北京失意而归，熟人见面会问怎么回来了，我说想歇歇，他们就感慨外面不好混，只有表哥不会这么问。他频繁地约我出来，我们在一起不交心，也不喝酒，只是玩，打网游、看电影、吃饭，就连路边的飞镖扎气球都能兴致勃勃地玩半个小时。在游戏和香烟的补给中，我能清晰地感受到我们都在逃避。直到他打电话跟我借钱，说是去洗浴中心叫鸡，时间到了也没弄出来，又叫了一个，言语中有悔意也有自得。从那之后我跟他较少联系了。后来再见到，他总是说找不到出路，不知道该干什么。

那段时间，我对于表哥来说也许是一块石头，不发光，不发热，存在的意义只限于存在，让他在短暂的忘却中能更踏实些；而对我来说，他是一块悬崖边的警示牌，警示自己不要像他那样陷进去。

等表哥的孩子上了幼儿园，他又结婚了，新表嫂带了个很可爱的女孩。他不再玩失踪，比以前稳重了些。有人调侃说"你现在压力可大呀"，他就嘿嘿地笑。偶尔碰上姑姑身体稍好时，一家人看起来还挺和谐的。表哥现在的工作是在超市搬运货物，什么时候有活什么时候走，一箱货几毛钱，现干现结。他想挣钱，听人介绍，花了两万多从上海进了批饮料，县城的人都没见过这个牌子，价格也高，一下子砸手里了，堆得满屋子都是。这成了姑姑持续发脾气的由头。母亲心软，就带着我帮他卖一些，有次去姑姑家里拉货，家里只有她和小侄子，姑姑走路都费劲，就让小侄子把饮料一箱箱地推到门口。

表哥再婚后不久，姑姑的身体接近崩溃，尽管医保能报销大部分，可长时间透析也把积蓄花得七七八八了，新表嫂娘家还拿出了十几万的手术费。听说新表嫂闹过一次离婚，觉着姑姑一直病着，新儿子也不听话，觉得日子熬不到头，就带着女儿回了娘家。娘家人骂了她一顿，她又回来了。或许是儿媳的厌弃，又或许是迫于死亡的压力，姑姑的脾气更大了，发誓要在饭里下老鼠药，全家人一起死。大家都隐约意识到，姑姑的病损耗的不单是自己的生命，还有家庭的生命。所以在姑姑死后，大家都觉得解脱了，为姑姑，也为自己。

凌晨三点左右，姑父的侄子侄女方才赶到，他们在新疆做小生意，中途遇到了延误。众人围坐到一起长吁短叹一番，话题回到了与那位同宗叔父吵架的事情上。两家人似乎积怨已久，你一言我一语，把曾经的鸡毛蒜皮翻了个遍。

时已入秋，姑父从医院直接过来筹办丧事，还穿着一条短裤，此时他觉得冷，披了一件姑姑的红色外套，他听了一会儿打断了众人的谈话。

"这样吧，你们的事都是大事，现在就去解决，"他指了指棺材，"这儿的事都是小事，不用管了。"

大家自觉掐灭了这个话题。凌晨五点，天色幽蓝。我钻进车里，闭上眼回忆有关姑姑的细节，试图为了良心而悲伤，不知觉睡了过去。

棺材在早晨运到，大家把姑姑挪过去，脚头留着道缝隙，冰棺被撒到了胡同口，里面积着一层水。一有人来吊唁，吹响的就奏起来，孝子们哭得也更响了。唢呐声给我们局促而平凡的行为蒙上了一层悲怆。

午后，表哥掰开姑姑的嘴，往里面放了一点糁，旁边的人不停叮嘱他千万不要把眼泪滴进去。合上棺盖，楔入榫木，捶死铁钉，男人们合力将其抬到外面。披孝衣的开始哭号，围着棺材跪倒一片。表哥和昨晚来的侄子哭得最悲痛，四肢撑地，眼泪鼻涕一块往下流。管事的拿着礼单喊上面的名字，被喊到的人就走出人群朝着棺材磕头，喊了一会儿，人群中发出抗议，管事的直接让没喊到名的一起过来磕。一辆生满锈迹的吊车倒过来，装上棺材，众人朝坟地走去。表哥被人搀扶着，他哭得腹部蜷缩，走路打颤，这是他当天的职责。

我混在人群中，忽然想起在奶奶去世后不久，姑姑坐在旧居客厅里，没有开灯，四周很暗。我问她怎么哭了，她搂住我轻轻说："你知道吗？姑姑没有妈妈了。"

人间情爱是风中飞絮，飘兮荡兮，触之若无。生命易碎，相守易老，所谓至亲一场，也不过是用余光助你把血液放出来，洗干净，再装回去。此时心中的悲恸，与死者无关。

姑姑死后半个月是八月十六，我到她家里吃饭，席间我想问姑姑去哪儿了，这个念头一跑出来，迟来的伤感涌堵心间。我灌了几口酒，滋味难言。